KB074444

희망의 약속

− 100년 후에도 크리스천은 부끄럽지 않아야…

희망의 약속

– 100년 후에도 크리스천은 부끄럽지 않아야…

초판 1쇄 찍는 날 · 2006년 3월 3일 | 초판 1쇄 펴낸 날 · 2006년 3월 8일

지은이 · 김형석 | 펴낸이 · 김승태

편집장 · 김은주 | 편집 · 박지영, 최문주, 윤구영 | 디자인 · 이승희, 김세라
영업본부장 · 오상섭 | 영업 · 변미영, 장완철 | 제작 · 한정수
홍보 · 주진호 | 드림빌더스 · 고종원 | 물류 · 조용환, 송승철

등록번호 · 제2-1349호(1992. 3. 31.) | 펴낸 곳 · 예영커뮤니케이션
주소 · (110-616) 서울 광화문우체국 사서함 1661호 | 홈페이지 www.jeyoung.com
출판유통사업부 · T. (02)766-7912 F. (02)766-8934 e-mail: jeyoungsales@chol.com
출판사업부 · T. (02)766-8931 F. (02)766-8934 e-mail: jeyoungedit@chol.com

copyright ⓒ 2006, 김형석

ISBN 89-8350-692-X 03810

값 11,000원

희망의 약속

– 100년 후에도 크리스천은 부끄럽지 않아야…

김형석 지음

이 책은 한우리 성경 아카데미와 더불어 태어난 것입니다. 저는 10여 년 동안 이 모임에서 신앙 강좌를 맡아왔습니다. 그 기간에 주께서 저에게 주신 뜻을 추려 수록한 내용들입니다.

집회를 이끌어 주셨고 사회를 책임져 주신 박철원 목사님과 꾸준히 참석해 주신 여러분들에게 진심으로 감사드립니다.

또 국내외에서 녹음테이프를 통해 믿음을 함께 나누고 기도해주신 모든 분께 고마운 뜻을 전하고 싶습니다. 우리들의 기원과 정성이 주님께 바쳐진 열매임을 생각할 때 하나님의 넘치는 사랑을 잊을 수가 없습니다.

이 책을 2003년 여름, 먼저 하나님의 부르심을 받은 제 아내의 영전에 바치고 싶은 작은 마음을 용납해 주시기 바랍니다. 저와 제가 하는 일을 위해 60평생 기도해 주었고, '사랑하는 사람이 사랑을 받는 사람보다 행복하다.' 는 사실을 일깨워 준 아내였습니다.

2006년 3월 저자

차
례

들어가면서

나는 어렸을 때, 예수를 믿고 교회에 다녔다. 그때부터 상당히 오랫동안 두 가지 편견에서 벗어나지 못했다. 그 하나는 신앙을 갖게 되었다는 자부심이었다. 나는 종교적 신앙을 가졌기 때문에 신앙을 갖지 못한 사람들보다는 우월하다는 생각을 갖고 살았었다. 다른 하나는 기독교 신앙은 구원을 위한 유일한 길이기 때문에 다른 종교보다는 앞서 있으며, 다른 종교를 믿는 사람들은 구원에서 소외된 미신을 따르는 사람이라는 관념이었다.

나만 교회에서 그렇게 배우고 믿은 것은 아니었다. 모든 교인들이 같은 생각과 믿음을 갖고 있었을 것이다. 어떤 목사님들은 술, 담배는 물론 여성들이 화장을 하는 것조차도 죄악이라고 설교한 일이 있었다.

그러나 지금은 나 자신도 그런 생각에서 벗어나고 있으며 많은 지성인들과 젊은이들은 그런 가르침을 받아들이거나 따르려고 하진 않는다. 우리나라에서 가장 보수적인 장로교의 평신도들과 장로들이 예사로이 하는 말을 나는 자주 듣고 있다. '목사님들은 그런 설교를 하지만 우리는 시대에 뒤떨어진 그런 교회와 신앙을 넘어선지 오래 됩니다.' 라는 고백들이다.

지금은 세계적으로 보았을 때, 종교적 신앙을 가졌다고 자부하는 사람들보다는 교양 있고 지성을 갖춘 사회인들이 존경을 받는 경우가 더 많아지고 있다. 사상계를 대표하는 철학자나 역사가들은, 마르크스주의는 오래 지속되지 못해도 종교 간의 갈등은 앞으로도 수세기 동안 인류에게 불행과 고통을 안겨 줄 것이라고 말한다. 말하자면 종교가 남겨주는 공功과 과過를 가린다면 과가 더 크다는 지적인 것이다. 인도지역과 중동지방을 방문하는 사람들은 그 사실을 현실로 발견하게 될 것이다.

우리가 믿고 있는 기독교도 예외는 아니다. 우리는 기독교의 좋은 면과 자랑스러운 부분들을 부각시키고 나머지 이천 년 동안에 저질러 온 과오와 부끄러웠던 사실들을 외면하는 습관에 젖어 있었다. 십자군 전쟁을 비롯해 기독교가 범한 과오와 죄악의 사실들은 결코 적은 것이 아니다. 개인의 인간성뿐만 아니라 역사와 사회에 끼친 불행과 고통도 계속되어 온 것이 사실이다.

물론 산이 높으면 그림자도 커지게 마련이다. 그래도 기독교가 인류에 끼친 선한 혜택은 악한 결과보다 컸다는 사실은 인정해야 한다. 모든 면에서 그렇다고 해서 기독교가 다른 종교들에 비해 갖는 우수성이 흐려져서는 안 된다. 기독교의 본래의 의미를 잘 찾아야 한다는 뜻이다. 교양을 갖춘 지성인들도 믿고 따를 수 있는 종교가 되어야 한다는 당위성과 정신적 의무를 소홀히 할 수는 없다.

그래서 '100년쯤 지난 후에도 기독교는 부끄럽지 않고 자랑스러운 종교로 인정받을 수 있으며, 크리스천들은 모두의 모범이 되며 존경을 받는 위상을 굳혀갈 수 있을까 를 묻고 싶은 것이다. 100년 즉 1세기는 대단히 긴 기간이라고 생각해서는 안 된다. 이 글을 쓰고 있는 나 자신도 70년의 신앙생활을 계속해 왔기 때문이다. 이런 문제의 해법을 찾기 위해 다음과 같은 반성을 해보고 싶은 때가 있다.

80년 전 3·1운동을 전후해서는 크리스천들이 역사의 현재선線보다 앞서 있었다. 국가와 민족을 위하는 애국심에 있어서도 일반 사회인보다 앞서 있었다. 개인의 지적 수준이나 도덕적 평가에 있어서도 모범적인 편에 속했다. 통계가 있는 것이 아니나 크리스천의 70% 정도는 역사를 이끌고 선도해 갈 위치에 있었다. 내 주변에서도 흔히 느끼고 발견할 수 있는 일이었다.

그러나 최근에 이르러서는 사회인들의 성장과 진출 비중이 더 높아져 가고 있다. 이전에는 예수 믿는 사람들을 본받아야 한다는 말을 자주 들었는데 지금은 양심적이고 지적 판단이 앞서는 사회인들이 더 늘어나고 있다. 기대와 존경의 대상이 바뀌고 있다.

누구에게든지 물어보라. 종교인 즉 크리스천이 더 많아지기를 원하는가 아니면 양심적인 지성인들이 늘어나기를 원하는가 하고. 많은 사람들의 대답은 후자 편을 들고 있다. 오히려 크리스천의 수가 지나치게 많아지고 있음을 우려하는 이들도 있다. 빛과 소금의 직책을 다하지 못하는 외형적 크리스천들의 비행에 대한 실망이 줄어들지 않고 있다.

말하자면 지금은 현재라는 역사의 경계선보다 앞서 있는 크리스천보다는 뒤지고 있는 교인들이 더 많아졌다는 뜻이다. 교인들의 70% 이상이 역사선 뒤에 처져 있다면 이미 기독교는 존재 의미를 상실한 것으로 보아야 한다. 앞서가는 지성적 지도자들이 교인들을 이끌어가야 하는 상황이 되는 것이다. 또 실제로 사회학자들의 조사와 연구발표에서는 그런 조짐이 보이고 있는 것이 사실이다.

지금까지 기독교인들은 교회 안에서 자화자찬하면서 살아온 부분이 허다하다. 좁은 울타리 안에서 서로 긍정적인 평가를 거듭해 왔다. 그러는 동안 전체 사회로부터 경원시되며 교회라는 연못 속에서 스스로 만족해하는 폐쇄성을 극복하지 못했다. 그 결과로 때로는 기독교의 사회기관들이 교회보다도 사회적 평가의 대상이 되기도 했다. 기독교 대학들이 사회에서 차지하는 비중은 교회가 점유하고 있는 위상보다는 높은 평가를 받고 있다. 수없이 많은 기독교 시설은 어떤 교회보다도 긍정적인 대우를 받고 있다.

무엇 때문에 이런 관심을 갖게 되는가. 기독교와 크리스천에 대한 평가는 교회 안에서 우리끼리 내리는 것이 아니다. 사회가 평가의 주체가 되어야 한다. 다른 종교인들이 그리스도인들을 높이 볼 수 있어야 하며 사회의 일꾼들과 지성인들이 크리스천과 교회를 고맙게 대할 수 있는 기독교가 되어야 한다. 가장 잘못된 것은 교회 안에서 스스로를 아전인수 격으로 해석하는 일이며 사회인들보다 뒤떨어져 있는 교인들이 좁은 집안에서 자랑스러히 사는 일이다. 아직도 교회 신문들이 신앙의 정통성과 이단 문제로 대립해 싸우는 것을 볼 때는 정치인들보다 뒤지고 있다는 생각도 하게 된다. 교회역사를 정치권력과 결부시키는 일은 애국심을 가진 정치인들도 반기지 않는 일이다.

이런 정황들을 감안하면 '앞으로 한 세기 쯤 후에는 기독교가 어떤 위치를 차지하며, 우리 크리스천들은 부끄러움을 극복하고 존경의 대상이 되는 그리스도의 제자가 될 수 있을까.' 하는 자기 반성을 하지 않을 수 없다.

크리스천의 문제를 극복하기 위해서는 먼저 기독교 스스로가 달라져야
한다. 크리스천들이 개선할 바를 개선하고 회개할 것들은 과감히 혁신해
나가야 한다. 먼저는 성직자들과 지도층 인사들이 새로워져야 하며 일반
신도들이 뒤따라야 한다.

무엇보다도 선행되어야 하는 것은 성직자들이 교인들을 대할 때 권위의
식을 버려야 하며 신도들은 다른 종교를 믿는 사람들이나 사회인들을 위
에서 내려다보면서 비판하는 것 같은 권위주의에 빠져서는 안 된다.

사실 모든 종교는 권위 및 권위의식을 바탕으로 성립, 형성되어 온 것이
사실이다. 권위 또는 권위의식이 사라진다면 종교적 신앙은 존립 자체가
흔들릴 수 있다.

예수 당시의 종교 지도자들은 항상 예수에게 무슨 권위나 권세를 갖고
가르치며 이런 일을 하느냐고 물었다. 예수의 가르침을 직접 들은 제자들
은 예수의 말씀은 권위가 있었다고 고백했다. 권위의식이 종교적 신앙의
기반이 되어 온 실상이다.

석가에 대한 권위가 사라진다면 불교는 존립하기 어려울 것이다. 공자
에 대한 권위의식 때문에 유교는 윤리와 도덕의 영역을 넘어 종교적 위상
으로 높여지고 있을 정도이다. 신앙의 창설자, 즉 교주에 대한 권위가 존
재하기 때문에 신앙은 가능해지곤 했다.

그런데 문제가 있다. 교주에 대한, 교주로부터의 권위가 나의 것, 우리
들의 것으로 바뀌게 되면 성직자나 신앙인들 자신이 다른 사람에 대해 권
위를 인정받기를 바라며 권위 자체가 세속화된다. 그것을 우리는 적절히
표현할 수가 없어 권위주의라고 불러보는 것이다. 따라서 권위는 있어야
하나 권위주의에 빠져서는 안 되는 것이다. 과학의 세계에서는 존경스러
움은 있으나 권위주의는 없다. 철학이나 예술의 분야에도 존경심은 있

다. 그러나 권위주의는 용납되지 않는다. 종교도 그래야 한다. 교주의 인격과 가르침에서 권위는 깨닫게 되나 내가 그 권위의 소지자도 아니며 권위의 주인공은 더욱 아니다. 사이비 종교와 신앙이 그치지 않는 것은 잘못된 권위의 소유자들이 인정받고 있기 때문이다.

이렇게 권위는 존재하나 권위주의에 빠지지 않는다면 종교적 권위는 무엇으로 나타나며 존재의미를 갖게 되는가. 권위에 대한 어떤 결과로 나타나야 하는가. 비교적 가까운 현실적 표현을 빌린다면 권위가 권위의식을 통해 정신적 질서로 나타나야 한다. 그리스도의 교훈은 사랑의 질서로 나타나야 한다. 우리가 자연계의 법칙과 정신세계의 질서를 찾아 따르듯이 은총의 질서를 믿고 따르는 것은 그 권위로움의 증거인 것이다.

종교적 권위는 창시자의 인격과 삶에서 비롯된다. 철학자는 사상가로서 존경을 받는다. 예술가는 미의 창출자로서 높임을 받아야 한다. 그러나 종교적 신앙은 인격과 삶을 통한 권위의식을 동반하는 법이다. 그렇기 때문에 그 인격과 삶의 내용은 성직자들을 통하여 우리 모두의 정신 및 생활의 질서로 나타날 수 있어야 한다.

세상 일 모든 분야에서 그러하다. 권위주의가 사라진 곳에는 선한 질서가 그 공백을 채우도록 되어 있다. 권위의식은 상하의식을 동반하는 것이 보통이다. 그러나 그 권위의식이 질서의식으로 변화되면 공존 및 평등의식을 동반하는 것이다. 천주교에서도 테레사와 같은 수녀들이 숭앙의 모범이 되며 평신도들이 존경의 대상이 되는 것은 그리스도의 권위를 그들이 현실사회에서 은총의 사실과 질서로 대신할 수 있었기 때문이다.

개신교가 천주교에 대해 불만을 갖는 것은 그리스도의 권위를 성직자들이 나누어 갖는 것 같은 현상이 자주 나타나기 때문이다. 그 대신 천주교 계통에서 본다면, 지나친 분권 정신과 인간 중심의 신앙과 제도가 그리스도의 교회에 대한 권위까지도 부정하는 신앙적 무질서를 초래할 수 있음을 우려하게도 된다.

어쨌든 미래의 기독교는 인간적 권위의식에서 나오는 모든 권위주의를 그리스도의 교훈과 뜻이 성취되는 신앙적 질서로 정착시키는 노력을 아끼지 않아야 할 것이다.

둘째로 문제가 되는 것은 신앙의 공동체인 교회는 있어야 하나 교회주의에 빠져서는 안 된다는 요청이다. 사실 교회주의자라는 개념이나 용어는 일반적인 것은 못 된다. 우리 모두가 교회 안에 머물고 있기 때문이다.

크리스천의 절대 다수는 교회를 떠난 기독교 공동체를 생각지 않고 있다. 서로 교단과 계통은 달라도 교회에 소속되어 있기 때문이다. 소수의 성경주의자들이나 현실 교회의 제도 밖의 공동체를 형성 유지하는 이들은 있어도 그 수는 극히 적은 편이다. 있다고 하더라도 또 하나의 성격이 다른 공동체인 것이다. 교회라는 이름을 갖지 않는 신앙의 공동체일 뿐이다.

우리가 교회의 존재와 의미는 예로부터 인정해 왔으나 교회주의를 비판하는 것은, 기독교는 교회로부터 탄생되어 교회를 목적으로 성장 발전하면 된다는 교회유일성과 교회목적관은 옳지 않다는 뜻이다. 우리는 예수의 교훈에서 쉽게 그 뜻을 받아들일 수가 있다. 그리스도는 당신의 목적은 인간적 교회에 있지 않고 하나님의 나라 건설에 있다고 거듭 강조했다. 구약도 교회보다는 민족을 위한 하나님의 뜻으로 채워져 있고 신약도 교회를 통한 하나님의 나라 건설에 목표를 두고 있다. 어떻게 보면 기독교는 하나님의 나라를 위한 인간들에 의한 교회로 보아야 할 것이다. 세상 나라에는 가이사의 뜻을 많이 담고 있으나, 교회에는 가이사의 것과 하나님의 것이 혼재해 있다. 그 교회를 통해 인간의 것은 축소되고 하나님의 것은 승리해가는 장場이 교회인 것이다. 교회 자체가 목적이 아니라 교회를 통해 하나님의 나라가 건설될 때 교회는 그 소임을 다하는 것이다.

그 생각이 잘못되면 우리는 교회와 더불어 살아왔기 때문에 기독교는 교회로 출발해 교회로 끝나는 것 같은 착각을 일으키게 되며 가장 좋은 교회가 되면 그것이 기독교의 전부라는 좁은 사고에 사로잡히게 된다. 우리는 그런 잘못을 저지르는 과오를 방지하기 위해 교회가 기독교의 전부이고 교회로 출발해서 교회로 끝난다는 교회목적관을 교회주의자라고 불러보는 것이다.

이런 교회주의 운동은 후진 사회로 갈수록 더 성행하며 그 결과로 나타나는 것이다. 대교회주의 운동이다. 이상한 것은 우리나라 신학생의 대부분이 대교회제도를 반대하면서도 막상 자신들이 목회자가 되면 무의식적으로 대교회를 선호하며 성공한 교회는 큰 교회라는 일반관념에 흡수되어 버리곤 한다. 자신도 모르게 교회주의자가 되었던 것이다. 실제로 교회생활을 해보라. 신앙의 공동체는 700세대 정도가 되었을 때 가장 알차고 소망스러운 교회생활을 영위하게 된다는 사실을 체험하게 될 것이다.

그러나 우리가 교회주의를 조심스럽게 경계하는 것은 교회주의에 빠져 교회와 더불어 교회 밖에도 건설되어야 하는 하나님의 나라를 망각하거나 소외시킬 우려를 불식할 수 없기 때문이다. 우리 사회야 어떻게 되든지 우리 교회만 잘 되면 그뿐이라는 생각이 얼마나 잘못되어 있는가. 민족과 국가는 정치인들의 책임이고 우리는 교회만 부흥시키면 된다는 주장이 용납될 수 있겠는가. 사회와 역사의 흐름이 기독교 정신과 상치

되는 방향을 달리고 있는데 큰 교회 회당을 짓고 많은 수가 모여 예배를 드리고 풍부한 재정을 운영할 수 있으면 족하다는 관념이 그리스도의 정신과 부합될 수 있겠는가.

교회주의를 탈바꿈하자는 것은 교회를 떠나거나 버리자는 뜻이 아니다. 교회의 목적을 높이며 세계와 인류에 희망을 주자는 요청이다. 그리스도께서 하신 일이 바로 그 뜻이었던 것이다. 빛은 암흑을 이겨야 하며 누룩은 밀가루를 떡으로 바꾸어야 한다. 소금은 부패할 음식물을 지키면서 맛을 주어야 한다. 교회도 많은 열매를 맺기 위해 스스로 죽어가는 한 알의 밀 구실을 감당해야 하는 것이다.

우리가 책임져야 할 또 하나의 과제는 교권주의 또는 교권의식을 축소하거나 불식시키자는 요망이다. 교회가 커지고 사회적 영향력이 강화되면 자연히 뒤따르는 것이 교권의 확장이다. 그것이 보편화되면 기독교는 점차로 교권주의에 치우치게 된다. 중세기가 바로 그런 시기였다. 임금들이 법왕의 뜻에 순종해야 하며 세상의 법은 교회법을 뒤따라야 했다. 그 절정에 도달했던 것이 바로 중세 말기였다.

우리는 그 당시의 과오와 폐단을 역사적으로 살피고 있다. 그러나 현대사회에 있어서는 후진국가에서 그 현상을 충분히 엿보게 된다. 그 가장 뚜렷한 것은 종정일치 또는 야합의 현실로 나타난다. 지금도 이스라엘과 이슬람세계에서 비슷한 현상을 찾아보곤 한다. 종교와 정치가 분리되지 못하면 자연히 종교가 교권주의에 빠지게 되며 정치권력과 자리를 함께 하는 결과가 된다.

예수께서 악마로부터 받은 유혹과 시험의 하나가 바로 그것이었다. 악마가 높은 산에 올라가 천하를 다스릴 권세를 보이면서 나에게 복종하면

이 모든 것을 주겠다고 유인했다. 예수께서 그 유혹에 빠졌다면 하나님의 나라는 가이사의 나라에 흡수되고 말았을 것이다.

우리가 걱정하는 것은 정치권력이기보다는 정신적 권력의 행사이며 신앙적 권력을 정당화시키는 일이다. 그것을 예로부터 교권주의로 불러왔다. 사실 이러한 교권의식이 없는 교회는 적었다. 교회가 커지면 커질수록, 교단이 확장되면 그에 비례한 교권이 동반되는 것이 보통이었다. 일단 성직자들이 그 교권을 차지하게 되면 교권은 권력이기 때문에 종교 및 신앙적 권력을 행사하게 된다. 그리고 그 맛에 물들게 되면 교회는 본래의 방향과 목적을 떠나 교권확장에 빠지곤 했다. 지배하고 싶은 권력과 그에 따르는 권세적 지배력은 명예를 동반하는 것이 보통이다. 그래서 조직이 커질수록 교권도 강해지며 다수를 점령하는 교회와 교단이 더 큰 힘을 행사하곤 했다.

이런 교권의식은 어쩔 수 없는 결과가 되었다. 천주교의 제도가 그 속에서 운영되고 있으며 개신교에서 총회장 선출이나 감독투표 등 모두가 같은 과정을 밟게 되어 있다. 물론 교회도 하나의 조직사회이기 때문에 운영과 발전을 위한 최소한의 힘, 지배력은 필요하다. 그러나 그 권력자체가 비대해지거나 목적이 되면 우리는 자신도 모르는 사이에 교권주의에 빠지게 된다. 그리고 교권을 행사하기 위한 수단과 방편을 모색해본다. 때로는 재정적 뒷받침이 필요해지며 수단과 방법을 앞세우기도 한다. 그러는 동안에 교회는 교권주의 속으로 빠져들어 본연의 자세와 노력을 포기하기도 한다.

그렇게 본다면 기독교는 교권 속에 머물면서 교권을 축소시키거나 최소화하는 방향을 계속 추구해나가야 한다.

일본의 가톨릭작가 '엔도'라는 사람이 쓴 『사무라이』라는 작품이 있다. 옛날 일본에 와 있던 한 신부가 주교가 되면 더 편하게 더 많은 사람들에게 선교할 수 있으리라는 생각을 갖는다. 그래서 여러 수단 방법을 동원해 주교운동을 해본다. 그러나 그 뜻이 좌절된다. 그때 그 신부는 내 의도가 하나님의 경륜經綸에 들어가 있지 않는 것 같다고 단념한다. 그러다가 일본에서 크리스천 박해사건이 벌어진다는 소식을 듣고, 필리핀의 수도원장직을 떠나 일본에 잠입해 들어와 선교활동을 펼친다. 결국 체포되어 사형을 당한다. 그때 그 신부는 비로소 '다 이루었다.'는 신앙적 고백을 한다.

나는 그 작품을 통해 한 신부가 교권의 유혹을 받다가 마침내는 순교의 길을 택하는 과정을 엿볼 수 있었다. 크리스천은 언제나 교회라는 조직체 속에 살면서 교권적 유혹을 극복해야 세상을 이기는 승자가 되는 것이다.

미래의 기독교를 위해 한 가지만 더 추가하기로 하자.

기독교는 교회와 더불어 머물면서 교회주의에 치중하게 되면, 교권주의와 더불어 교리주의에 빠지기 쉽다. 스스로를 지키기 위해서이며 기독교의 정통성을 위해 필요했던 것이다. 국가마다 헌법이 있어 그 정체성을 지키며 발전시켜 가듯이 교회와 교단은 그 존립성을 위해 교리가 필요했던 것이다.

그러나 거기에 문제가 있다. 구약에는 계명과 율법이 있어 유대교의 전통을 지킬 수 있었다. 그러나 예수는 그 율법과 계명을 절대시하지 않았다. 안식일은 구약인들의 절대적 수호를 받아야 하는 계명이었다. 그러나 예수는 안식일이 인간을 위해 있는 것이지 인간이 안식일을 위해 존재하지 않는다는 폭탄 선언을 했다. 그 때문에 율법주의자들은 예수를 종교재판에 회부해 죽이려는 음모를 짜내기도 했다. 그러나 지금은 누구도 안식일을 위해 인간이 존재하지 않는다는 사실을 의심하지 않는다. 기독교 밖의 사람들에게는 안식일 논쟁은 불필요한 화두에 지나지 않는다.

앞으로는 기독교가 그런 교리주의에 빠져 인간성을 구속하며 더 고귀한 그리스도의 진리는 훼손시키는 과오를 범해서는 안 된다. 나 자신도 중학교에 다닐 때 주일에는 시험공부를 하지 않고 자정이 넘어서부터 공부하던 기억을 떠올리곤 한다. 목사님이 그렇게 요청했기 때문에 순종했던 것이다.

우리가 이러한 교리주의를 우려하는 것은 좁은 인습적 교리 때문에 그리스도의 말씀 즉 진리를 소홀히 여기거나 배제할까 염려되는 까닭이다. 교리는 우리의 것이지만 진리는 만인의 것이다. 그리스도의 교훈이 진리라면 그것은 다른 종교의 교리를 넘어 믿음의 대상이 되어야 한다.

신학도 그렇다. 신학은 만인이 따를 수 있는 진리를 위한 학문이 되어야 한다. 교리와 교권을 위한 신학이 되어서는 안 된다. 그것은 한없이 넓은 그리스도의 말씀과 기독교의 진리를 교리라는 좁은 그릇에 담는 것 같은 우를 범하게 된다. 우리는 아직도 그런 현실을 우리 주변에서 너무 많이 보고 있다.

우리가 원하는 것은 최소한의 교리이다. 그리고 그것은 모든 교회와 교단의 공통적인 신앙의 기틀이면 된다. 예수의 말씀과 진리가 교리를 넘어 구원의 메시지로 계속 전파되어야 한다. 기독교의 진리는 만인의 인생관과 가치관으로 받아들여질 수 있을 때 비로소 진리가 되는 것이다. 다른 종교를 믿는 사람도 그리스도의 인생관과 가치관을 인정하고 따르면 더 소망스러운 것이다. 그것이 하나님의 뜻을 따라 사는 길이기 때문이다.

옛날에는 교리주의자들이 그리스도의 진리까지 독점하려는 과오를 범했다. 앞으로는 교회와 지도자들이 교리를 통해 진리를 선포하는 책임을 감당해야 한다. 예수는 교리주의자는 아니었다. 그러기에 모든 교단과 교파에 속하는 크리스천들이 그를 받아들였고 앞으로는 만인이 따를 수 있는 진리를 증거하는 교회와 크리스천이 되어야 한다.

이런 문제들을 정리하다 보면 우리는 미래 기독교에 대한 우려를 금치 못하게 된다. 쉽게 말하면 기독교가 세속화되어 그 존재가치와 본질을 상실하게 되지 않는가 하는 걱정이다. 그래서 기독교는 사회참여 및 역사참여를 주장하면서도 세상 속으로 들어가 '세상화' 되는 동안에 기독교는 혹 사라지게 되면 어떻게 되는가는 물음을 계속해왔다. 한때는 기독교의 세속화를 막고 성聖화를 위해 수도원이 생기기도 했고 특수한 교단운동이 일어나 반反세속화 운동, 현실을 초탈한 하늘나라의 건설을 요청해보기도 했다. 유사한 운동은 지금도 벌어지고 있다.

물론 우리는 그런 신앙운동과 노력을 부정하지 않는다. 그런 신앙의 순수성과 존엄성이 필요했기 때문에 지금도 수도원 제도가 있으며 개신교에서도 기도원 운동이 벌어지기도 한다. 그 가장 대표적인 사람이 세례 요한이었다. 그가 속해 있던 엣세네파가 바로 탈脫사회, 탈脫현실종교 운동이었다. 예수는 그 운동을 반대하거나 거부하지 않았다. 그러나 예수는 그들과 함께 머물지도 않았다. 그 운동은 또 하나의 특수한 종파 운동을 만드는 결과가 되었기 때문이다. 하나님의 나라는 로마를 변화시켜야 하며, 바리새 교단 등 기성종교와 신앙을 새롭게 탄생시켜야 하는 것이었다.

세속화된다는 것은 기독교의 본질과 생명력을 희소시키며 상실해가는 것을 의미하기 쉽다. 기독교의 사명은 기독교의 세상화가 아니다. 세상 및 세속적인 것을 그리스도화시키는 일이다. 교회화시키거나 교리화시키는 것이 아니라 그리스도의 뜻과 가르침에 동참하여 진정한 크리스천이 되는 것이다.

나와 이웃, 나와 사회의 차원으로 탈바꿈하는 일이다. 모든 인간의 삶은 나와 사회로 이루어져 왔으나 앞으로는 그리스도와 나 그리고 우리 사회로 한 차원 높은 삶으로 승화되어야 한다. 그런 사명을 위해서는 크리스천은 모범적인 사회인이 되며, 기독교는 인류와 역사의 새로운 희망과 변화를 줄 수 있어야 한다.

우리는 그 일이 전개되는 동안에 교회의 세력이 약화될 것을 기우할 필요는 없다. 교회는 더 확고한 지지와 흠모의 대상이 될 것이며 기독교는 사회의 어떤 집단이나 공동체보다도 평화와 행복을 더해주는 희망의 종교가 되는 것이다. 그 책임을 저해하거나 망각하는 크리스천과 교회지도자들은 자연히 도태되는 결과가 불가피할 것이다. 옛날의 제사장, 서기관, 율법주의자들이 새로운 신앙무대에서 사라져야 했듯이….

그리고 이러한 기독교의 정신은 언제 어디서나 그 열매를 사회에 제공해 주어야 한다. 적어도 크리스천은 대인관계에서 이기주의자가 될 수는 없다. 크리스천들의 공동체는 결코 집단이기주의적 판단이나 행동을 하지 말아야 한다. 크리스천은 누구보다도 민족과 국가를 사랑하는 애국심을 갖고 있다. 그러나 폐쇄적인 민족주의자나 국수주의자가 되지는 못한다. 그리스도의 뜻을 따라서 민족과 국가를 사랑하기 때문이다.

크리스천은 누구보다도 인권을 존중히 여기며 생명과 개성 및 인격의 가치를 높이 받든다. 기독교의 근본정신이 인간애와 인간목적관에 근거를 두고 있는 까닭이다. 만일 정치적 목적이나 경제적 목표달성을 위해 인간을 수단화하는 크리스천이 있다면 그것은 그리스도의 뜻을 역행하는 행위가 된다. 우리가 이념의 노예가 된 공산주의자들을 용납하지 못하는 이유가 거기에 있다.

이런 과제들은 그리스도의 뜻을 따라 하나님의 나라를 건설하기 위한 과도적 의무에 속하는 것들이다. 그래서 백년은 결코 먼 미래가 아니다. 지금 우리에게 주어진 책임이 막중하기 때문이다.

100년 후에는 모든 크리스천들이 존경과 흠모의 대상으로 바꾸어야 하겠다.

I

기독교는
한국병을 치유할 수 있는가

1

한국병과 기독교,
그 첫 번째

무병장수無病長壽 하라는 덕담이 있다. 병 없이 오래 살라는 말이다. 그렇게 사는 것은 축복의 길이기도 하다.

그러나 사람은 일생 동안 크고 작은 병을 앓으면서 살게 되어 있다. 그래서 무병장수는 희망사항이지 현실은 아니다. 사회도 그렇다. 아무 갈등이나 어려움 없이 성장하는 국가는 별로 없다. 민족은 민족대로 크고 작은 병을 앓도록 되어 있다. 어떤 때는 가벼운 질환을 거쳐 더 건강해지기도 하지만 중병에 걸려 사회적 붕괴를 초래하기도 한다. 옛날 로마가 그러했고 최근에는 소련이 같은 운명을 밟았다.

그런데 문제가 있다. 개인의 병은 의사를 찾아가 치료를 받으면 되나 사회의 병은 의사가 따로 없다는 점이다. 스스로가 병을 발견, 진단하며 치료의 책임까지 져야 한다.

이때 사회가 겪는 병은 가시적인 것보다는 정신적인 질환이 더 많다. 많은 사람들은 그것을 도덕성의 질환 또는 가치관 및 사고방식의 병이라고 말한다. 도덕성이 붕괴되며 잘못된 가치관을 갖는 민족이 건강한 사회를 유지할 수는 없다. 로마의 도덕성 붕괴, 소련의 가치관의 혼란이 결국은 그 사회의 비운을 초래했던 것이다.

우리가 크리스천으로 자처하며, 교회가 존재하는 것은 우리 민족이 안고 있는 정신 및 도덕적인 가치관의 질환을 진단, 치유해 주는 데 그 존립 의미가 있다. 예수께서는 의사였다. 신체적 병을 고쳐준 일보다는 정신적 회의와 영혼의 병을 바로잡아 주는 일에 전력했다. 찾아오는 병자들을 피해 복음 전파에 더 치중했다는 것은 신체적이며 가시적인 환자들보다는 사람들의 인생관과 가치관을 바로 찾아주는 데 목적이 있었던 것이다.

한국교회의 의무와 존재 가치는 어디 있는가. 우리 민족과 사회가 앓고 있는 위험한 정신적 질환을 예고, 진단 치료해주는 책임과 의무를 감당하는 데 있다. 그것이 살아 있는 진리이며 새 생명을 주는 복음인 것이다.

그 하나의 예를 들어보자.

우리 민족이 앓고 있는 위험한 병 중의 하나는 흑백논리적 의식구조다. 양극논리, 이분법적 사고, 자기 절대화의 병이다.

조선왕조의 출발은 세계역사의 근대화 역사의 시기와 맞먹는다.

그때 우리 선조들은 주자학을 숭상했다. 주자학이 학문의 기반이면서 사상의 주류를 형성했다. 그런데 그 주자학은 내용과 성격에 있어 강한 형식논리의 방법과 방향을 택했다. 경험논리가 배제되었는가 하면 현실 논리는 적용되지 못했다.

뿐만 아니라 그 당시의 식자들은 불교적 교훈을 버리고 유학을 받아들였다. 그 유학을 유교적인 교조주의로 바꾸면서 폭넓은 인간의 삶을 교조와 교리로 수용하는 데 열중했다.

이러한 정신적 풍토는 나름대로 장단점이 있다. 그러나 일방적인 방향으로 치우치면서 탄생된 것이 흑백논리의 기원이 된 것이다.

사실 흑과 백은 존재하는 색이 아니다. 물리학자들의 설명에 따르면 적색, 녹색, 청색들의 원색이 조화 있게 밝아진 정점에 나타나는 것을 백색, 원색들이 빛을 잃어 완전히 사라진 것을 흑색이라고 한다. 따라서 백과 흑은 가상적이며 이론적으로는 가능하나 실재하는 것은 아니다. 하물며 복잡 다양한 인생사人生事에 있어 백과 흑은 존재할 수가 없다.

그럼에도 불구하고 모든 사물을 백과 흑으로만 구분하는 것은 현실적 존재를 무시한 결과다. 하물며 사람을 평가하거나 삶의 내용을 흑백으로만 가려낸다면 그것은 현실과 삶 자체를 외면하게 된다. 어느 쪽이 백에 가까우며 어느 쪽이 흑에 가까운가를 가리는 것을 지혜로운 판단으로 본다.

이런 흑백논리를 앞세우는 배후에는 언제나 나와 우리는 100이고 너와 너희들은 0이라는 판단이 깔려 있다. 아무리 내가 옳아도 80정도이며 상대방의 잘못이 크더라도 50정도의 차이가 고작이다.

그런데 우리의 현실은 어떠한가. 정계의 여야당의 판단이 흑백인가 하면, 노사 간의 분규도 둘 중 어느 하나를 택해야 한다는 양극논리이다. 역사적으로 우리가 존경하는 충신들은 임금 앞에서 목숨을 걸고 간한 것으로 되어 있다.

그 진언의 내용이 흑과 백이다. 임금의 생각과 상대방의 생각은 완전히 버리고 충성을 맹세하는 나와 우리 주장만을 따르라는 강압이다. 이러한 사고는 절대주의를 배경으로 삼기 때문에 나와 우리는 살아남고 너와 상대방은 온전할 수가 없다는 극한 투쟁으로 달리게 된다. 우리가 흔히 쓰는 말 중에 50보 100보라는 말이 있다. 어떤 사물에 대한 판단에도 50보 100보는 있게 마련이다. 그 속에서 우리가 살고 있다. 그 사실을 배제하고 0이 아니면 100이어야 한다는 사고는 있을 수 없다. 현실을 무시한 사고방식이다.

그럼에도 불구하고 우리 선조들은 5백 년 동안 그런 사고의 울타리 속에서 살아 왔다. 지금도 마찬가지다. 남북관계도 그렇다. 북에서는 인민공화국은 100이고 대한민국은 0이라 가르친다. 이에 맞서야 하는 우리도 대한민국은 100이며 인민공화국은 0이라고 보아왔다. 그런 사고방식이 통일을 가로막는 장벽이 되고 있는 것이다. 어느 쪽이 비교적 선한가 하는 것은 그 선과 악의 거리가 얼마나 되는가에 대한 문제인 것이다. 우리가 정치사회에 있어 극좌와 극우를 배척하는 것은 그들의 대부분이 흑백논리에 빠져 있기 때문이다.

그런데 이러한 절대주의적 사고, 흑백 논리적 가치관을 가장 강하게 믿고 행사한 곳이 공산주의 사회였다. 결국은 그 절대주의적 사고방식 때문에 역사의 무대에서 패자로 사라지게 된 것이다.

그리고 불행하게도 이런 사고방식에서 오래 벗어나지 못하고 있는 공동체가 일부의 종교 집단들이다. 종교인들은 무엇인가를 믿도록 되어 있다. 믿는다는 사실 자체가 사고의 고정화이며 절대화이다. 한번 믿어버리면 더 좋은 것을 찾지 못하며 믿는 바가 다른 사람이나 공동체를 죄악시하거나 배척하는 잘못을 저지르게 된다. 우리나라의 유림들이 그런 과오를 범했던 것이다. 지금도 일부 종교인들이 같은 과오를 벗어나지 못하고 있다. 그래서 세계문제를 우려하는 사상가들이 공산주의는 소멸할 때가 와도 종교 간의 분규와 불행은 오래 계속될 것이라는 예고를 했던 것이다.

지금 바로 우리 국민들이 그러한 민족적 병에 걸려 있다. 아니라고 생각하는 그 자체가 그 병임을 입증하는 것이다.

그래서 예수께서는 맹세하지 말라고 가르쳤다. 우리가 할 수 있는 것은 '예' 할 것은 '예' 라고 하며, 아니라면 '아니오' 라고 할 것뿐이다. 맹세란 자기 절대화의 과오를 범할 뿐이다.

남을 판단하지 말라는 교훈도 자신의 부족을 먼저 깨달아야 한다는 뜻이다. 기독교가 회개라는 교훈을 반복하는 것은 이러한 흑백논리, 자기 절대화의 과오에서 벗어나라는 뜻이다. 현대인에게 있어서는 자기절대화가 곧 우상인 것이다.

2

한국병과 기독교,
그 두 번째

又 하나의 한국병을 지적해보자.

유교의 전통이 그러했듯이 우리는 모든 인간관계를 상하관계로 보는 습관에 빠져 평등한 관계를 놓치고 있으며, 서로를 위해 주는 관계를 약화시키고 있다.

동양에는 예로부터 인간관계의 질서를 오륜으로 대표하고 있다. 부자유친父子有親, 군신유의君臣有義, 부부유별夫婦有別, 장유유서長幼有序, 붕우유신朋友有信이 그것이다.

부모와 자녀들 사이에는 '친親'의 질서가 있어야 한다. '친'이란 친애親愛를 가리킨다. 서로 위하고 도우며 대화를 통해 가정적 행복과 발전을 도모하는 일이다. 우리와 환경이 다른 서구 사회의 부모와 자녀들도 그 뜻을 받아들이고 있다. 우리 젊은이들에게 물어보라. 어떤 부모가 가장 좋은 부모냐고. 우리의 친구가 되어주는 부모라고 대답한다.

그런데 그 친親의 질서를 우리는 효孝의 질서로 바꾸었으며 더 강조하고 있다. 효는 실제에 있어 부모를 위한 자녀의 의무를 강조한 것이다. 어렸을 때부터 효심을 강조해 순종과 희생을 강요하기도 했다. 임금들도 부모에 대한 효와 국사의 정도正道 중 어느 것을 택할 것인가를 고민하곤 했다.

이렇게 부모를 위한 자녀가 되고 자녀를 위한 부모의 양보와 희생이 배제되면 그 가정은 어떻게 되겠는가. 가정의 미래지향적 성장과 발전은 기약할 수가 없다. 사실 그것은 현실에 맞지도 않으며 상하관계가 굳어질수록 그 가정과 사회는 불행을 더하게 된다.

가장 소망스러운 가족관계는 친애의 실천이다. 그것을 상하관계로 굳히는 것은 바람직스럽지 못하다. 물론 효를 반대하거나 나쁘다는 것은 아니다. 상하관계와 더불어 평등한 관계도 유지되어야 하는 것이다.

기독교가 원하는 것은 친애에서 미래지향적인 성장과 발전을 찾는 일이다. 이는 가정의 앞날과 사회적 봉사를 위해서다.

군신유의君臣有義, 의義의 문제도 그렇다. 의의 질서는 대단히 소중한 것이다. 그것을 우리는 충忠이라는 상하관계로 개편해 놓은 것이다. 충이란 어떻게 탄생된 것인가. 옛날의 임금들은 죽을 때까지 평안히 왕권을 유지하며 그 권력을 후손들에게까지 물려주고 살았던 것이다.

그래서 왕의 절대권을 반대하거나 도전해오는 백성들은 수단 방법을 가리지 않고 탄압했다. 힘으로 억압했던 것이다. 그래도 계속 항거하거나 반기를 드는 이들이 있으면 힘의 행사보다는 법을 제정해서 법으로 다스리곤 했다. 법은 독재적 탄압을 제도적으로 정당화시킬 수 있었던 것이다. 그럼에도 불구하고 통치권에 반대하는 국민들이 나타나면 어떻게 하는가. 왕권과 공존하는 신하들이 모여 법을 뒷받침할 수 있는 가치관을 형성하는 필요성을 느꼈던 것이다. 그것이 충忠의 정신으로 등단하게 되었다. 복종과 충성의 가치관이었던 것이다.

지금은 그런 성격의 왕권은 자취를 감추게 되었다. 왕실 자체가 폐기된 셈이다. 그렇다면 충은 무엇을 말하는가. 국가에 대한 충성이다. 애국심이다. 이제 서구 사회의 젊은이들에게 애국심이 무엇이냐고 물어보라. 자유와 평등을 지키는 의무라고 생각한다. 당연한 추세이다.

그렇다면 어떤 변화가 나타나고 있는가. 다스리는 사람과 국민 사이의 관계가 상하관계에서 평등관계로 차원을 높인 것이다. 오히려 민주국가에서는 국민들이 주체가 되어 지도자를 선출하고 약속한 기간이 끝나면 그 지도자도 국민으로 돌아오고 새로운 지도자를 선출하는 방법을 택하고 있다. 국민이 주권을 가진 상上의 위치가 되고 통치자가 봉사하는 자리로 바뀌게 된 것이다.

이러한 상하관계를 평등관계로 진전시킨 것이 기독교의 정신이며 하나님 앞에서 모든 사람은 서로 섬기는 관계로 발전하는 것이 교회의 의무였다. 교회가 그 모범을 보여 주었던 것이다.

부부유별夫婦有別에서 별別의 질서도 그렇다. 요사이 청소년들은 부부 사이의 사랑은 받아들일 수 있으나 구별의 질서는 이해하기 힘들 것이다.

부부 사이에는 구별이 있어야 한다. 그러나 옛날에는 구별과 더불어 차별까지 있었다. 지금도 세계의 많은 나라들이 법적으로, 관습적으로 때로는 종교적으로 차별을 두고 있다. 남존여비의 전통에서 온 편파적인 관계였다.

동양 그리고 한국에서도 예로부터 칠거지악七去之惡이라는 것이 있었다. 결혼을 한 여성이 일곱 가지 중 하나의 과오를 범하게 되면 시집에서 쫓겨난다는 관례이다. 그중에는 출산을 하지 못하거나 아들을 낳지 못하면 떠나야 한다는 항목도 있었다. 나는 내 친척 누님 중에 자녀를 출산하지 못했다고 해서 친정부모가 시댁에 가 사죄하고 돌아오도록 한 경우를 보았다. 이를 모두가 당연한 처사라고 여기고 있었다.

일곱 가지 중에는 남편이 다른 여성을 사랑한다고 해서 질투를 하면 안 되는 규례가 있다. 남편과 시가에서 추방당할 수도 있다. 서양의 남성들이 그 이야기를 들으면, '좋은 세상에 사는구나, 우리도 한번 그래 보았으면 좋겠다.'라고 농담을 할지도 모른다. 그러나 역시 부부관계는 사랑의 관계이어야 한다. 사랑의 관계란 평등관계보다도 서로 위해 주는 관계인 것이다. 그것이 바로 기독교의 정신인 것이다.

장유유서長幼有序의 질서도 그렇다. 우리는 일찍부터 연장자에게 순종하며 젊은이들은 어른을 공경하는 것을 미덕으로 여겨왔다. 그래서 비슷한 연령의 사람들이 서로 만나면 누가 연장자인가를 마음 쓴다. 실례를 범하지 않기 위해서이다.

그것이 사회적 관습이 되었기 때문에 유능한 후배들도 무능한 선배 밑에 머물러야 하며, 마땅치 않아 보이는 젊은 세대들은 연장세대들의 비판을 받기도 했다. 그 폐단은 공직사회와 기관에서는 점점 커지는 결과가 되기도 했다. 나이 많고 적은 것이 상하관계의 요인이 되었던 것이다. 그래서 모든 사회의 원로계층이 생겼던 것이다.

그런 사고와 규례가 일률적으로 나쁘다거나 배제의 대상이 되어야 한다는 것은 아니다. 장유유서의 질서 때문에 장래성이 있고 사회적으로 크게 일할 수 있는 후배들이 소외된다면 국가적인 손실이 너무 커진다. 또 연장세대들이 후배들에게 선한 모범도 보여주지 못하고 사회의 공동선과 공동이익에 참여하지도 못하면서 연장자로서의 예우만을 기대하고 요청한다면 국가와 가족의 장래를 위해 시정되어야 할 일이다.

기독교는 이러한 자연조건에 따르는 인간의 상하관계를 가치관과 인격의 평등관계로 환원시키며 서로가 서로를 이해하며 위해 주는 관계로 승화시키기를 바라는 것이다. 기독교는 누르고 눌리는 상하관계를 서로 이해하고 손잡는 평등관계로 바꾸며 그것을 다시 사랑하고 위해 주는 관계로 높여가는 길을 열도록 해야 한다. 그것이 하늘나라로 가는 한 과정인 것이다.

붕우유신朋友有信의 경우를 생각해보자. 친구사이에는 신의信義가 있어야 한다. 다른 네 가지 질서에 비하면 이 조항은 출발부터 평등의식이 강하게 느껴진다. 친구 자체가 평등성으로 맺어지기 때문이다.

그러나 따져보면 다른 네 가지가 모두 상하관계로 되어 있기 때문에 친구 간에도 적지 않은 제약을 받기 쉽다. 서양의 드라마를 보는 때가 있다. 10대의 소년이 3,40대의 어른과 대화를 하다가 상대방을 잘 이해하게 될 때는, "알겠습니다 이제부터는 친구가 되겠습니다."라고 말하면 쉽게 친분을 나누게 된다. 그러나 우리는 그렇게 되기 어렵다. 오히려 3,40대의 어른이, "뭐, 친구? 내 나이로 보아서도 네 아버지 격인데 친구라고?"라는 생각이 앞선다. 기성세대들은 어떤 경우에도 대인관계에서 평등보다는 상위조건을 따지기를 바란다. 상위에 머물 수 없을 때에야 평등으로 돌아서는 것이 습성화되었기 때문이다.

부자와 가난한 사람이 친구가 되기 힘들며, 직장의 상사와 부하가 서로 친구로 대하기 힘들어진다. 모든 조건이 비슷해야 친구가 된다. 그러나 우선 누구나 친구가 될 수 있고 친구로서의 평등조건 위에 빈부의 차이라든지, 직책의 상하가 인정되는 것이 바람직스러운 것이다.

무엇 때문에 이런 문제가 논의되어야 하는가. 우리 사회의 많은 고통과 불행이 인간관계의 상하성이 굳어진 데서 기인하기 때문이다. 이 상하관계를 평등관계로 환원시켜야 한다. 그리고 기독교의 사랑의 질서가 이 모든 것들을 완성시키기를 바라는 것이 우리의 희망이다. 사랑과 섬김의 질서가 기독교의 본질인 것이다. 서로가 서로를 위해 줄 수 있어야 사랑의 열매가 얻어지는 것이다.

3

한국병과 기독교,
그 세 번째

나는 평양에서 중·고등학교를 마치고 일본으로 유학을 갔다.

일본에서 가장 뼈저리게 느낀 것은, '저렇게 열심히 일하는 민족이기 때문에 게으른 우리 민족을 지배하고 사는구나.' 하는 생각이었다. 그때까지만 해도 우리가 그렇게 게으르며 놀기를 좋아하는 민족인 줄은 몰랐다.

그리고 또 20년쯤이 지난 뒤, 40을 넘기면서 미국과 유럽을 다녀보게 되었다. 그때 발견한 것은 선진사회 사람들은 일의 가치를 창출해 사회에 주고 있다는 사실이었다. 그들이 모두 사회에 기여하는 만큼 그 사회는 정신과 물질적으로 더욱 풍부해질 수밖에 없다.

그 결과는 어떠한가. 미국경제가 일본보다는 반세기쯤은 앞섰고 일본경제가 우리에 비하면 50년 정도는 앞서고 있는 것이다.

그러는 동안에 얻은 결론은 일을 사랑하는 민족이 경제발전은 물론 정신적 풍요로움도 누릴 수 있다는 것이었다. 그리고 일을 사랑한다는 것이 기독교의 가장 기본적인 교훈이었다는 점도 배울 수 있었다. 성경을 읽는 사람들은 누구나 깨닫게 되어 있는 사실이다.

일을 사랑한다는 것은 몇 가지 뜻을 포함하고 있다. 가장 중요한 것은 돈을 위해 일하는 사람, 돈을 사랑하는 사람은 일을 사랑하는 사람이 되기 어렵다는 점이다. 돈을 벌기 위해 일을 하고, 돈을 번 후에는 그 돈으로 인생을 즐기면 된다고 생각하는 사람들은 돈 때문에 향락에 빠질 수 있고, 그 결과로 도덕성이 무너진다면 오히려 돈이 불행을 가져올 수 있다. 도덕성이 병든 사회는 모든 것을 잃도록 되어 있다.

일을 사랑한다는 것은 일이 중하기 때문에 즐겁게 일을 하며 일의 대가로서의 돈도 얻게 되어 있다. 일에서 행복을 누리며 소득에서 인생을 높일 수 있다. 돈을 위해 일하는 사람은 돈 때문에 인생이 빈곤해지기 쉬우나 일을 위해 일하는 사람은 일과 더불어 성취와 성공의 희열을 얻는다.

얼마 전 외환위기를 겪으면서 우리는 월급보다도 일이 중하며 일이 없으면 인생이 공허해진다는 사실을 체험할 수 있었다. 신나게 일을 즐기면서 한평생을 살 수 있다면 그보다 더 행복한 사람이 어디 있겠는가.

그러나 한 차원 더 생각을 높여보자. 일을 하는 궁극적 목적은 어디 있는가. 이웃과 사회에 대한 봉사에 있는 것이다. 부모들은 일을 아끼지 않는다. 자녀들에게 남겨주고 싶어서이다. 예술가는 피곤을 모르고 일한다. 예술의 대가를 사회에 남기기 위해서이다. 우리 선조들은 모든 것을 희생시켜 가면서 독립운동을 했다. 후손들의 자유와 주권을 위해서였다.

생각해보면 모든 값있는 일, 일다운 일은 이웃과 사회에 대한 봉사 때문이다. 그 일들만이 고귀하게 남을 수 있고 인생을 보람과 영광으로 이끌어 준다.

이런 일의 의미와 본질을 깨닫고 실천하는 것을, 일을 사랑하는 것으로 보는 것이다. 그리고 그것이 크리스천의 자세인 것이다.

그렇다면 어떤 일과 직업이 높이 평가를 받을 수 있는가. 무엇이 가장 사회에 대한 기여도가 높은가에 따라 평가되어야 한다. 직업의 귀천이 있을 수 없고 상하가 존재한다기보다는 무슨 일이 사회에 더 값있는 기여를 하는가에 따라 평가되어야 한다.

예로부터 우리나라에는 사士, 농農, 공工, 상商의 서열의식이 강했다. 주로 윤리성에 따라 서열의식이 생겼다. 선비정신이 만들어준 표준이다. 농사는 정직한 직업이지만 상업은 수단을 써가며 수입을 꾀하는 직업이기 때문에 기피의 대상이 되기도 했다.

그러나 선진 사회에서는 오래 전부터 상공업을 앞세웠기 때문에 오늘과 같은 경제성장을 성취시켰다. 경제활동은 경제사회에 얼마나 기여도가 큰가에 따라 의의를 부여했던 것이다.

지금 우리 주변의 사士는 선비다운 직업보다도 관직을 위한 직업으로 전락되어가고 있다. 학자나 예술가보다는 관직을 얻으려는 자격시험에 몰두하고 있는 실정이다. 그리고 과학적 연구와 공과계열의 학문과 직업은 관직의 지배를 받아야 하며 상업보다는 수입에 있어서 뒤지기 때문에 천시당하는 추세가 되었다.

직업의식과 일에 대한 가치관의 혼란이 극심해지고 있다. 교육을 받은 사람은 힘들거나 위험성을 동반하거나 신사적인 직업이 못된 경우에는 기피해가는 현상이 너무 심각해지고 있다.

몇 해 전 일이다. 일본에서 친절하기로 유명한 한국인이 경영하는 택시회사가 소개된 일이 있다. 그 회사에 운전기사로 지원해 온 사람들의

80% 이상이 대학졸업자였다는 보도였다.

일본경제의 가능성과 장래가 바로 그런 점에서 나타나고 있다. 우리는 아직도 그런 일의 가치관에는 도달하지 못하고 있다. 후진 사회의 공통된 점이 있다. 주어진 일자리는 적어도 할 일은 많다는 사실이다.

오래 전, 미국에서 있었던 일이 생각난다. 최고의 대학을 나온 두 젊은 이가 공직에서 일하고 있었다. 둘은 '사회를 위해 더 보람 있는 직업은 없을까' 하고 고민했다. 그러다가 자신들이 살고 있는 도시의 가장 어려운 문제가 쓰레기 문제라는 뉴스를 접했다. 그들은 관직을 버리고 직접 환경미화원으로 뛰기 시작했다. 많은 애로와 문제점들을 발견하게 되었다. 결국은 도시 쓰레기 처분을 위한 회사를 설립하고 그 결과로 많은 일자리를 제공했는가 하면 시민들의 감사와 존경의 대상이 되었다. 그리고 더 큰 보람된 일을 찾고 있다는 보도였다.

그것이 아메리카의 힘이다. 지금 세계적으로 유명한 음식점을 운영해 미국경제를 주름잡고 있는 식당 경영인도 대학생 때 착상, 개발한 것이다. 기숙사에 있으면서 점심시간이 되면 마땅한 식사장소가 없었다. 그래서 대학을 떠나 시작한 식당이 세계적으로 선도역할을 하게 되었고 그 영향은 국제적으로 번져가고 있다. 사람들은 이를 창조적인 의지와 노력의 결과라고 말한다.

크리스천들은 더 많은 사람들이 인간답게 행복을 누릴 수 있도록 주어진 일에 최선을 다하며 가난한 사람들에게 희망을 줄 수 있어야 한다. 그것이 존경받는 일이며, 신앙인의 책임과 자세이다. 그 뜻을 성취시키는 일이 오늘 우리에게 주어진 직업관인 것이다. 직업과 일을 통하지 않고는 주님의 뜻이 이루어지지 않는다.

4

한국병과 기독교,
그 네 번째

우리는 오랜 세월을 농경사회에서 조용히 살아왔다. 거의 최근까지 그렇게 산 셈이다. 우리의 정신적 전통과 가치관은 주로 중국을 통해 전해졌다. 이 둘이 합쳐서 이루어진 우리 선조들의 생활은 한마디로 말하면 온정주의溫情主義사회였다.

기후가 적절하고 산수가 맑은 한반도에서 따뜻하고 착한 마음씨를 가진 사람들이 서로 의지하고 도우면서 살아왔다. 적어도 서민들은 그렇게 살았다.

불교의 가르침인 자비심이나 공자의 어진 마음이 그 주류를 이루고 있었다. 그런데 이러한 온정사회는 더 넓게 확대해 나갈 방법과 방향을 찾지 못했다. 정신적 지도력이 약화되었고 새로운 가치관을 창조해 나갈 능력을 갖추지 못했다. 창조적인 소수가 없었고 도덕 및 사상적 지도층이 형성되지 못했다. 물론 전혀 없었던 것은 아니다. 그러나 계란을 깨뜨리고 병아리가 태어나는 계기와 가능성을 만들지 못했다.

그러는 동안에 온정주의 사회는 내향적으로 굳어지기 시작했다. 혈연사회와 씨족사회로 좁아졌는가 하면 왕실을 둘러싼 권력 집단으로 분열과 투쟁을 일삼는 상황으로 변질되는 결과가 되었다. 온정사회가 본능사회, 집단 이기적 분열을 부추기는 현실로 전락하게 된 것이다.

조선왕조 500여 년의 역사가 그런 소용돌이를 벗어나지 못했다. 그 결과로 세계 근대화의 과정에서 뒤지게 되었고 마침내는 일본의 강점을 당하는 비극을 초래하게 되었다.

그때 비로소 두 가지 민족적 변화가 일어났다. 그 하나가 문벌이나 씨족 단위의 삶이 민족과 국가를 단위로 하는 사회로 탈바꿈한 일이다. 이제는 나와 우리 가족을 위한 삶은 용납될 수 없고 국가와 민족을 위해 살아야 가정도 유지될 수 있다는 한 차원 높은 경각심을 갖게 된 것이다. 3·1운동이 바로 그런 역사적 계기를 만들어 주었다.

또 하나의 변화는 오랫동안 폐쇄적인 쇄국정책을 통해 우물 안 개구리와 같았던 사고방식이 사회질서의 변화를 강요하는 외부세력과 국제적 도전을 받게 된 것이다. 처음에는 일본을 통한 간접적인 접촉과 수용이었으나 해방 후 6·25를 겪으면서는 서구적인 문물이 조류와 같이 밀려들기 시작했다.

이제는 국민 전체가 남과 북을 가릴 필요가 없이 어떤 새로운 세상에서 살아야 한다는 생각을 갖게 되었다. 과거와 같은 삶은 물질적으로나 정신적으로 불가능하다는 현실에 접하게 된 것이다.

역사적으로는 근대화가 불가피했으며 내용적으로는 서구화가 요청되었던 것이다. 그것은 우리만의 문제가 아니었다.

일본은 우리보다 일찍 체험했고 중국과 아시아의 제3세계는 그 세계사적 파도에 휩쓸리지 않을 수 없었다. 공산주의도 그 한 세력이었고 자유민주주의도 그 하나의 흐름이었다.

그 격렬한 와중에서 길게는 1세기, 짧게는 반세기를 살아 온 것이 우리의 현실이다.

그렇다면 이 근대화 또는 서구화란 정신사적인 외세에 접하면서 우리는 무엇을 발견하고 체험하게 되었는가. 단적으로 표현한다면, 온정에 대한 합리주의적 사고와 가치관인 것이다.

서구인들은 우리가 인仁과 같은 정서적 가치를 추구하는 동안에 일찍부터 이성적 사고, 로고스logos의 사상을 발전시켰다. 논리적 사고와 합법적 의식구조를 존중히 여긴 것이다. 우리와는 출발부터 그 성격이 달랐던 것이다.

그리고 이 이성적이며 합리적인 사고와 가치가 본능사회로 굳어지는 방향을 바꾸어 가치사회를 추구하는 방향을 찾게 한 것이다. 그 결과는 서양의 근대화를 촉진시켰고 세계역사를 바꾸어 놓은 주도력을 갖추게 되었다. 과학적 사고와 실용적 가치가 근대 문명을 탄생시켰는가 하면 오늘과 같은 정보화 사회까지 창출해 낸 것이다.

이러한 두 개의 큰 세계사상의 흐름이 합쳐지면서 일본을 비롯한 동양사회는 우리의 전통을 지키는가 아니면 합리적 가치추구의 정신을 받아들이는가 하는 선택을 강요당하게 된 것이다.

이즈음 동양사회 전체적으로 등단한 것이 동도서기東道西器라는 사상이었다. 다분히 한문漢文적인 표현이다. 정신적인 것 즉 도道는 동양적인 전통을 이어가면서 기계 · 기술적인 것은 서구적인 것을 받아들이자는 것이었다.

그러나 그것은 새 술을 낡은 부대에 넣으려는 것과 같이 쉬운 일이 아니었다. 하나의 삶 속에 이질적인 두 정신이 공존할 수는 없었다. 문제는 '제3의 길이 가능한가' 함에 있을 것이다. 그 제3의 위치에서 온정적인 동양의 것과 합리적인 서구적 가치체계가 공생할 수 있는가 함이 관건이 된 것이다. 또 이 둘은 개인에게 있어 한 삶을 이루고 있으며 사회적으로도 언제나 존립의 양면을 만들고 있기 때문이다.

그 제3의 길이 무엇인가. 온정과 합리를 포함하면서도 새로운 삶을 창출해가는 인격 및 인간성의 가치인 것이다. 조화롭게 승화된 인격적 삶과 그 가치가 요청되는 것이다. 그리고 그 제3의 방향이 기독교의 뜻이었던 것이다. 기독교는 처음부터 진리와 사랑의 종교로 출발했다. 요한복음이 단적으로 그 사실을 입증해주고 있다. 진리에는 이성적이며 합리성을 내포하는 면이 있는가 하면 사랑은 정서적인 윤리성을 포함하고 있다. 인격은 그 둘 모두를 간직하면서도 발전적인 성장을 더할 수 있으며 새로운 삶을 열어가는 주체가 되는 것이다. 더 중요한 것은 그러한 인격은 서로의 사귐과 대화를 통해 더 높고 더 넓은 인격의 왕국을 건설해가는 것이다.

이때 가장 중요한 두 가지 요소가 있다. 그 하나는 동양적 온정주의를 살아 온 우리들은 합리적인 사고와 가치관을 거치지 않고는 인격적 완성에 도달할 수 없다는 사실이다. 유·소년기를 살아온 사람은 청년기를 거치지 않고는 장년기에 들어설 수 없는 것과 같은 역사적 과정이라는 뜻이다. 우리에게 결핍되어 있는 합리적 사고, 객관적 가치의 추구, 과학적 실용성은 반드시 통과해야 하는 성숙된 인격에로의 과정인 것이다.

그리고 또 하나의 목적은 그 길이 기독교가 염원하는 인격적인 사랑과 하늘나라 건설의 길이라는 점이다. 다시 말하면 기독교는 원만한 인격과 성숙된 휴머니즘의 육성을 도우면서 그 완성의 길을 계승해 가는 데 믿음과 희망을 걸고 있는 것이다.

5

비도덕적 사회에서
양심을 지킨다는 것

최근의 사회와 역사적 현실 속에 사는 사람들은, 양심적인 개인과 비도덕적인 사회를 생각지 않을 수 없다.

크리스천들까지 그런 생각을 하지 않는다면 우리 민족의 장래가 어떻게 되겠는가.

이런 생각을 할 때마다 나는 두 정신적 지도자를 기억에 떠올리곤 한다. 세대의 차이는 있어도 직·간접적인 관련을 가졌던 인물이기도 하기 때문이다.

그 한 사람은 도산 안창호이다. 나는 어렸을 때 그를 뵈었고 또 두 차례나 직접 강연을 들었기 때문에 더욱 잊을 수가 없다.

그는 우리보다도 더 어려웠던 시대를 살면서 정의와 도덕성이 무너진 일제시대를 양심껏 살다가 사회악의 제물로 사라진 분이다. 비도덕적인 사회 속에 살면서 외롭게 양심을 지키다가 해방도 보지 못하고 세상을 떠났다. '죽더라도 거짓말을 하지 말라.'고 외치던 음성이 아직도 우리들 심중에 남아 있는 것 같다.

또 한 사람은 도산의 후배이면서 친구였던 고당 조만식이다. 사람들은 그를 한국의 간디라고 부르기를 서슴지 않는다. 가장 간디와 흡사한 생애를 살았다. 그도 우리 역사에서 가장 비非도덕적이며 반反인륜적인 공산치하에서 생애를 마감했다. 도산은 옥중에서 병을 얻어 돌아갔으나 고당은 공산당에 의하여 피격을 당해 우리 곁을 떠났다.

그가 고려호텔에 갇혀 있을 때 부인이 마지막 면회를 갔었다. 고당은 부인에게 준비해 두었던 흰 봉투를 건네주었다. 그리고는 더 찾아올 필요도 없고 또 찾아오는 일도 어려울 테니 이것을 가지고 돌아가, 어린 것들을 이끌고 38선을 넘어 서울로 가라고 타일렀다. 그리고 그는 6·25를 겪으면서 공산군 장교에 의해 피살당했다. 물론 공산정권의 소행이었다.

후에 고당의 서거 사실을 알게 된 그의 가족과 친지들이 그 봉투 속에 들어 있던 머리카락으로 장례식을 치루었다. 그의 시신을 찾을 바가 없어 머리카락이 유일한 유품이 되었다. 그도 역시 자신의 양심을 갖고 반인륜적인 공산정권과 싸우다가 일생을 끝냈다.

그런데 우리가 주목하고 싶은 것은 두 분 다 철저한 크리스천이었다는 사실이다. 고당의 대명사는 장로로 알려지고 있다. 그를 아는 사람들은 조만식 장로로서의 그의 인품을 사모하고 있다. 도산도 그렇다. 내가 두 차례 강연을 통해 받은 인상은 그는 교회의 목사님들보다도 신앙적이었다는 점이다. 여러 사람을 대했기 때문에 자신의 신앙을 일일이 밝힐 필요는 없었겠으나 그의 양심을 지켜주고 뒷받침해 준 것은 그의 신앙심이었다. 고당은 22살 때, 머리를 깎고 숭실중학교를 찾아 갔을 때부터 평생을 신앙으로 일관하였다.

이렇게 본다면, 뜻이 있는 사람들은 양심적인 개인과 비도덕적인 사회를 문제 삼게 되나 크리스천들은, 양심적인 신앙과 사회악의 과제를 생각지 않을 수 없다.

오늘과 같이 사회악이 팽배한 세상에 살수록 크리스천들은 이렇게 엄청난 사회악에 대하여 '나는 그리스도 앞에서 어떤 의무와 책임을 감당해야 하는가'를 묻지 않을 수 없다. 그것이 주님의 엄숙한 요청이기도 하기 때문이다.

구약의 많은 지도자들이 그런 사회에 살았고 초대교회로부터 오늘에 이르기까지 부르심을 받은 그리스도인들은 말없이 그 뜻을 지켜왔다. 물론 주님께서는 그런 삶의 모범을 남겨 주었다. 그렇다면 신앙적 양심을 갖고 산다는 것은 무엇을 뜻하는가.

반反사회적이며 비非도덕적인 집단세력 때문에 고통을 받으며 희생을 당하고 있는 이웃들과 국민들에 대한 고통에 참여할 수 있어야 한다. 그런 사람들이 우리 주변에는 너무 많이 있다. 자유를 짓밟히고 행복을 유린당하고 있는 사람들이다. 최근에는 북한의 동포들이 그런 고통에서 벗어나지 못하고 있으며, 중국에서 온 조선족들과 외국에서 온 근로자들이 인간 이하의 대우를 받고 있다.

잘못된 정치, 이기적인 경제 집단, 국민들을 출세와 명예의 방편으로 이용하고 있는 많은 자칭 지도자들에 의해 소외당하고 있는 이웃들과의 양심적인 동참의식이 있어야 한다. 주께서도 피리를 불어도 함께 기쁨을 나누지 못하며, 우는 이웃이 있어도 슬픔을 나눌 줄 모르는 이들에게는 인간적인 공감이 없기 때문에 신앙적 참여는 있을 수 없다고 가르쳤다.

또 크리스천들은 양심적 신앙과 주님께서 베풀어 주시는 사랑의 중간에서 사회악을 저지르는 사태에 대응할 수 있어야 한다.

세상의 아들들도 양심과 지혜를 갖고 용감하게 사회악에 항거하고 있다. 크리스천들은 더 굳건한 신앙과 하나님의 사랑의 은총을 받으면서 역사악에 대항하는 의무를 지니고 있다. 세상의 아들들은 외로운 싸움을 전개하고 있다. 그러나 우리는 하나님 편에서 그리스도와 함께 구원의 역사에 뛰어들고 있다. 주께서 주신 사랑을 그들에게 나누어 줄 책임을 지고 있는 것이다.

세상 사람들은 정의로운 투쟁을 통해 사회악과 싸우고 있다. 그러나 우리는 그 위에 사랑과 봉사의 정신을 갖고 역사악을 극복할 수 있어야 한다. 마침내는 사랑이 정의를 완성시키며 봉사가 투쟁의 차원을 넘어서고 있음을 입증할 수 있어야 한다. 교회가 사회 속에 있는 것도 그 때문이며 크리스천이 누룩의 역할을 담당함도 같은 의미를 갖는다.

그러나 우리는 항상 최악의 사회와 역사적 사건 속에서 최후의 승리를 약속해 주신 그리스도의 정신을 잊어서는 안 된다. 그것은 주님의 십자가를 통해 완성된 것이다. 그래서 십자가는 희생을 통한 승리의 상징이 되고 있다.

그리고 지금은 우리 모두가 우리들에게 주어진 십자가를 지도록 되어 있다. 주께서는 우리가 감당할 수 있는 십자가를 주신다. 그리고 외면해서는 안 되는 십자가인 것이다. 진실을 위해서, 정의를 위해서, 영원한 것을 위해서, 이웃의 행복과 생명을 위해서, 마침내는 이루어져야 할 하늘나라를 위해서.

6

남기고 싶은
이야기 하나

여러 해 전 일이다.

어떤 기관에서 청탁이 왔다. 고3학생들이 진로와 선택을 위한 고민이 많으니까 그들을 위한 몇 학교의 강연을 맡아 주었으면 좋겠다는 부탁이었다.

서울 시내의 몇 학교를 방문해 한 시간씩 강연을 해주게 되었다. 학교 이름은 정확히 기억하지 못하나 서울 서쪽에 있는 한 여자고등학교를 찾아 갔을 때였다. 교문을 들어서면서 보니까 건물과 시설이 훌륭해 보였다. 이제는 우리나라도 경제여건이 여유로워지니까 중ㆍ고등학교의 시설도 좋아지는 것 같다고 생각했다.

교장실에 들어가 차를 마시면서 강연 시간을 기다리게 되었다. 그런데 교장실 한쪽 벽에는 당시의 대통령이었던 노태우씨의 사진이 걸려 있는

데 맞은 쪽 벽에는 아주 초라해 보이는 시골 아주머니의 사진이 걸려 있었다. 까만 저고리를 입었고 얼굴에는 화장기도 없는 촌스러운 초로初老의 여인이었다.

이상하게 생각한 나는 교장에게, "이 학교가 사립학교입니까? 나는 공립학교로 알고 왔는데요." 라고 물었다. 교장의 대답은 공립학교라는 것이었다. 나는 다시 "공립학교인데 저 아주머니의 사진은 어떻게 된 것이지요?" 라고 물었다.

교장은 다음과 같은 이야기를 들려주었다.

저 아주머니는 오래 전에 남편을 여의고 혼자 남게 되었다. 가족친지도 없었다. 여인은 혼자 남게 되면서 스스로에게 묻고 다짐했다.

'사람은 누구나 빈손으로 왔다가 빈손으로 간다지만 그래도 아무 흔적도 없이 갈 수는 없지 않는가. 나 같은 사람에게도 뜻만 있다면 무엇인가를 남기고 갈 수 있지 않을까.'

그때 생각에 떠오른 것이 있었다. 자신이 너무 가난한 가정에 태어났기 때문에 다니고 싶은 학교에도 가지 못하고, 하고 싶은 공부도 못한 것이 한이었다. 이제부터 열심히 일하고 벌어서 생기는 돈을 자신과 같이 가난한 한국의 딸들을 위해 장학금으로 쓰도록 하겠다는 결심을 했다.

학교장의 말로는 먹고 싶은 음식도 사양하고, 택시보다는 버스를 이용하고 다니면서 열심히 벌었다고 했다. 목적이 좋아서였을까 일과 사업에 성공했다. 헌신적인 노력의 결과였다.

그런데 불행하게도 암에 걸려 입원을 하고 고생하다가 세상을 떠났다. 병원에 있는 동안에 재산목록을 정리하고 전 재산을 교육부에 바치기로 했다. 가난한 한국의 딸들을 위해서….

그 재산이 교육부에서 서울시 교육위원회로 넘어가고 다시 그 아주머니의 거주지 쪽으로 배정되었다.

그 재산으로 장학회를 만들게 되면 운영기관이 세워져야 하며 사무실과 직원이 필요하다. 그런데 아무도 연고자가 없기 때문에 그 재산으로 학교를 설립하기로 한 것이다. 사립학교가 되면 또 이사회가 있어야 하고 재단 사무실 등이 필요해지기 때문이다. 학교설립은 그 아주머니의 기부금으로 하되 운영은 공립학교로 하게 되었다는 설명이었다. 그리고 그 교장이 부임해왔던 것이다.

나는 천육백 명 쯤 되어 보이는 고3학생들에게 강연을 끝내고 나오면서, 여러 번 참으로 고마운 아주머니였다는 생각을 했다.

그리고 얼마의 세월이 지났다. 노태우 대통령이 부정축재 때문에 조사를 받고 구치소에 수감되었다는 뉴스를 접했다. 그러면서 다시 한 번 교장실 양쪽 벽에 걸려 있던 사진들을 회상해 보았다.

국민들은 두 사람 중 누구를 선택하며 존경해야 하는가. 또 누구를 본받아야 하는가. 대통령이라는 간판에 가려 사회악을 잊어서는 안 된다. 이름 없는 여성이라고 해서 누구보다도 고귀한 뜻을 남겨준 사람을 잊어서도 안 되는 것이다.

그 여인이 어떤 종교나 신앙을 가지고 있었는지 모른다. 그것을 묻는 것은 지혜롭지 못한 일이다. 혹시 시골에서 태어나 자랐다면 불교를 믿었을지도 모른다. 종교가 없었을지도 모른다.

그러나 한 가지 확실한 사실이 있다. 그리스도께서는 그런 사람을 찾고 계시며 또 그런 사람을 사랑하신다는 것이다.

확실히 그 여인은 인생을 살면서 일의 가치관을 정립했던 사람이다. 우리 모두는 일을 하고 있다. 어떻게 보면 학생들은 공부를 하기 위해 학교로 가듯이 우리는 일을 하기 위해 세상에 태어났다고 보아도 좋을 것이다. 아무 일도 하지 않고 일생을 살았다면 그 사람은 인생 자체를 포기한 사람이다. 인간은 무슨 일을 얼마나 많이 했는가에 따라 평가를 받도록 되어 있기 때문이다.

많은 사람들은 돈을 벌고 재물을 모아 소유하기 위해 일을 한다. 그러나 그들은 그 아무것도 소유하지 못하고 빈손으로 세상을 떠나고 만다. 무일푼의 거지나 막대한 재산을 쌓아 가졌던 부자나 죽어갈 때는 모두 마찬가지로 빈손으로 가는 법이다.

그 사실을 잘 아는 지혜로운 사람은 일을 위해서 일에 열중한다. 그러는 동안에 그 성취감에 행복도 누리며 다른 사람의 존경도 받는다. 돈 때문에 일하는 사람은 돈과 더불어 일의 의미가 사라지고 만다. 그러나 일을 위해서 일하는 사람은 일의 가치에 따라 감사의 영광을 누릴 수 있다.

그러나 먼저의 여인과 같이 다른 사람에게 주기 위해 일하는 사람, 일을 사회와 이웃을 위한 봉사의 수단으로 생각하는 사람은 그 일을 통해 사람을 위하고 섬기는 가장 고귀한 임무를 다하게 된다.

보물을 하늘나라에 쌓아두라는 가르침은 바로 그런 뜻이다. 흔히 교회에 헌금을 하는 것이 하늘나라에 쌓아두는 것이라고 말한다. 그러나 그것은 교회를 통해 그리스도를 대신해 가난하고 필요로 하는 이웃에게 쓰여진다는 뜻이다.

만일 크리스천들이 그 책임을 다하지 못하고 세상 사람들이 그 뜻을 따르게 된다면 주님께서는 그들을 받아들이며 축복해 주실 것이다.

일의 궁극적인 목적은 이웃에 대한 봉사에 있는 것이다.

7

『까라마조프의 형제들』에서

여러 해 전 긴 여행을 떠났을 때였다. 학생 때 읽었던 '도스도예프스키'의 『까라마조프의 형제들』을 한 번 더 읽어보기로 했다.

큰 아들이 사랑하는 애인을 마지막으로 떠나보내기 위해, 파티 장소로 가고 있었다. 애인을 위해 연회를 베풀어주고 작별한 뒤에는 자결을 하기 위해 권총을 몸에 지니고 마차를 달리고 있었다.

그는 문득 수도원에 있는 막내 동생을 생각해본다. 그 동생은 신을 믿고 있다. 그래서 자기도 모르게 기도를 드린다.

하나님, 저 같은 사람은 죽은 뒤 지옥에 떨어져도 마땅합니다. 그러나 지옥에 있으면서도 하나님은 사랑하겠습니다.' 라고.

나는 젊었을 때 그 기도의 깊은 뜻을 깨닫지 못했었다. 그 주인공이 후에 재판을 받게 된다. 아버지를 죽였다는 누명을 쓰게 되었던 것이다.

그는 법정에서 호소한다.

"검사는 여러 가지로 나의 과거를 들어 나를 나쁜 사람으로 고발하고 있습니다. 그렇습니다. 나는 나쁜 사람입니다. 검사가 생각하는 것 보다는 몇 배나 더 나쁜 놈입니다. 누구보다도 내가 나 자신을 더 잘 알고 있습니다. 그러나 한 가지 사실만은 확실합니다. 내가 아버지를 죽이지 않았다는 진실입니다."라고.

그는 또 많은 변론을 위해 노력한 변호사에게도 감사의 뜻을 표하면서, "나는 변호사가 옹호해 줄 자격도 갖추고 있지 못합니다. 너무 많은 과오와 잘못을 저지른 것이 사실입니다. 그러나 결코 내 아버지를 죽이지는 않았습니다."라고 호소한다.

재판 판결은 다음 선고 공판으로 이어지고 배심원들의 결정을 기다리게 된다.

그때 큰아들은 말한다.

"만일 내가 아버지를 죽이지 않았음에도 불구하고 내가 아버지를 죽였다고 판결을 내리면 나에게 가장 두려운 것이 있습니다. 하나님을 믿지 못하게 된 것 같아 두렵습니다."고 고백한다.

그렇다. 그는 이미 인간적인 절망에서 자살을 결심했었다. 정신적으로는 살아 있지 않는다. 이제 종신 징역이 내린다거나 사형이 언도된다는 것은 두려울 바가 아니다. 이미 모두가 끝났기 때문이다. 그러나 거짓이 진실로 받아들여지며 진실이 버림을 받는다면 이 세상이 어떻게 되는가. 하나님을 믿고 있는 사람들의 믿음도 어떻게 되는가. 태양이 사라진다면 그 암흑을 어떻게 하는가. 그래서 주인공은 진실을 하나님의 존재와 연결 짓지 않을 수 없었던 것이다. 진실이 모두 사라진다면 하나님은 계실 곳이 없어지지 않는가. 나는 그 장면을 읽으면서 눈물을 흘렸다. 비행기 안에서였다. 예전에 읽었을 때는 그 내용이 소설이었다. 심각한 예술의 극치로 느껴지고 있었다. 그러나 지금 읽으면서는 그것은 나 자신의 고백이면서 호소였다. 그리고 진실과 하나님을 사랑하는 우리 모두의 기도가 아닐 수 없지 않은가.

> 그럼에도 불구하고 법정은 그를 살인자로 판결을 내린다.
>
> 그는 절망한다. 자신을 위해서가 아니다. 진실을 위해서이다.
>
> 그때 그는 막내 동생을 만난다. 형은 동생에게, '너도 내가 아버지를 죽였다고 생각하느냐?' 묻는다. 동생은 "아닙니다. 형이 죽이지 않았다면 그것은 진실입니다. 형은 지금까지 한번도 거짓말을 한 일이 없었습니다."고 말한다.
>
> 그는 "그러면 되었다. 네가 믿어주면 그것으로 족하다."고 안도한다. 동생의 영혼에는 하나님이 머물고 있음을 믿었었기 때문이다.

62년 봄학기였다. 우리 시대를 대표하는 신학자 틸리히P.Tillich가 그의 하버드 대학 마지막 강의를 위해서 학생들에게 참고로 읽을거리를 제시해 준 일이 있었다.

그는 10권 전후의 책을 소개하면서 마지막으로 철학책도 신학책도 아닌 도스도예프스키의 『까라마조프의 형제들』을 추가해 주었다.

지금은 그 뜻을 이해할 수 있을 것 같다.

우리가 신앙적 관심과 물음을 갖는다는 것은 세상적인 문제는 아니다. 그것들이 문제가 될 수도 있다. 그러나 그것들은 차원이 낮은 것들이다.

마치 외출을 하는 사람들이 양복이나 넥타이를 고르는 정도의 것이다.

무엇을 먹을까. 무엇을 입을까. 어떤 집에서 살까 등은 물을 수 있다. 그러나 그것들은 세상 사람들의 관심사이다. 몸이 의복보다 중하며 목숨이 음식보다 귀하다는 것은 세상 사람들이 다 알고 있다.

우리가 하나님께 묻고 싶은 것, 그리스도에게 호소하고 싶은 것은 우리의 신체나 생명보다 더 중하고 영원한 과제인 것이다. 옛날 사람들은 그것을 우리들의 삶과 존재 그 자체에 대한 물음이라고 말했다.

그러나 더 중요한 것은 그 삶과 존재의 내용으로서의 의미와 가치까지도 포함하는 것이다. 그 의미와 가치는 나의 삶과 존재와 더불어 있으면서도 우리 모두의 것이며 인간 전체의 것이 된다. 그것 때문에 내 자신이 있으며 인간이 존재하며 역사가 희망을 갖는 것이다. 도스도예프스키는 그 문제의 하나를 삶에 있어서의 진실이라고 보았던 것이다.

그 진실은 인간적 삶을 공허하지 않고, 버림받지 못하도록 지켜주는 것이다. 그 진실은 인간과 하나님과의 약속이면서 인간의 빛, 생명, 희망인 것이다. 주인공은 그 진실을 믿고 싶었던 것이다. 그 진실이 사라지면 하나님에 대한 기대와 희망도 사라졌기 때문이다.

그러나 그것은 진실만은 아니다. 자유도 그 하나이다. '진리가 너희를 자유케 하리라' 는 교훈이 그것이다. 그리고 진실은 자유와 더불어 우리에게 희망을 약속해준다. 믿음은 희망인 것이다. 희망이 있는 곳에는 믿음이 있고 믿음이 있는 한 희망은 우리의 것이다.

그 희망을 찾아 나누는 것이 우리의 신앙적 사명인 것이다.

평화로운
통일을 원한다면

지난 55년 동안 우리(남과 북)는 해서는 안 될 일들을 너무 많이 저질렀다. 6 · 25 전쟁을 일으켰는가 하면 필요 이상의 적대관계를 일삼아 왔다. 이데올로기의 명분으로 인간의 자유와 양심을 짓밟았고 정권의 유지를 위해 국민들의 선한 의지와 희망을 제물로 삼았다. 사상의 자유를 억압했는가 하면 언론의 탄압을 삼가지 않았다.

그러나 세계역사의 변천과 국민들의 소박한 통일에의 염원이 남북 화해와 통일로 가는 문을 열도록 만들어 주었다. 공산주의의 몰락과 세계질서의 다양화가 없었다면 우리는 여전히 남북 간의 적대관계를 벗어날 수 없었을 것이다.

이제 일제 식민지 시대의 36년보다도 길었던 분단의 세월을 끝내고 평화로운 통일로 향하는 첫 문을 연 시점에서 우리가 할 일은 무엇인가. 그리스도인들에게 맡겨진 책임은 어떤 것인가. 사회 모든 분야에서 일하고 있는 그리스도인들은 일반 국민들과 더불어 무엇을 해야 할 것인가. 예수는 평소와 다름없이 지금도 너희는 소금과 빛의 직분을 다해 달라고 부탁한다. 과거에 그 책임을 감당치 못했기 때문에 오늘의 비극이 왔듯이 앞으로도 그 사명을 다하지 못하면 우리 모두가 절망과 파국의 벼랑으로 달리게 될 것은 너무 당연하지 않는가.

이때 무엇보다도 앞서야 하는 것은 통일에 대한 책임은 일부 정치나 몇몇 지도자의 노력에서 이루어지는 것이 아니라 우리 모두의 인내 있는 용기와 좌절을 모르는 신념에서 성취된다는 자각과 참여의식이 필수적인 것이다. 통일의 주인공은 우리들 한 사람 한 사람인 것이다.

그러기 위해서는 누구도 통일로 가는 길에서 부정적이거나 회의적인 사고를 가져서는 안 된다. 설혹 남북의 정치인들 가운데 부정적이거나 거부적인 발언과 자세를 취하는 이가 있더라도 전체 국민들의 의지와 신념이 그것을 극복할 수 있어야 한다. 그렇지 않아도 남쪽 사람들은 북측을 의심하고 싶은 점들이 많이 있는 것 같이, 북측 동포들은 남측을 회의와 불신의 눈으로 보아온 것이 사실이다. 그러기에 우리는 회의를 믿음으로 바꾸며 불신을 확신으로 키워가지 않으면 안 된다.

우리의 것을 강요해도 안 되며 상대방의 요청을 거부하는 것은 능사가 아니다. 통일을 위해서는 많은 것을 줄 수 있어야 하며 또 받아들일 수 있어야 한다. 그리고 통일에는 의지와 신념이 그 모든 것을 해결 지을 수 있다는 확신을 가져야 한다.

그렇다고 해서 반세기 이상 쌓아올린 민족의 진로와 국제적인 과업을 도외시하거나 배제해서는 안 된다. 통일은 더 높은 이상과 더 멀리 있는 희망을 위해 필요한 것이다. 통일이 현재 남북의 불행과 고통을 덜어 줄 수 없다면 어떻게 되겠는가. 그렇다면 통일을 위한 우리의 사고와 행동지침을 어디에 맞추어야 하는가. 무엇을 위해 어떤 책임을 감당해야 하는가.

　그 문제의 해답을 위해 통일이 된 후에 무엇이 남을 것이며 또 남아야 하는가를 물어보면 좋을 것이다. 그 남아야 할 것을 선택하고 노력한다면 그것은 미래를 건설하기 위한 현재의 과제가 될 수 있을 것이다. 앞서 우리는 해야 할 일은 하지 않고 하지 말아야 할 일을 너무 많이 했다고 말했다. 정도의 차이는 있으나 남과 북이 마찬가지로 과오를 범했던 것이다.

　그렇다면 통일이 되었을 때 무엇이 남게 될 것인가. 모든 허위와 그에 따르는 수단 방법은 자취를 감추겠지만 진실만은 남는 것이다. 또, 진실은 영구히 남지 않으면 안 된다.

　그동안 남과 북 양측은 상대방에 이기기 위해 너무 많은 허위를 조작하고 그것을 정당화시키기 위해 어떤 수단과 방법도 삼가지 않았다. 100에서 90의 허위선전을 일삼았다. 진실을 알리고 말한 적은 거의 없었다.

　그래서 신뢰가 깨지고 대화가 불가능했으며 거짓의 탑을 쌓아 올려 왔던 것이다. 그것이 통일을 방해했고 믿음의 다리를 파괴했던 것이다. 통일 후에는 그 하나도 남을 것이 없으며 작더라도 진실만이 남는 것이다.

　그렇다면 지금부터 할 일은 무엇인가 양측의 어떤 지도자나 언론들도 더 이상 진실이 아닌 것은 배제하고 진실만을, 사실을 사실대로 알리고 받아들이는 태도로 바꿔야 한다. 특히 남북의 정보기관이나 적대관계를 조장해온 기관은 최소한 침묵을 지켜서라도 과거와 같은 허위선전이나 스스로를 속이는 공작을 계속해서는 안 된다.

만일 남과 북 중에 어느 편이 승리자가 될 것이냐고 묻는다면 어느 편이 더 진실했으며 누가 더 진실을 사랑했는가에 따라 평가되는 것이다. 진실을 저버리는 것은 과거로 되돌아가는 우를 범하는 결과가 될 뿐이다.

둘째로 통일이 된 후에 무엇이 남을 것인가.

쉽게 말하면 도덕적 가치가 남으며 또 남아야 한다. 선이 남고 악이 버림을 받아야 한다는 엄연한 사실은 누구도 부정할 수가 없다.

지금 우리가 생각하기에는 남북의 정치 지도자들이 얼마나 도덕적으로 선한 노력의 탑을 쌓아올렸는가라고 물었을 때 긍정적인 대답을 얻기는 너무 어렵다. 그것이 통일을 저해해 왔던 것이다. 북측은 이데올로기를 앞세운 나머지 국민들의 자유로운 의지와 선택은 용납지 않았고 남측은 정경유착에서 오는 부정부패를 일삼아 온 것이 사실이다.

문제는 지도층에만 있는 것이 아니다. 차라리 북측은 정치 지도자들의 잘못이 더 컸던 것이 사실이나 남측 국민들의 반反도덕적인 행태는 밖으로 내놓기 부끄러울 정도의 극에 달하고 있지 않은가. 솔직히 말해서 지금 대한민국이 대내, 대외적으로 저지르고 있는 일들 가운데 도덕적으로 타당한 것과 반도덕적인 것 중에 어느 편이 많다고 생각하는가.

지금과 같은 집단 이기주의가 통일 후에 7천 만 민족에게 팽배하게 된다면 그 결과는 어떻게 되겠는가. 정치권력에 참여하기 위해 정의와 질서를 짓밟는 일이 지금과 같이 선행된다면 어떤 결과가 되겠는가. 더불어 살 줄 모르고 경제적 부를 독점 소유하려는 기업인들이 북한을 휩쓸게 된다면 그 결과는 어떻게 되겠는가.

지금 남한 사람들이 사회주의 중국에 가서 저지르고 있는 파렴치한 졸부 행세를 북한 동포들에게 보여 줄 생각을 하면 차라리 가난하더라도 도덕성이 강한 사회를 만들어야겠다는 생각을 금할 바가 없어진다. 중국에 사는 조선족 교포들이 북한 사람을 조선 사람이라고 부르면서 남한 사람들을 한국 놈이라고 말하는 이유가 어디 있다고 생각하는가. 우리들의 윤리 및 도덕성의 결함을 지적하는 것이다. 가난하더라도 존경을 받는 민족이 되어야 한다. 돈이 있다고 해서 욕먹는 민족이 되어서야 쓰겠는가.

북한을 탓하기 전에, 그들의 가난을 지적하기 전에, 우리의 도덕 윤리성을 회복하는 일이 무엇보다도 바람직스러운 것이다. 통일 후에도 소중하게 남을 수 있는 것은 도덕성인 까닭이다. 그러나 생각을 더 높고 넓게 확대시킨다면, 민족역사의 오랜 과거와 먼 장래를 통해 가장 중요한 정신적 유산은 무엇인가. 영구히 찾아 남겨야 할 것은 무엇인가.

세계역사와 선진국들이 추구해 왔고 우리 민족이 진정한 선진국이 되기 위해서는 무엇이 이루어져야 하는가. 그 대답은 언제나 간단하다. 인간에 대한 존엄성, 인간 목적관, 휴머니즘humanism의 완성인 것이다. 옛날 우리 선조들은 불교의 정신을 계승하면서 그것을 홍익인간의 길이라고 말했다.

좀 더 많은 사람들이 인간답고 행복하게 살 수 있도록 노력하는 길이라고 보았던 것이다. 아마 오늘의 표현을 빌린다면 우리 모두를 위하여 앞으로 무엇이 이루어져야 할 것인가를 찾아 노력하는 일이다.

남북관계도 그렇다. 사회주의가 남는 것도 아니고 민주주의가 그대로 남은 것도 아니다. 어느 편이 더 많은 사람들로 하여금 인간다운 삶을 보장해 주었으며 앞으로도 그 가능성을 안고 있는가 하는 문제인 것이다. 그것은 우리 민족의 길인 동시에 인류의 희망인 것이다. 또한, 인간다운 삶의 목표인 것이다.

적어도 예수께서 아직도 너희는 이 시대에 있어 소금이며 빛이 되어야 한다고 하신 것은 그런 뜻에서 신앙적 사명을 다하라는 부탁인 것이다.

II

우리는
무엇을 건설하고 있는가

1

예수는 누구의
그리스도인가

80이 넘은 할아버지가 어린 손자를 찾았다. 오늘은 내가, 더 늙어 외출이 어려워질지 모르겠기 때문에, 너를 데리고 꼭 갈 곳이 있으니까 같이 가자고 말했다. 손자는 할아버지의 옷차림과 근엄한 모습을 보고 단정한 옷으로 갈아입고 나섰다.

할아버지는 손주의 손을 붙들고 언덕길을 넘어 마을 공동묘지로 갔다. 손주는 할아버지보다 먼저 세상을 떠난 아버지의 무덤으로 가는 것을 직감했다. 그래서 말없이 따랐다.

무덤 앞에 선 할아버지는 손주에게 조용히 타일렀다.

"여기에 내 아들인 네 아버지가 잠들어 있다. 네 아버지는 모든 점에서 좋은 사람이었다. 나는 조금도 네 아버지를 나무라지 않는다. 그런데 단한 가지 너는 아버지를 따라서는 안 될 것이 있다. 네 아버지는 세상을 떠날 때까지 예수를 예수로만 알고 있었지 예수를 그리스도로 믿지는 못했다. 나는 네가 꼭 예수를 그리스도로 믿어 줄 것을 부탁한다." 는 충언이었다.

사람들은 예수를 인간 예수로는 믿는다. 그러나 예수 그리스도는 믿지 못한다. 또 어떤 사람들은 예수를 나와는 상관이 없는 믿는 사람들의 그리스도로 생각해 버린다.

성경을 읽어보면 기독교 신앙의 열쇠는 간단하다. 예수가 그리스도임을 믿는 것이다. 요셉과 마리아의 아들로 본 인간 예수가 하나님의 독생자인 예수 그리스도임을 믿어야 한다. 예수는 나와 같은 인간(의 아들)으로 태어났다. 나와 다름없는 인간성을 갖고 시공간 속에서 삶을 영위한 평범한 유대의 소시민으로 살았다. 그 점에서는 나와 다를 바 없다.

그러나 그 예수가 부르심을 받아 구약의 예언자들이 약속해 준 메시아, 온 이스라엘 사람들의 구세주인 그리스도가 된 것이다. 그리고 마침내는 그를 믿고 따르는 모든 사람의 그리스도가 된 것이다.

그래서 그 할아버지는 자신의 일생을 끝내갈 무렵, 하나 밖에 없는 손주를 이끌고 아들의 무덤 앞에서 마지막 신앙고백을 했던 것이다. 아들은 예수를 예수로 믿는 데 그쳤지만 손주인 너는 예수를 그리스도로 믿어야 한다고.

예수를 직·간접으로 대하지 않는 사람은 없다. 크리스마스는 인류의 축제가 되어 있으며 다른 종교를 믿는 사람도 자신이 믿는 교주와 더불어 예수를 모르는 사람은 없다. 그러나 그 예수를 그리스도로 받아들이는 사람은 적다.

어떤 예수의 전기 작가는 예수가 얼마나 모범적인 인생을 살았으면 그를 하나님의 아들과 같았다고 말했겠는가 하고 평하고 있다. 지극히 존경을 받을 수 있어도 그리스도일 수는 없다는 뜻이다.

그렇다면 누가 예수를 그리스도로 받아들이게 되는가.

예수를 통해 인간이 어떤 존재인가를 깨닫는 일이 필요하다. 내가 나를 성찰하는 일은 누구나 한다. 철학자도 예술가도 그 책임을 감당해 왔다. 그러나 그것만으로는 부족하다. 예수를 통해 내가 누구인가를 물으며, 예수 앞에서 인간이 어떤 존재인가를 물어야 한다. 옛날 예수의 제자들이 그러했다. 그들은 친지 이웃과 살면서도 참다운 자아를 발견하지도 못했고 깨닫지도 못했다. 예수와 더불어 살면서 예수를 통해 자신을 보았던 것이다. 물론 예수는 친구이기도 했고 스승이 되기도 했다. 그러나 다른 사람에게는 발견할 수 없었던 자아를 예수 앞에서 깨달았던 것이다.

그 사실을 처음 고백한 사람이 베드로였다. 그 뒤를 다른 제자들도 따랐다. 지금 우리 자신들도 그 뒤를 따르고 있다.

그렇다면 예수 앞에서 찾아 얻은 것은 무엇인가.

내가 얼마나 죄인이었는가를 발견하고 깨닫게 되었던 것이다. 그것은 예수의 참되고 성스러운 삶을 바라볼 수 있었기 때문이다. 예수를 대하는 많은 사람들은 같은 고백을 했다. "주여, 저는 죄인입니다. 저를 떠나소서."라고. 지금 많은 사람들은 예수 앞에서 같은 고백을 한다. 그 사람들이 특별한 죄인이었기 때문이 아니다. 법적으로는 죄인 취급을 받지 않아도 된다. 그들 중에는 지극히 양심적인 사람도 있다. 다른 사람들 앞에서는 부끄럽지도 않으며, 오히려 존경을 받기도 한다. 그러나 그들도 예수와 더불어 머물게 되면 스스로를 죄스러운 존재, 죄인임을 고백하게 된다.

그들은 예수에게서 어떤 거룩함을 느끼곤 했다. 그 거룩함 앞에서 자신의 속됨을 숨길 수 없었던 것이다. 베드로는 세 번이나 스승 예수를 법정 앞에서 부정했다. 그리고 새벽닭이 우는 소리를 들었다. 베드로는 충격을 받은 대로 법정 밖으로 뛰어나가 한없이 울었다고 기록되어 있다. 예수의 수제자로 자처했고 누구보다도 예수를 따를 것이라고 자부했던 그도 결국은 통곡으로 스스로의 죄스러움을 뉘우쳤던 것이다.

왜 그렇게 되는가. 예수에게는 죄를 고백한 사람에게 약속대로 베풀어 주는 사랑이 있었던 까닭이다. 예수의 삶에는 거룩함과 사랑이 있었던 것이다. 지금도 그렇다.

나는 한 선배 교수의 병상을 찾은 일이 있었다. 그 교수는 나에게 "김 선생, 나는 죄가 많은 사람이야."라는 말을 남기고 며칠 뒤 세상을 떠났다. 그 교수는 우리들 모두와 비교해서 특별히 죄가 많은 사람은 아니다. 나도 그에게 당신은 죄인이 아니라고 말하고 싶었다. 그가 죄인이면 나도 죄인이기 때문이다.

그러나 그 교수는 죽음을 앞에 두고 종교, 즉 신앙적 고백을 했던 것이다. 예수 앞에서 내가 죄인임을 고백하는 것은 예수를 그리스도로 받아들이는 고백인 것이다. 그 교수는 나를 잘 알기 때문에 신앙의 친구인 내 앞에서 스스로가 죄인 됨을 고백했던 것이다. 예수를 그리스도로 믿었던 것이다.

2

소박한 사랑이
기적을 만든다

감리교 선교사로 와 있으면서 신학대학에서 가르치다가 미국으로 돌아간 박대인 목사로부터 들었던 이야기가 생각난다.

박 목사가 동남아시아에서 열린 외국 선교사들을 위한 회의에 참석했을 때였다. 그 모임에서 일본 선교사 한 사람을 만나게 되었다. 일본 기독교계는 신학과 성경연구 등에서는 많이 앞서 있으나 선교사를 외국에 파송하는 일은 드문 나라로 되어 있다. 그래서 박 목사는 그 선교사에게 어떻게 선교사로 오게 되었는가하고 물었다.

그 일본 선교사의 대답에는 뜻밖의 내용이 들어 있었다.

자기가 태평양전쟁 말기에 일본 도쿄에 머물다가 정부의 지시에 따라 지방 농촌 지역으로 소개疏開를 가게 되었다. 미군의 폭격이 심해지고 있었기 때문이다. 아는 이도 별로 없는 곳에서 외로운 피란생활을 하고 있을 때, 남달리 친절과 도움을 베풀어 준 지방 사람이 있었다. 자연히 짧지 않은 세월을 가까이 지내다가 전쟁이 끝나고 다시 도쿄로 돌아오게 되었다.

그때 그 목사는 자기를 진심으로 돕고 위해 준 사람을 찾아가 작별의 정을 나누게 되었다. 스스로를 소개해 준 일이 별로 없던 그 농촌 사람이 비로소 자기는 조선에서 온 사람이며 그리스도를 믿는 사람이라고 알려 주었다. 그러면서 헤어지더라도 하나님의 은혜를 빌겠다는 위로의 뜻을 잊지 않았다.

그 뒤 이 선교사는 도쿄로 돌아와 바쁜 나날을 보내다가 그 조선 사람의 정성과 사랑을 기억에 떠 올릴 때마다 기회가 생기면 교회에 나가야겠다는 생각을 굳히곤 했다.

얼마 후에 그는 크리스천이 되고 더 나이 들기 전에 신학을 공부하여 목회자가 되겠다는 결심을 했다. 목사가 된 그는 일본보다 후진국이었던 동남아시아 지역에 와서 선교 일을 하게 되었다는 이야기를 들려주었다.

나는 박대인 선교사를 통해 그 이야기를 들으면서 하나님의 섭리가 어떻게 이루어지고 있는가를 생각하지 않을 수 없었다.

하나님께서는 아무 이름도 없고 어떤 업적도 없는 한 조선 사람의 정성 어린 기도와 사랑을 통해 한 일본인 선교사를 만들고 그 선교사를 통해 수많은 외국인들이 하나님을 믿게 해주신 것이다. 그리고 그런 은총의 사실들이 지금도 우리 주변에서 기적으로 일어나고 있는 것이다. 때로는 우리들 자신이 그 은총의 사건들의 주인공이 되기도 하면서….

나는 신학자는 아니다. 그러나 많은 신학자들은 신앙을 무엇을 알고 믿는가에 치중한다. 신앙은 지식과 학문의 내용과 일치하는 것으로 생각한다. 그래서 합리적이며 이성적인 사고와 판단에 합치되는 것을 믿는다. 때로는 비이성적인 것을 믿을 수 없는 것 같이 초이성적인 신앙도 멀리하는 때가 있다.

그러나 신앙은 이성적 사고와 판단을 초월하는 것이다. 지식이 아니고 삶의 내용이기 때문이다. 그래서 신학은 믿음의 학문이어야 한다. 철학의 울타리 안에 있는 학문이 아니다.

진정한 신앙은 알고 믿는 데 그치지 않는다. 믿는 바를 그대로 실천해야 한다. 성경에도 무엇을 알아야 영원한 생명을 얻을 수 있는가를 물은 바는 없다. 무엇을 실천해야 생명을 얻을 수 있는가를 묻는다. 율법학자도 그렇게 물었다. 그때 예수는 사마리아 사람에 관한 이야기를 하면서 강도를 만난 사람에게 사랑을 베풀 듯 실천하라고 말했다.

이렇게 보면 신앙은 앎을 포함하면서도 실천에 옮겨질 때 완전해진다. 그래서 신학의 내용은 실천을 통해 입증되고, 대부분의 크리스천에게 있어서는 실천을 통해 신앙이 풍부해지며 그 내용이 신학의 문제로 해명되는 것이다. 말하자면 신앙은 앎과 실천을 함께 지니는 것이다. 아는 바가 없어도 불완전한 신앙이 되며 실천이 없으면 죽은 신앙이 된다.

나 같은 사람은 알고 가르치기는 하나 실천에서 뒤지게 되며, 많은 사람들은 행동에 치우쳐 자기가 무엇을 믿고 있는지를 깨닫지 못하곤 한다. 그러나 신학(앎)으로 출발한 사람은 실천에서 신앙의 열매를 얻어야 하고, 실천에서 시작한 사람은 (신학자가 되는 것은 아니지만) 신학적 신념과 인생관을 갖출 수 있어야 한다.

신학에서 신앙을 통해 실천으로 가는 이들도 있으나 실천에서 신앙을 거쳐 신학으로 가는 길도 열어 놓아야 한다. 이 셋이 공존하면서 성장 발전해가는 것이 신앙의 정상적인 길이다. 신학의 학문성에 치우쳐 신앙을 버리는 사람이 되어서는 안 된다. 예수 당시에 서기관과 율법학자들이 그런 과오를 범했다. 그런가 하면 교리적인 실천에 매달려 신앙을 생명 없는 행동규범으로 얽매어도 안 된다. 제사장들과 바리새파 지도자들이 참신앙을 거부한 이유도 거기에 있었다.

나는 중세기의 두 위대한 인물을 존경하고 있다. 교회에서는 두 사람을 다 성자로 부르고 있다. 한 사람은 아우구스티누스Augustinus이며 다른 사람은 토마스 아퀴나스Thomas Aquinas 이다. 그러나 나는 아우구스티누스를 더 가까이 느끼고 있다. 토마스는 훌륭한 신학자이다. 아마 최근 우리 주변에서 사용하는 개념을 따른다면 그는 철학적 신학자이다. 그러나 아우구스티누스는 신앙의 내적 체험에서 기독교 정신을 이끌어 낸 인물이다. 토마스를 철학적 과제로서의 신학에 비한다면 아우구스티누스는 인간적 과제를 해결 지어준 신학자로 보는 것이 적절할 것 같다.

그리고 우리는 크게 보았을 때 그 두 부류에 속하는 신앙 중 하나를 택하고 있다. 그러나 완전한 신앙은 그리스도와의 인간 및 인격적 체험에서 출발하기 때문에 이 두 가지 요소를 공유하도록 되어 있는 것이다.

아주 소박한 친절과 사랑을 나누어 준 한 외국인으로서의 한국인이 신학을 겸한 선교사를 탄생시키는 데 도움을 주었다면 그리스도 안에서는 모든 것이 하나가 되며 은총에서 신앙이 완전해진다는 사실을 깨닫게 될 수 있다.

3

신학과
신앙의 관계

한 유명한 철학자가 있었다. 그는 『신이 존재한다는 철학적 근거』라
는 저서로 많은 지성인들의 존경을 받아 왔다. 그런데 세월이 지나면서
이 철학자는 신의 존재를 의심하기 시작했고 마침내는 신의 존재를 믿지
못하는 단계에까지 다다르게 되었다.

고민을 거듭하던 철학자는 많은 신도들의 신앙을 지도하는 목사를 찾
아갔다. 그리고 " 나는 과거에는 신의 존재를 믿고 있었는데 지금은 믿을
수가 없게 되었다. 다시 믿을 수 있는 길이 없겠는가?"라고 물었다.

목사는 상대방이 대단히 학자적이고 정중한 인품을 갖춘 사람인데 내
가 만족스러운 해답을 줄 수 있을지를 고민했다. 그러다가 문득 한 가지
생각이 떠올랐다. 잠시 서재로 들어갔던 목사는 책을 한 권 들고 나오면
서, "내가 손님에게 만족스러운 해답을 드리기는 어렵겠지만 다행히 우

리나라의 저명한 철학자 한 사람이 훌륭한 저서를 남긴 바 있습니다. 신의 존재에 관한 철학적 근거를 체계 있게 서술한 내용입니다. 읽어 보시면 쉽게 믿게 될 것입니다."라고 말했다.

철학자는 그 책을 받아보고 "그 책은 나에게도 있습니다. 가서 읽어 보겠습니다."라고 대답했다. 바로 자기가 쓴 책이었던 것이다.

이는 키에르케고르S.A. Kierkegaard 가 남겨 준 이야기다.

이를 지어낸 이야기만으로 돌릴 필요는 없다. 우리 주변에도 그런 사람은 얼마든지 있다. 내 후배 교수 한 사람은 감리교 신학대학을 나왔다. 그리고 연세대 연합신학대학원을 우수한 성적으로 졸업했다. 그리고 하버드 대학의 신과대학으로 유학을 갔다.

내가 하버드에 갔을 때, 그 목사를 만났다. 이야기를 나누다가 그가 신학을 중단하고 사회학을 전공하게 되었다는 사실을 알게 되었다. 그렇게 된 원인을 물었다. 그의 대답은 진솔했다. 자기는 신학을 공부하고 목회자가 되는 것이 꿈이었는데 여기 와서 신학을 전공하는 동안에 그때 가지고 있던 신앙에 회의가 들기 시작했고 지금은 목회자로 갖추어야 할 신앙을 상실했기 때문에 고민하다가 할 수 없이 사회학으로 전공을 바꾸었다는 것이었다.

그의 고뇌스런 고백을 들은 나도 어렵지 않게 공감할 수 있었다. 그런 친구 신학자들을 보아왔기 때문이다. 신학자는 될 수 있어도 신앙을 갖지 못하는 사람들이다. 교회사도 공부하고 종교 심리학을 전공할 수 있어도 교인들을 이끌어 갈 목사는 (양심상) 될 수 없는 학자들이다.

내 후배 교수가 바로 그런 딜레마에 빠져 있었던 것이다. 몇 해의 세월이 지난 뒤, 그는 사회학으로 학위를 받고 내가 있는 대학 사회학과의 교수로 부임해왔다. 그때 나는 그에게 지금은 신앙문제를 어떻게 생각하느냐고 물었다. 그는 신학을 포기한 후에는 옛날 신앙을 다시 찾게 되었다면서 안도와 감사의 표정을 지었다. 그 후부터는 사회학 교수로 있으면서 좋은 신앙생활을 계속해 가고 있다.

그렇게 되지 않기를 바라지만 그런 사람과 같은 경우는 많이 있다.

오래 전 김재준 목사를 뵈었을 때였다. 김 목사도 무슨 이야기를 하다가 '신앙은 내 아내와 같은 사람들이 가장 쉽게 열심히 믿게 되어 있지요. 우리와 같은 신학자들은 많은 과정을 밟아야 하기 때문에 학문적 짐을 지고 가는 어려움을 겪지 않을 수 없구요…' 라고 고민을 털어놓는 것을 본 일이 있다.

나는 비교적 많은 목사와 신학자를 사귀고 있다. 신앙문제를 갖고 함께 고민과 시련을 주고받기도 한다. 그러는 동안에 한 가지 나름대로의 견해를 갖게 되었다.

나와 동년배가 되거나 선배가 되는 이들은 목사와 신학자의 책임을 모순 없이 감당하고 있다. 신학에 치우쳐 신앙의 손실을 받는 일도 없으며 신앙이 깊어졌기 때문에 신학을 소홀히 하지도 않는다. 신학과 신앙이 한 인간을 형성하며 같은 인격 속에 양자가 공존함으로 존경을 받기도 한다.

목회자가 되면 신학이 그 뒷받침이 되며 신학자가 되어도 그 신앙이 학문의 원동력이 되곤 한다. 왜 그렇게 되었을까. 그들은 신앙을 은총의 체험으로 받아들인 후에 신학을 공부했기 때문이다. 마치 사도 바울이 그러했듯이. 바울은 은총의 체험을 바탕으로 역사상 최초의 신학자가 되었던 것이다.

그런데 나보다 후배 목사나 신학자들 중에는 신학으로부터 출발한 이들이 간혹 있다. 아버지가 목사였기 때문에 신학공부를 하게 되었다든지, 가족 가운데 널리 알려진 크리스천이나 장로가 있었기 때문에 그들의 권고를 받아 신학을 학문의 하나로 택했을 때는 신앙적 경계선을 극복하는 데 어려움을 느끼는 이들이 있다.

물론 그들도 그들 나름의 신앙을 갖고 있다. 그러나 목회자가 되거나 교인들을 신앙으로 이끌어가는 책임을 감당하기에는 신앙적 고충을 스스로 겪어야 하는 시련에 부딪히게 된다. 믿지 못하는 바를 설교할 수도 없으며 내 생각과 신앙은 따로 있으면서 사도신경과 교리를 신도들에게 그대로 요청하는 일은 어렵기 때문이다.

왜 이런 문제를 제기해보는가? 신앙과 신학이 원만히 공존 발전하는 길은 쉽지 않기 때문이다. 기독교 사상사나 교회사를 보면 이런 갈등과 모순은 어디에서나 발견된다. 오리게네스Origenes 같은 훌륭한 신학자도 결국은 신학을 철학으로 이끌어가는 길을 택하지 않았는가. 어떤 때는 교황청의 부탁을 받고 마르크스주의를 연구하던 신부가 신학을 떠나 마르크스주의자로 변신한 일도 있었을 정도이다.

이럴 때마다 우리에게 모범적 교훈을 주는 이는 최초의 신학자였던 바울과 모든 고대정신을 한 몸에 묶어 중세기로 안내해 준 아우구스티누스Augustinus 같은 이들이다. 그들은 전 삶과 인격을 갖고 신앙적 정열을 불태운 사람들이며 그 때문에 은총의 체험과 선택에 참여했던 사람이었다. 신앙에서 신학에의 길을 걸었다. 그리스도와의 인격적 참여가 그들의 신앙을 만들었고 그 신앙이 신학을 탄생시켰던 것이다.

4

하나님 때문에
생긴 병

오래 전에 있었던 일이다.

지방에서 교편을 잡다가 서울로 근무지를 옮겨온 한 중학교 교사가 나를 찾아 왔다. 그는 상당히 심한 노이로제 환자 같았다.

자신도 인정하고 있었기 때문에 병원치료를 받아야 하는데 병원비도 어렵고 도움을 줄 가족도 없어서 어떻게 했으면 좋을지 모르겠다는 걱정을 해 왔다.

나도 특별한 방도가 없기 때문에 세브란스의 이병희 학장을 찾아 좋은 방법이 없겠느냐고 물어 보았다.

내 이야기를 들은 이 선생은 세브란스에서는 무료진료가 안 되니까 국립병원에 문의해 주겠다는 약속이었다. 청량리 병원의 책임자가 바로 이 선생이 제자였기 때문에 무료로 진찰과 치료를 받는 길이 열렸다.

나는 좋은 결과가 있기를 기다리면서 일단 마음을 놓았다. 그리고 몇 달이 지났을 때 였다. 늦은 밤 시간이었는데 전화가 왔다. 약간 취기가 있어 보이는 어른의 전화였다.

"당신이 연세대학교의 김형석 교수입니까?"

"예"

"이병희 박사님을 통해 교사 환자를 소개한 일이 있으시지요? 나는 그 환자를 치료할 수 없으니까 도로 찾아 맡으십시오."

"환자의 병이 그렇게 중태입니까?"

"중태이기도 하구요. 그 환자는 하나님을 버려야 병이 낫겠는데 버릴 수가 없습니다. 그래서 누구 때문에 믿게 되었는가를 물었더니 김 교수의 전도를 받았다는 것입니다. 그 환자에게서 하나님을 믿지 못하게 한 후에 다시 보내십시오."

"죄송합니다." 라는 대화가 교환되었다. 그 의사는 몹시 불평스러운 언사였다.

여러 날 뒤에 나는 그 교사를 만났다. 그리고 어느 교회에 나가 어떤 신앙생활을 하고 있는지 물어 보았다.

그 교사는 하숙집 가까이 있는 한 교회에 다니고 있었다. 담임목사는 대단히 열성적인 신앙생활을 요구했다.

매일 새벽기도회에 나오는 일, 하루에 최소한 두 장씩의 성경을 읽는 일, 아침과 저녁에는 30분씩 기도를 드릴 것, 주일에는 새벽예배, 오전의 성경공부, 주일예배에 참석하며 봉사할 것, 저녁예배에도 빠지지 말아야 하며 물론 수요예배에도 나와야 할 것, 구역예배에도 참석하며 그때마다 헌금을 할 것, 월정 헌금과 십일조 헌금도 게을리해서는 안 된다는 요청 등이었다.

어떤 때는 그렇게 하기를 하나님께 맹세하느냐고 묻고 응답을 간청했다. 이 교사도 거절 할 수 없으니까 손을 들고 맹세를 했다. 또한, 지키지 못했을 때는 용서를 비는 기도를 드려야 한다.

나는 그 교사의 이야기를 듣고, 당분간 교회를 중단하든지 다른 교회로 옮기는 것이 좋겠다고 충고했다. 당신은 지금 환자다. 교사로서의 책임도 무거운 짐인데 교회 짐까지 지게 되면 도저히 건강을 유지할 수 없을 것이다. 만일 다른 교회로 가기를 원한다면 내가 아는 목사님께 소개해 주겠다고 약속했다.

목사님에게 부탁해서 위로와 편안한 마음을 갖게 해주며 교회 참석이 환자에게 부담이 되지 않도록 부탁하고 싶었던 것이다.

또 교회를 중단하더라도 충분히 수면을 취하며 혼자서 성경을 조금씩 읽고 편한 마음으로 짧게 그러나 정성스러운 기도를 드려 위로와 평강을 얻으면 된다고 이야기했다.

그리고 병원의 의사 선생님의 지시나 부탁을 꼭 지켜야 하며, 하나님은 당신을 사랑하기 때문에 무거운 짐을 지기 바라지 않는다고 설명해 주었다.

그 후 얼마 있다가 나는 대학의 학생 상담소 일을 맡게 되었다.

그때 나를 도와주던 세브란스의 정신과 의사에게 그 이야기를 했다. 내 이야기를 들은 정신과 의사는 "저도 교회에 나가고 있습니다. 그런데 들으시면 놀라운 사실은 우리 과에서 취급하고 있는 정신과 환자의 반 이상이 종교적 신앙과 연계돼 있습니다. 국립병원의 원장이 그런 불만을 토로하는 것은 큰 잘못이 아닙니다. 더구나 교회생활을 하지 않는 의사라면 그럴 수 있을 것입니다."라고 설명해 주었다.

그 이야기를 듣고 난 다음에 나도 그 국립병원 의사에게 미안하다는 말을 하지는 못했다.

그 의사는 환자를 위하고 아끼는 마음에서 책임지지 않고 전도하는 나와 일부 크리스천들에게 항의하고 싶었을 것이다.

그런 일을 겪으면서 나는 지그문트 프로이드Sigmund Freud학설과 주장에 깊은 관심을 갖게 되었다. 내 친구 신학자였던 서남동 교수는 당신이 늦게 미주에 가서 프로이드를 공부하면서 지금까지의 신학이 허구였다는 사실을 알게 되었다는 고백을 한 일이 있었다.

인간을 모르면서 신앙을 요청했던 과거의 목회생활과 신학교수의 강의가 너무나 천박하게 느껴졌을 것이다. 적어도 인간이 갖고 태어난 잠재의식과 무의식의 위력이 얼마나 크게 의식세계를 지배하고 있다는 사실을 알았다면 교우들을 억압하거나 오도誤導하지는 않았을 것이다.

목사들이 심리학을 공부하며, 프로이드의 정신분석학을 상식적으로라도 터득할 수 있었다면 수많은 신도들에게 안식과 평안을 베풀어 줄 수 있었을 것이다. 우리가 성경을 읽어보면 예수께서는 환자를 치유할 때 꼭 세 가지 면을 찾게 하셨다. 겉으로 나타나는 신체의 병, 정신적 위로와 안식, 그리고 믿음에 따르는 신뢰와 희망이었던 것이다. 예수님은 인간을 아셨기 때문이다. 그래서 인간을 모르면서 교조주의를 강요했던 서기관, 율법학자, 제사장 등을 책망했던 것이다.

주님께서 의사였고 그 제자들은 신체와 정신은 물론 영혼의 병을 치료해 주었다면 우리도 인간을 사랑하기 때문에 인간을 알아야 한다는 책임을 소홀히 해서는 안 되는 것이다. 인간을 깊이 아는 사람이 그 인간을 하나님의 자녀로 안내할 수 있는 것이다.

5

먼저
사람다움을 구하라

충남 예산에 한 젊은이가 있었다. 집안은 전통적인 유교를 따르고 있었다. 그러나 그 젊은이는 유교를 가지고서는 민족과 국가의 장래가 희망적이지 못하겠다는 생각을 굳히고 한 감리교회를 찾아 나갔다. 가족들의 반대를 무릅쓰고 인생의 새로운 꿈을 키우고 싶었던 것이다. 교회에 다니는 동안에 뜻을 같이하는 주일학교 여선생과 결혼도 했다. 기대와 뜻을 안고 새 인생을 출발하는 기쁨을 감사히 여기고 지냈다.

그즈음, 서울 정동제일감리교회에서 전국 연회가 있다는 소식을 들었다. 젊은이는 시골 교회에서 보지도 못하고 체험할 수 없었던 은혜로운 모임을 기대하면서 참석해 보겠다는 생각을 했다. 집회가 시작되기 하루 전에 서울에 올라와 정동에 있는 한 여관에 투숙했다. 3일간의 성회에 참석하는 영광을 누릴 수 있을 것이라고 생각했던 것이다.

처음의 개회예배에서 좋은 인상을 받았다. 역시 전국을 대표하는 분들의 모임답다는 분위기를 느꼈다.

그러나 불행하게도 그 해에는 감리교 감독을 선출하는 데 총회가 두 파로 나누어져 치열한 투표전을 벌이는 때였다. 서로의 발언이 인신공격으로 확대되고, 상대방을 추대하기보다는 헐뜯고 훼방하는 일을 서슴지 않았다.

총회장 안에서는 득표활동에 여념이 없었다. 표를 얻기 위해 매수공작도 벌이고 온갖 계략이 판을 치고 있었다. 105회의 투표가 있었으니까 그 동안에 벌어지는 일들은 짐작하고도 남을 일이다.

그 현실을 목격한 젊은이는 실망으로 끓어오르는 분노감을 누를 수가 없었다. '내가 속았다.'는 말을 되풀이했다. 그리고는 도중에 고향으로 돌아왔다.

크게 낙망한 젊은이는 교회를 중단했다. 갈 곳이 없어지고 말았다. 번민하던 젊은이는 어디론가 멀리 떠나고 싶어졌다. 그래서 선택한 것이 외항선의 승무원이 된 것이다. 뱃사람이 되어 여러 곳을 돌아다니는 동안에 폭음도 하고 절제 없는 생활에 빠져들게 되었다.

몇 해의 세월이 지났다. 한 번은 배가 일본에 정박했을 때 건강검진을 받기 위해 병원을 찾았다. 의사는 간이 대단히 굳어졌으니까 한국에 돌아가면 곧 병원을 찾아 치료를 받고 절대 안정을 취해야 한다고 경고했다.

고향에 돌아온 젊은이는 병원 치료를 받으면서 절대 안정의 지시에 따르고 있었다. 회복될 가능성은 거의 없어 보였다. 정신적 절망감까지 엄습해 오고 있었다. 살 용기도 잃었고 갈 곳도 없어진 것이다.

그즈음이었다.

나는 청탁을 받고 예산감리교회 부흥집회의 강사로 가게 되었다. 청중의 수가 많아 예배당에서는 다 수용할 수가 없어서 저녁 집회는 농업전문학교 강당에서 진행되었다.

그때 젊은이의 친구들이 학교 강당에 함께 가자고 권했다. 젊은이도 교회와는 발을 끊었지만 내가 목사가 아닌 교수이고 장소가 예배당이 아니었기 때문에 참석하기로 했다.

집회가 다 끝난 밤이었다.

그 젊은이가 두 친구와 같이 나를 찾아왔다. 그리고 지금까지 지난 사연을 이야기하면서 '이제 어떻게 했으면 좋겠냐'고 물었다.

나는 마음이 아팠다. 그리고 "당신은 아직껏 예수 그리스도를 믿는 것이 아니고 교회에서 만나는 사람들을 따랐을 뿐이다."고 말했다. 예수님은 집안에서 당신을 기다리고 계신데 당신은 그 집 주변을 돌면서 여러 사람을 만나보고 실망한 나머지 예수님도 포기하고 자신도 포기했다고 말했다. "늦지 않았으니까 피곤하지 않을 정도로 직접 성경도 읽고 주님께 기도를 드리세요." 라고 권고했다. "주님께서는 기꺼이 당신과 당신의 영혼을 받아 주실 것입니다." 라고 말했다.

그 뒤 나는 그 젊은이를 다시 만나지는 못했지만 몇 차례 위해서 기도를 드렸다. 주께서 직접 찾아 주시기를 바라면서….

우리는 이런 교회의 문제를 어떻게 하는 것이 좋은가.

옛날에도 있었고 앞으로도 있을 수 있는 문제이다. 특히 교계의 지도자들이 감행하고 있는 문제들이다. 예수님 당시에는 제사장들, 서기관들, 율법학자들, 바리새파 지도자들이 같은 과오를 범하고 있었다.

세상 사람들이 종교계를 바라볼 때, 평신도들이 교회 지도자들을 대할 때 보고 느끼는 것이 바로 그런 것들이다. 그때 그들은 말한다. 좀 더 인간다워지며 좀 더 지성인답게 행동해 주었으면 좋겠다는 부탁이다.

인간이 인간다워지기를 포기한다면 무엇이나 할 수 있다. 그러나 이성과 양심을 지킨다면 할 일이 있고 해서는 안될 일이 있다는 것을 알게 되어 있다. 인간다운 인간이 신앙다운 신앙을 갖는다면 잘못된 것일까. 회개한다는 것은 먼저 인간다워지는 것이며 다음에 그리스도의 뜻을 따른다는 것이다. 인간성 이하의 사람이 인간성 이상의 신앙을 가질 수 없는 법이다.

지성인답다는 것은 무엇인가. 사리판단의 지혜를 갖춘다는 뜻이다. 인간은 동물이 아니다. 이기적인 욕망의 노예가 되어서도 안 되며 집단적인 감정의 울타리 안에서 행동해서는 안 된다. 인간은 지성적이어야 하며 지성인은 사리판단을 통해 공동선과 객관적 가치를 추구할 수 있는 자질과 능력을 갖추어야 한다.

세상 사람들은 대화를 통해 공동선과 가치를 추구하고 실천할 줄 알고 있다. 만약 그것을 신앙의 명목으로 거스른다면 생각이 있는 사람들은 교회를 멀리할 수 있다.

그런 기본적인 조건을 지키면서도 크리스천은 상대방을 위해 주며 양보의 미덕을 보일 수 있어야 한다. 예수께서 섬기기 위해 낮은 자리를 택하는 사람이 하늘나라의 일꾼이 된다고 가르친 뜻이 바로 그것이다.

사랑은 세상 사람들이 지니지 못하는 지혜를 동반하게 되는 것이며 크리스천의 신앙은 양보와 희생을 통해 더 큰 찬양과 영광을 주님께 돌리는 데 있다. 하나의 양보와 희생도 없이 하나님의 나라는 건설되지 못한다.

6

믿음은
꿈과 더불어

구약에는 꿈 이야기가 자주 나온다.

가장 알려진 꿈 이야기는 야곱의 가정을 중심으로 벌어지는 요셉의 이야기다. 요셉은 여러 차례 꿈을 꾸고 그 내용을 가족에게 알려 주었기 때문에 꿈쟁이라고 불리었을 정도였다.

그 옛날에는 꿈에 대한 관심도 많았을 것이며 특히 종교적 신앙생활을 하는 사람들에게는 그런 관심이 컸을 것이다. 그런데 요셉의 꿈은 야곱의 가정과 열두 지파의 역사적 사건과 연결되어 있으며, 마침내는 요셉이 이집트의 총리가 되면서는 그 당시의 세계역사의 큰 사건과 연계되어 있다.

미국의 인권 흑인목사 마틴 루터 킹Martin Luther King 이 자기 서재 벽에 '저기 꿈꾸는 자가 온다. 그를 죽여 버려라. 그 꿈이 어떻게 되는가 보자.' 라는 문구를 써 붙였다고 한다.

킹 목사도 꿈을 가진 사람이었다. 그를 반대하는 사람들이 그를 살해
했다. 그는 죽었다. 그러나 그의 꿈은 사라지지 않았다. 그 꿈은 앞으로
도 흑인사회와 미국 안에서 그리고 자유를 갈망하는 인류에게 새로운 꿈
을 안겨주고 있다.

꿈은 하나의 역사적 계시와 같은 역할을 남겼다. 정의의 의지와 신념
이 하나님의 뜻과 일치했기 때문이다.

구약의 또 하나의 꿈 이야기는 요셉의 아버지 야곱에게도 있었다. 아
직 소년인 야곱이 형의 미움과 복수를 피해 외삼촌이 사는 곳으로 피신
해 간다. 어떤 날, 밤은 깊어지고 들짐승들의 울음소리를 들으면서 노상
에서 잠들게 된다. 그는 돌베개를 베고 잠들었다.

야곱은 그 공포 속에서 꿈에 하나님의 천사들을 보고, 하나님의 축복
을 약속 받는다. 그러나 야곱은 본성이 이기적이고 수단꾼이었다. 어렸
을 때부터 그랬다. 그래서 야곱은 꿈에서 깨어나 하나님께 서약을 한다.
'하나님께서 제가 가는 길을 편안히 가도록 지켜주시며, 먹을 것과 입을
것을 마련해 주시며, 무사히 고향 집으로 돌아가게 만 해주신다면 저는
하나님을 제 하나님으로 모시겠습니다.' 라는 식의 기도를 드린다. 조건
부 약속의 기도를 한 것이다.

그 뒤 야곱은 하나님으로부터 그 모든 것들을 넘치도록 받고 고향으로
돌아온다. 네 아내, 열두 아들, 수많은 가축들, 막대한 재산의 소유자가
되어 형과 화해하면서 돌아온다. 그는 이미 장년기를 넘긴 노년기를 맞
고 있었다.

그때까지 야곱은 하나님과의 약속을 잊고 살았다. 모든 일이 뜻대로

되고 너무 풍족했던 때문이다. 그때 하나님께서 야곱에게 알려 깨우치게 한다. '나는 어렸을 때에 너와 맺은 약속을 다 지켰는데 너는 나를 잊고 있지 않느냐' 는 경고였다.

야곱은 즉시 일어나 온 가족들에게 경건한 준비를 갖추게 하고 처음 하나님을 뵈었던 벧엘로 가 경배를 드리며 하나님께 사죄를 청한다. 지금 야곱에게 있어서는 자녀들과 가족, 많은 재산 등은 의미가 없는 것이다. 오직 하나님을 섬겨야 한다는 일념뿐이다. 그 모든 것들은 자신의 소유가 아니다. 하나님께 바쳐지는 제물과 같은 것이다.

그 결단과 실천이 있은 후에, 하나님은 아브라함 이삭과 더불어 야곱의 하나님이 되는 것이다. 열두 지파의 선조가 된다.

이것도 하나님의 꿈과 얽혀진 이야기다. 야곱의 일생은 꿈으로 시작해서 그 꿈의 실현으로 완결된다. 그 꿈은 하나님과의 약속이었던 것이다.

오늘도 많은 크리스천들은 야곱과 같은 생애를 산다. 어려서 부르심을 받고 평생 동안 하나님의 보호와 이끄심을 받으면서 살게 된다. 그러나 우리는 그 하나님과의 약속을 잊고 산다. 세상의 즐거움이 그 약속을 잊게 만들었기 때문이다. 그러다가 생애가 끝날 즈음이 된다. 인생의 황혼을 맞는다. 그때 하나님께서 다시 찾으신다. '나는 너와의 약속을 지켜왔는데 너는 너무 오랫동안 나와의 약속을 잊고 살아오지 않았는가.' 라고 묻는다. 우리는 그때 비로소 자신을 돌아보게 된다. 모든 것을 뒤로 미루고 비로소 하나님 앞에 서게 된다.

나도 그런 사람 중의 하나이다. 어렸을 때의 하나님과의 약속을 잊고 살았다. 그 동안, 학업을 계속하고 바쁜 직장 생활을 했다. 내가 원하던 것들을 얻을 수 있었다. 하나님께서 나에게 약속했던 모든 것을 이루어

주셨다. 그리고 지금은 생애의 석양을 맞고 있다.

　가능하다면 실향민의 신세를 벗어나 옛 고향을 찾고 싶다. 내가 어려서 기도를 드리던 산 바위 밑을 찾아가 마지막 기도를 드리고 싶은 심정이다. '아버지 길고 긴 세월이었습니다. 그 동안 아버지께서는 저와의 약속을 모두 이루어 주셨습니다. 그러나 저는 그 약속을 멀리한 채 제 마음대로 살다가 뒤늦게 이곳을 찾아왔습니다. 이제는 저에게 주셨던 온갖 것들을 남겨두고 아버지 품으로 돌아갈 때가 왔습니다.' 라고.

　그것이 인생이다. 우리는 모두가 야곱과 같은 꿈으로 인생을 시작했다가 그 꿈의 마지막에 하나님께로 다시 돌아가는 것이 아닐까.

　물론 꿈은 꿈이다. 꿈 이상의 것은 아니다.

　그러나 인간은 모두가 꿈에서 산다. 그 꿈이 어떤 때는 이상이 되고 때로는 회의와 절망 속에서 희망이 되기도 한다. 어렸을 때의 꿈은 꿈보다도 희망과 이상의 대명사이다. 그 꿈이 일생을 좌우하곤 한다. 모든 꿈 즉 소망과 이상을 버린다면 인간은 살아갈 수 없다. 그 꿈은 미래에 대한 기대이면서 약속이다. 그 약속이 나와의 약속으로 그친다면 꿈으로 사라질 수 있다. 그 약속이 친구나 이웃과의 것이라면 책임과 의무로 남는다.

　그러나 그 약속이 하나님과의 것이라면 이상과 소망을 넘어 영원한 실재가 된다. 반드시 이루어지는 것이며 그것은 나의 완성과 하늘나라 건설의 열매로 남는 것이다.

　꿈은 어렸을 때 나타난다. 어른들은 꿈을 꾸지 않는다. 그런데 모든 크리스천들은 믿음에 들어오면서 다시 한 번 어린 시절로 태어나는 법이다. 그래서 신앙인들은 꿈과 더불어 살게 되는 것이다.

7

'거미줄' 이야기

화창한 초여름 오전, 석가님이 극락세계 정원을 거닐고 있었다.

발걸음을 멈춘 석가님은 이 연꽃들 밑이 바로 지옥일 텐데 혹시 지옥에 들어가 고통을 겪는 사람들 중에 조금이라도 착한 일을 한 이가 잘못 들어가 있지나 않을까 하는 생각이 들었다.

연 잎을 들치고 아래 지옥이 있는 곳을 내려다보았다. 지옥은 처참했다. 높은 언덕으로 둘러쌓여 있는데 그 언덕은 온통 바늘과 송곳으로 채워져 있었다. 큰 못으로 된 넓은 웅덩이는 물보다는 피 못같이 보였다. 못 속에는 독사와 전갈 같은 짐승들이 휘젓고 다녔다. 사람들은 그 짐승들을 피해 언덕으로 올라가 보지만 바늘과 송곳 때문에 피를 흘리며 못 속으로 되돌아오곤 했다. 언덕 위에는 쇠방망이를 든 악귀들이 도망칠 수 없도록 지키고 있었다.

　석가님은 혹 저 속에라도 착한 일을 한 죄인이 있을까 싶어 찾아보다가 한 사람을 발견했다.

　칸다다라는 죄인이었다. 그는 강도 살인을 수없이 저질렀지만 한 가지 좋은 일을 한 적이 있었다. 어떤 날 새벽, 강도 일을 끝내고 숲이 우거진 산길을 걷고 있을 때였다. 거미 한 마리가 발 앞을 지나고 있었다. 칸다다는 '요놈의 거미' 하고 발로 짓밟으려고 하다가 '에이 네 놈이나 살려주자.'라고 중얼거리면서 그대로 지나간 일이 있었다.

　석가님은 그 작은 뜻이라도 고맙게 생각되어 칸다다를 지옥에서 건져주기로 마음먹었다.

　석가님은 연꽃잎 밑으로 거미줄을 내려 보냈다. 그 거미줄이 머리 위까지 이르렀을 때 칸다다는 그 거미줄을 발견했다. 그리고는 '저 거미줄 꼭대기까지 올라가면 거기가 바로 극락세계일 텐데.'라고 생각하며 머리 위의 거미줄에 매달려 보았다. 칸다다는 틀림없이 나를 지옥에서 구출하기 위한 줄일 것이라고 생각했다.

　원래가 강도여서 줄타기에는 익숙했다. 그는 순식간에 줄을 잡고 기어올랐다. 한참 올라가다가 얼마나 높이 올라왔는가 싶어 밑을 내려다보았다. 칸다다는 큰 실수를 한 것이었다. 거미줄 끝을 붙들고 올라왔어야 했는데, 늘어진 거미줄에는 여러 죄인들이 매달려 뒤따라 기어오르고 있는 것이었다.

그것을 본 칸다다는 소리를 질렀다. 이 줄은 내 것이다. 너희들이 올라오면 가는 줄이 끊어지게 되니까 당장 내려가라. 안 내려가면 내가 발로 차 떨구어 버릴 테다. 썩 내려가지 못하겠느냐고 고함을 질렀다. 그래도 죄인들은 계속 따라붙고 있었다. 그 수가 더 많아졌다.

칸다다는 어떻게 할 것이냐를 궁리하다가 가장 가까이까지 따라붙는 놈부터 발로 차 떨구기를 시작했다. "이놈들 안 내려 갈 테냐."고 소리를 지르면서 발길질을 할 때, 칸다다의 손목 바로 위에서 거미줄이 끊어져 버렸다. 칸다다와 죄수들은 다시 지옥 못 속으로 떨어지고 말았다.
석가님은 마음이 아팠다. 칸다다를 구출하려던 자비심마저 끊어지고 만 것이다.

이 이야기는 일본의 한 작가가 남겨준 어떤 작품의 줄거리다. 물론 불교를 배경으로 한 것이다. 그러나 종교적 의미와 상징성을 띤 이야기다.
기독교에서도 같은 뜻을 엿볼 수 있다. 하나님은 우리를 극진히 사랑하신다. 거미줄이 아니다. 주님께서는 직접 우리를 찾아오시기도 했다. 그러나 악으로 향하는 우리들의 죄악성은 그 사랑에 반비례하고 있다. 철학이나 예술이 주지 못하는 신앙의 줄을 스스로 포기하면서 살아가고 있다. 사람들은 그것을 역사악이라고도 하며 교회에서는 원죄라고도 말한다.
그런 우리들을 위해 주님께서는 대신 십자가를 지신 것이다. 불가능을 가능으로 바꾸어 놓은 것이다. 예수께서 십자가를 지셨다는 것은 우리의 죄가 언제 어디서나 믿음으로 용서 받을 수 있다는 것을 입증해 준다. 공자의 선한 교훈은 우리의 양심을 일깨워 준다. 석가의 자비심은 우리를 위로해 준다. 그러나 그리스도의 사랑은 우리를 대신해 죄값을 속량해 준다. 조건이 없는 사랑과 속죄의 제물이 되어 준 것이다.

누가 반석 위에 집을 짓는가

예수는 모래 위에 집을 짓는 것 같은 어리석은 일은 하지 말고 반석 위에 집을 짓는 지혜로운 인생을 살라고 가르쳤다.

이 말씀은 산상교훈의 결론으로 되어 있다. 산상교훈의 큰 뜻은 윤리적이며 도덕적인 책임을 다하는 사람이 종교적 신앙의 뜻을 성취할 수 있다는 주제로 되어 있다. 그 의미를 좀 더 넓게 밝힌다면 인간다운 삶 위에 신앙적 건설이 허용되며 종교적 축복이 가능하다는 뜻이다.

많은 크리스천들은 이 예수의 가르침을, 교인들을 위한 말씀으로 좁게 생각하곤 한다. 이 말씀은 예수의 뜻을 따르는 우리 모두, 오히려 교회 밖에 있는 사람들에게 주어진 교훈이다. 예수의 뜻은 10명 교인들보다 100명 사회인을 위해 더 귀중한 것이다. 그래서 하늘나라가 이루어지는 것이다.

크리스천을 포함한 모든 사람은 모래 위에 집을 짓거나 기초가 없는 대지에 집을 지어서는 안 된다. 헛수고일 뿐 아니라 불행과 파멸을 가져올 수도 있기 때문이다. 구한 말기의 우리 역사를 보면 모든 국민이 모래 위에 집을 지었다. 그 불행과 고통이 온 국민에게 돌아왔던 것이다. 지금도 마찬가지다. 정치계의 지도자들, 경제를 이끌어가는 기업인들, 정신계를 담당하고 있는 지성인들마저도 기초가 없는 집을 짓고 있는 것 같아 우려스럽다. 그 결과가 우리 후배들과 후손들에게 남겨지기 때문이다.

그렇다면 튼튼한 기초가 되는 것은 무엇인가.

어떤 사람들은 정치권력 자체가 기초인 듯이 착각한다. 특히, 정치이념의 노예가 된 사람들이 그런 생각을 갖는다.

근대초기에는 마키아벨리N. Machiavelli가 그런 착각을 했다. 독일의 철학자 니체F.W. Nietzsche도 같은 사상을 계승했다. 최근에 그런 사상을 구체화시키려고 노력한 인물이 히틀러A. Hitler였고 공산주의자들이었다. 그들은 정치 자체가 일차적 목적이었기 때문에 정치와 정권만능주의를 택했다. 그러나 세계 역사는 세계 심판이라는 명제는 버림받지 않았다. 결국은 그들 스스로가 역사의 무대를 떠나야 했다.

소유를 전제로 한 자본주의 경제체제가 같은 과오를 범했다. 개인은 돈을 벌어 소유하면 된다는 어리석은 생각에 빠졌고, 민족과 국가는 부강해지면 모든 것이 가능해지는 것으로 오판誤判했다. 그래서 공존 의식이 없는 부자들이 사회에서 버림받게 되고, 부를 축적한 민족과 국가들이 도덕성을 상실했을 때는 모든 것을 부서뜨리거나 상실하는 운명을 맞았다. 우리는 바로 옆에 있는 제국주의 일본의 경우를 보고 그 사실을 실감할 수 있었다.

나는 60년대 초반에, 니버R. Niebuhr라는 신학자가 하버드 학생들에게 강의를 하면서 미국 젊은이들에게 남겼던 말을 지금도 잊지 못하고 있다.

미국은 자본주의 정책으로 경제적 성장을 달성시켰다. 그 부를 당신네 젊은이들이 물려받게 될 것이다. 그때 가장 경계해야 할 점은 우리의 경제적 부를 우리가 소유하고 누리면 된다는 사고이다. 그렇게 되면 그 부는 아메리카를 병들게 하며 당신네들은 세계를 이끌어 갈 수 없어진다. 그 부를 세계 여러 나라 특히 가난한 나라를 위해 쓸 수 있어야 한다.

그 혜택으로 세계 여러 국가들이 빈곤에서 벗어나게 되면 그 경제적 후진 국가들의 성장이 아메리카를 더욱 부하게 만들어주며 여러분은 세계에 기여 봉사할 수 있게 되는 것이다. 가지려고 하는 사람은 놓치게 되나 주는 사람이 더 많은 것을 소유할 수 있는 것이다.

그의 경제관이 곧 그리스도의 정신인 동시에 반석 위에 집을 짓는 하나의 기준이 되는 것이다. 문화문제도 그렇다. 어떤 예술과 사상이 순수성을 잃고 다른 목적을 위해 바쳐질 때는 자극적이기도 하고 힘을 갖는 것 같아도 그 본질적 가치는 의도했던 목적과 더불어 사라지는 것이 보통이다. 우리는 히틀러 독일이 생산한 많은 사상과 예술이 얼마나 기초가 없었던가를 잘 보아왔다. 마르크스주의 이념을 위해 많은 철학과 예술이 열정을 쏟아 부었다. 그러나 그 노력의 결과는 마르크스주의와 더불어 자취를 감추는 운명이 되었다.

예술과 철학에는 언제나 두 가지 기초가 남는다. 그 하나는 순수성이다. 예술과 철학은 그 자체가 목적이어야 한다. 경제적 수단이 될 수도 없고 정치의 도구가 되어서도 안 된다.

아름다움을 추구하며 순수성을 높여 가야 한다. 가장 위험한 것은 다른 목적을 위해 그 순수성을 망각하는 일이다. 그리고 더 중요한 것은 그 순수성의 출발이 되며 목표가 되는 것은 인간다움이다. 모든 주의ism와 이념idea은 시대적이다. 그러나 영구한 것은 휴머니즘humanism이다. 인간을 위해서 참다운 인간성을 위해서, 있어야 할 인간적 삶을 위해서 이바지되는 것이 휴머니즘의 본질이다.

요사이 우리 주변에서는 가장 한국적인 것이 가장 세계적이라는 말을 자주 듣는다. 반은 옳은 말이다. 그러나 전적으로 인정하기는 힘든 생각이다. 가장 에스키모적인 것이 가장 세계적이라는 뜻이 그대로 통할 수 있는가. 가장 일본적인 것이 가장 세계적인 것이라고 일본이 말했을 때 우리도 수긍할 수 있는가. 오히려 가장 세계적인 것은 가장 인간적인 것이다.

그 인간적이라는 보편성과 더불어 한국적인 특수성이 합치될 때 세계적인 것으로 인정받는 것이다. 인간적인 것이 못되는 한국적인 것은 다른 문화권에서는 받아들여질 수 없다.

종교도 그렇다. 인간적인 것, 인간다움을 거부하거나 배제하면서 우리 종교가 가장 소망스러운 신앙이라는 주장은 용납되지 못한다.

무엇 때문에 이런 문제를 제시하게 되는가.

반석 위에 집을 짓는다는 것은 우리 모두가 인정할 수 있는 인간다움 위에 정치, 경제, 사회, 문화적인 건설이 가능해진다는 뜻이다.

인간다움이란 무엇인가. 그 첫째 되는 대답은 이성적이라는 뜻이다. 이성적 사고와 가치를 거부하거나 배제하고는 인간다움은 존립하지 못한다. 이성적 사고와 가치가 추구하는 기본적인 과제는 넓은 의미의 진실성이다. 인간의 삶과 그 의미는 진실 위에 진실을 찾아 건설되어야 한다. 진실이 아닌 것, 진실을 배제한 곳에는 어떤 건설도 불가능하며 무의

미해진다. 그리고 그 진실은 고정된 관념이 아니다. 수학이나 기하학의 진리는 고정된 법칙과 원리로 표현될 수 있다. 그러나 우리들의 삶에 있어서의 진실은 계속 밝혀져야 하며 새로운 가치를 창출할 수 있는 진리여야 한다. 자연과학이나 수리적인 진리에서 사는 것이 아니다. 사회과학이나 인간적 삶의 진리가 포함되는 진실이 소망스러운 것이다.

우리들의 일상생활에서 거짓을 버리고 정직하게 살자는 것이다. 한때 미국의 닉슨Nixon 대통령이 하찮아 보이는 거짓말 한마디 때문에 대통령직에서 쫓겨난 일이 있다. 그때 우리는, 그렇다면 '한국의 대통령은 한 사람도 남지 못할 것이다.' 라고 말했다. 공산주의 사회에서는 지도자의 그런 거짓말은 다반사로 벌어지고 있었다. 그러나 지도자가 정직성을 포기한다면 그 사회는 존립하지 못한다. 지금도 우리가 우려하는 것은 정직하지 못한 지도자가 유능한 정치인으로 인정받을 정도로 잘못된 사회에 살고 있다는 사실이다.

우리가 공산주의 북한보다는 자유민주주의 대한민국을 믿고 사랑하는 근거가 어디 있는가. 그래도 한국사회가 북한보다는 정직하기 때문이다. 진실을 지키고 사랑하는 민족과 사회가 마침내는 반석 위에 집을 짓도록 되어 있는 것이다.

이때 가장 위험한 것은 이기적 목적 때문에 진실을 외면하거나 왜곡하는 일이다. 일본과 한국 간의 역사적 왜곡문제는 물론, 고구려 역사를 둘러싼 정치적 이해관계도 언젠가는 진실이 밝혀짐에 따라 해결을 보게 되어 있다. 진실은 99%의 거짓을 버리고 남도록 되어 있는 법이다.

우리 사회에 있어 가장 걱정스러운 것은 주어진 목적을 위해서는 어떤 수단 방법을 써도 좋다는 사고방식이다. 더 우려스러운 것은 싸워서 이기면 진리와 진실은 물론 정의도 우리 편이 된다는 위험스러운 사고이다. 한 보 더 나아가 그 수단과 방법을 유능한 지혜의 소산이라고 믿는 사람들의 죄악상이다. 심지어 그들은 같은 일을 남이 했을 때는 사회악으로 배격하면서도 자신들이 저질렀을 때는 정당화시키려고 한다. 우리 목적에 부합하기 때문이다.

이런 진실하지 못한 사고와 사상 위에는 어떤 건설도 이루어지지 못한다. 그것은 이미 선한 인간다움을 포기한 처사들이기 때문이다. 반석 위에 집을 지으라는 것은 진실 위에 역사적 건설이 가능하다는 뜻이다. 그 원리에는 종교도 예외는 못되며 기독교도 그 범주를 벗어날 수는 없다.

인간다움의 기초가 되는 또 하나의 과제는 인륜성人倫性이다. 인간은 사회적 동물이다. 사회생활 즉 공동생활의 소망스러운 질서, 그것을 윤리, 도덕, 또는 인륜성이라고 부른다. 공동생활의 선한 질서가 무너진다면 우리는 어떤 사회 및 역사적 건설도 불가능하다.

랑케L.V. Ranke는 근대역사학의 아버지라고 불리워지고 있다. 그가(쉬운 표현을 쓴다면) 임금에게 역사 강의를 할 때, 가장 소망스러운 나라는 도덕적 활력이 충일充溢된 사회라고 말한 바 있다. 통치자는 부강한 나라를 꿈꿀 수 있고 정치권력이 앞선 국가를 희망할 수도 있다. 그러나 도덕적 활력이 사라지고 부정부패가 근절되지 못한다면 아무것도 건설될 수는 없다.

역사적으로도 그렇다. 어떤 민족이나 국가가 도덕적 활력을 갖출 때는 흥하고 발전하게 되어 있으나 도덕적 생명력을 잃게 되면 모든 것을 상실하게 된다.

산상보훈을 읽어보라. 예수께서는 선하고 아름다운 인간관계를 강조하고 있다. 심지어는 구약의 율법이나 계명보다도 이웃에 대한 인간적 도리를 지키라고 가르쳤다.

우리는 그 뜻을 윤리성 또는 도덕성으로 받아들이고 있다. 그 선한 질서 위에 모든 정신적 삶이 성장하며 건설될 수 있는 것이다.

이때 인륜적 질서를 파괴하는 주범이 되는 것은 이기적인 사고와 집단 이기주의이다. 그것들은 생명체 속에 자리 잡고 있는 암세포와 같은 것이다. 개인적으로도 그렇다. 용서받을 수 없는 이기주의자들은 사회로부터 격리되어야 한다. 교도소가 많은 사회를 좋은 사회로 볼 수 없는 것은 교도소는 치유될 수 없는 이기주의자들을 위해 존재하기 때문이다.

그런데 문제가 되는 것은 집단 이기주의자들이다. 그들의 목적이 어디 있든지 간에 그들의 뜻이 강하면 강할수록 사회는 병들게 되어 있다. 마침내 악의 집단이 될 때는 사회의 파멸을 초래할 수도 있다. 후진 사회에 있어서는 정당이 이기집단이 되기도 하며, 종교집단이 사회악을 만들기도 한다. 예수 당시에는 종교집단들이 정신적 불행의 원인이 되기도 했다.

이러한 이기적 발상과 이기집단 못지않게 인간다운 도리를 파괴하는 세력은 독선적 사고와 배타적 가치관을 고수하는 개인과 집단들이다. 대개의 경우 그들은 정신적 이기주의자들이다. 그 세력이 득세하게 되면 독재세력이 되며 사회의 선한 질서를 짓밟는 결과가 된다.

그런 집단들이 힘을 구사하게 되며 정치권력과 야합하게 되면 건전한 인륜적 가치는 버림을 받는다. 20세기 초반기는 세계적으로 인류의 이동이 극심하던 시기였다.

그 힘의 집단을 탈출한 자유인들의 선택이었던 것이다. 히틀러A. Hitler 의 나치 독일을 탈출해 망명길에 오른 사람들이 얼마나 많았는가. 공산 치하를 벗어나 양심과 자유를 찾아 탈출한 사람도 헤아릴 수 없이 많았다. 우리 주변의 탈북자들도 같은 맥락에서였던 것이다.

구약에는 우상을 섬기지 말라는 가르침이 있다. 현대사회에 있어 우상이란 무엇인가. 우상 중의 우상은 자기절대화인 것이다. 그들은 모든 사람을 심판하며 정죄한다. 자신을 하나님의 위치에 놓고 사는 사람들이다. 우리 주변에서 가장 많이 보는 경우는 보수적인 신앙의 소유자인가 하면 정치 이념의 노예가 된 사람들이다. 우리가 공산주의자들을 위험시하는 것은 그들의 절대주의적 가치관과 모든 사람의 삶의 목적과 방향도 자신들이 뜻하는 길로 강요하는 까닭이다. 그런 점에서는 교조주의적 공산주의자들은 어느 시대 어느 사회에서나 배척을 받아야 한다. 스탈린 정권 때의 사회상을 보아 알 수 있으며 크메르루즈Khmer Rouge가 무슨 일을 했다는 사실로도 짐작할 수 있는 일이다.

왜 이런 사고방식과 가치관이 문제가 되는가. 그런 사고와 가치관을 극복하지 못한 사람들이 인류의 공동체로 향하는 열린 사회의 길을 막고 있기 때문이다. 세계사의 건설적 흐름의 큰 길은 개방 사회를 건설함에 있다. 마침내는 전 인류가 공존하는 사회를 건설하려는 의지의 구현인 것이다. 우리가 폐쇄적인 민족주의나 국가주의를 멀리하는 뜻도 거기에 있으며 심지어는 탈脫이데올로기를 선언하는 것도 그 때문이다. 유엔UN이 세계의 주역을 맡아야 하며 세계 정책이 국가와 민족의 이해관계보다 우선되어야 한다는 요청도 열린 사회로 가는 과정으로 보기 때문이다.

애족심과 애국심은 중하다. 그러나 다른 민족이나 국가에 피해를 주는 폐쇄적인 애국심이어서는 안 된다. 다른 민족 국가와 공존하면서도 그들에게 도움을 주는 열린 애국심으로 승화되어야 한다. 현대사회에서 중요한 것은 좌우의 이념 논쟁이 아니다. 보수와 진보의 정책대결의 목표도 누가 더 열린 사회를 지향하고 있는가에 따라 평가되어야 한다. 닫혀진 폐쇄 사회로 가는 것은 과오와 죄악이며 열린 개방 사회로 가는 길이 정도라는 신념을 굳혀야 한다. 또 그것은 역사가 보여준 결론이기도 하다.

소련이 무너진 것도 개방 사회를 용납지 않았기 때문이며, 북한을 비롯한 공산사회의 후진성과 불행도 같은 맥락에서인 것이다.

그렇다면 이 두 가지 인간다운 사고와 삶이 기초가 된다면 그 위에 건설되는 집은 어떤 성격을 가져야 하는가.

그 물음에 대해 기독교는 두 가지 확고한 뜻을 제시해 준다. 그 하나는 인간목적관이며 다른 하나는 사랑의 방법이다. 물론 이런 주장은 기독교에 국한되는 것은 아니다. 종교가 여러 가지 부작용을 내포하고 있으면서도 존재 가치와 의미가 있는 것은 어느 시대 어떤 사회에서도 꾸준히 생명의 존엄성과 인간 및 인격의 가치를 높여주며 구현할 수 있는 원동력을 주고 있기 때문이다. 기독교는 그 점에 있어서는 다른 어떤 종교적 신앙보다도 확고한 신념과 의지를 강조하고 있다.

그리고 하나님은 이러한 인간을 위하는 인간 목적을 실현할 때 그 원동력과 이념을 지시해 준다는 데 그 특수성을 갖고 있다. 하나님이 완전하심 같이 너희 인간들도 완전해지라는 교훈이 그런 것이다.

크리스천은 왜 정치를 하는가. 더 많은 사람이 인간다운 자유와 행복을 누릴 수 있도록 돕기 위해 정치를 하는 것이다. 그리스도인의 경제관은 어떤 특성을 지니고 있는가. 열심히 일해서 얻은 수입을 나를 위해 소유하지 말고 이웃과 사회에 특히 가난한 사람들을 위해 바칠 수 있도록 위탁받은 기업을 하게 되는 것이다.

크리스천 문화인들. 그들이 학문이나 예술에 종사하게 되면 인간다운 가치와 더 많은 이웃들의 바르고 영구한 가치를 찾아 제시해 주는 데 그 목적이 있다. 이 점에 있어서는 크리스천은 누구보다도 인간을 위하고 섬기는 삶의 주인공이 되어야 한다. 모든 휴머니스트humanist들의 존경과 아낌을 받을 수 있는 삶을 계속 추구하며 구현시켜 가야 하는 것이다.

인간적 삶의 단위가 되는 가정문제도 그렇다. 옛날에도 그랬지만 앞으로도 크리스천 가정은 언제 어디서나 모범이 되어야 한다.

기독교는 이러한 인간목적 가치를 실현하는 방법으로 언제나 사랑의 길을 택하고 있다. 개인의 사랑만이 아니다. 사회정책을 수립하는 데도 사랑의 뜻이 있어야 하며 국제무대에 있어서도 인도주의적 사랑에서 뒤져서는 안 된다.

지금 세계 어디서나 문제가 되고 있는 자유와 평등의 문제도 그렇다. 공산주의자들은 평등을 위해 정의의 질서를 중요시했다. 정의를 힘으로 강요할 때는 통제와 지배가 된다. 그래서 정의가 평등을 요청할수록 자유는 버림을 받았다. 그러나 자유민주 사회에서는 개인들의 자유를 소중히 여긴다. 자유는 선한 경쟁을 낳는다. 그렇게 되면 평등이 약화된다. 그러나 그 자유보다 더 중요한 사랑을 전제로 삼기 때문에 자연히 그 결과로 평등이 뒤따르게 된다. 공산주의 사회가 정의에서 평등으로 갔기 때문에 통제와 억압을 피할 수 있었으나 자유민주주의에서는 자유에 사랑이 추가되었기 때문에 발전과 더불어 평등이 뒤따르게 되었던 것이다.

오래 전에 프랑스의 한 작가가 남긴 이야기가 떠오른다. 프랑스의 사회주의자들은 누가 캐딜락차를 타고 파리거리를 지나가는 것을 보면 '어떤 놈이 저렇게 좋은 차를 타고 다녀? 내리라 해서 우리와 같이 걷도록 해.'라고 말한다. 그것이 평등인 것이다. 그런데 어떤 사람이 캐딜락차를 타고 뉴욕거리를 지나가면 보는 사람들이 '근사한테 다음에 나도 한번 타고 다녀야지.'라고 말한다. 자유를 위해 주어지는 기회가 평등하면 된다고 보는 것이다.

이제 만일 크리스천이 그것을 본다면 무엇이라고 말할까. '참 좋은 차다, 더 많은 사람들이 저렇게 고급차를 탈 수 있었으면 좋겠다. 기회가 주어지면 나도 타보고 싶다.'라고 말할 것이다.

기독교가 갖는 하나의 신념과 주장이 있다. 자유와 평등은 모든 사회에서 갈등을 일으키게 마련이다. 그러나 기독교가 사랑의 나무를 키울 수 있다면 그 나무에는 자유와 평등의 열매를 동시에 맺을 수 있다는 믿음이다. 정치인들은 자유는 빼앗는 사람이 갖는다고 말한다. 민주주의의 나무는 피를 빨아먹고 자란다는 말이 있다. 그러나 크리스천들은 서로의 주장을 존중히 여기며 더 많은 자유를 누릴 수 있도록 도울 때 투쟁보다 더 많은 자유를 얻을 수 있다고 호소한다.

사회주의자들은 평등은 투쟁의 대가라고 말한다. 그러나 그리스도인들은 평등을 뒷받침하는 정의는 인간을 위한 사랑이며 사랑이 정의의 질서를 높여줄 때 진정한 평등이 이루어진다고 가르친다. 정의는 사랑에 의해 완성되기 때문이다.

기독교는 하늘나라라는 표현을 쓴다. 하늘나라에 들어가는 현관에는 정의를 지키는 사람이 들어선다. 그러나 정의의 현관을 통해 들어서는 곳은 사랑의 집이다.

이러한 사랑의 사회적 이념을 기독교가 독점한 것은 아니다. 많은 휴머니스트들이 추구해 왔으며 종교적 가치관은 같은 이상과 목표를 갖고 있다. 그러나 그 사랑을 완성 시켜주는 길을 열었고 그 길의 모범을 보여준 것이 바로 기독교의 정신이다. 유대교인들의 경전이었던 구약의 정의의 신앙을 사랑의 종교로 승화시켜 준 것도 기독교였고, 지금 이슬람교도들이 믿고 따르는 코란경의 정의의 신앙도 신약의 사랑의 정신으로 완성되어야 참신앙이 되는 것이다.

프랑스혁명 때는 자유·평등·박애의 정신이 요청되었다. 그러나 자유에 박애가 가해지면 평등이 이루어지고 평등에 박애가 뒷받침하면 자유가 자라도록 되어 있었던 것이다. 우리가 냉전시대에 공산주의보다 자유민주주의를 택한 것은 공산주의는 평등을 위한 정의, 정의를 위한 통제의 길을 걸었으나 기독교 국가에 있어서는 자유 속에 사랑을, 사랑을 통한 평등을 택했기 때문이다. 마르크스주의자들은 종교, 특히 기독교를 배격했다기보다는 사랑의 가치와 질서를 배제했기 때문에 통제 사회와 폐쇄 사회를 만들었고 그것이 역사적 심판을 받았던 것이다.

더 많은 사람이 인간답게 살며, 하나님의 자녀답게 은총의 질서에 머물게 되는 길은 사랑의 실천에 있는 것이다. 그리스도는 그 사랑을 가르쳐 주었고 하나님께서는 그 사랑의 하늘나라를 완성시켜 주시기를 약속해주신 것이다.

III

우리는
빛과 소금이 되고 있는가

1
'사랑의 지혜'로
승리할 수 있는가

옛날 일본에 한 서양 신부가 로마의 파송을 받아 와 있었다.

그 신부는 내가 이름 없는 평범한 한 신부로 일하는 것보다는 주교 신부가 되면 더 크게 많은 선교 활동을 할 수 있을 것이라는 뜻을 품고 있었다. 선교 사업에도 행정 능력과 정치적인 역할이 중요하다고 보았던 것이다.

마침 법왕청으로부터 지시가 있어 로마로 가는 행운의 기회가 생겼다. 신부는 태평양을 항해하고 멕시코를 거쳐 스페인에 도달한다. 친지 신부들과 윗사람들을 만나면서 일본에서의 선교를 위해 무엇이 필요한가를 호소하기도 했다. 자신의 위상과 능력을 인정받고 싶었던 것이다. 신부와 동행했던 일본인들도 그 일에 협조했다.

로마에서도 같은 작업을 계속했다. 그러나 모든 일이 뜻대로 되지 않았다. 긴 기간에 걸친 노력이 결과 없이 끝나게 될 무렵. 신부는 내가 원했던 것이 하나님의 경륜과 일치되지 않는 것 같다는 판단을 내린다. 소원이 받아들여지지 않았기 때문이다.

오랜 여정을 끝내고 신부가 일본으로 돌아오는 도중에 일본에서는 대대적인 천주교 박해활동이 전개된다. 신부들은 물론 신도들까지 투옥 당하고 처형을 받고 있다는 소식을 접한다. 그 사태를 알게 된 법왕청에서는 그 신부에게 위험한 일본으로 돌아가지 말고 필리핀의 한 수도원장으로 부임하라는 명을 내린다.

신부는 필리핀에 머물면서 일본에서는 많은 신도들이 순교를 당하고 있으며 자기 때문에 신도가 된 교인들도 처형되고 있다는 사실을 알게 된다.

신부는 자기만이 안전한 곳에서 편히 머물 수 없다는 자책감과 선교의 사명감을 느낀다. 그래서 신부의 신분을 숨기고 민간 복장으로 위장을 한 채 일본으로 들어온다.

이곳저곳을 방문하면서 신도들을 위로하며 격려하다가 신원이 밝혀지게 된다. 결국 이중적인 불법 선교의 죄책을 물어 사형을 당하게 된다. 그때 신부는 죽음을 맞게 되면서 '다 이루었다.' 는 마지막 독백을 남기고 숨을 거둔다.

위의 내용은 앞에서도 가볍게 소개된 바 있는 일본의 대표적인 천주교 작가 엔도 슈사꾸의 대표적인 작품 줄거리다.

성경에는 예수께서 '예루삼렘 성전 꼭대기에서 뛰어내리면 어떻겠느냐'는 악마의 시험을 받는 대목이 있다.

그때 악마는 유혹했던 것이다. 아무것도 가진 바가 없으며 돌로 떡을 만드는 것과 같은 경제문제도 외면하고 천하에 영향을 미칠 정치권력도 마다하는 당신이 어떻게 세계역사를 하늘나라로 바꾸는 엄청난 사업에 뛰어들려고 하는가. 그렇다면 어떤 비상한 수단 방법이라도 써야 하지 않겠는가. 예루살렘 성전 옥상에서 뛰어내리더라도 하나님께서 당신을 지켜주는 기적과 같은 방법을. '그것을 본 성전에 모였던 많은 군중의 추종과 지지라도 받아야 할 것이 아닌가. 또 그 일은 당신이 원한다면 하나님께서도 받아 주실 것이 아니겠는가.' 라는 유혹이었던 것이다.

그것은 반드시 나쁜 일만은 아니다. 목적이 선하기 때문에 그런 지혜로운 수단과 방법은 용납될 수도 있었기 때문이다. (그러나 예수는 하나님을 자신의 목적을 위해) 이용하는 일은 옳지 않다고 대답한다.

세상 사람들은 성공과 출세를 위해서는 유능해야 하며 유능한 사람은 남이 흉내 낼 수 없는 탁월한 수단 방법을 써야 한다고 생각한다. 어떤 목적에 도달하기 위해서는 지혜가 필요하며 지혜는 수단과 방편을 자아내는 원천이라고 믿는다.

누구도 의심하지 않는 인생의 선택이라고 생각한다. 동양인들의 정신과 생활의 지혜를 담아 고전으로 통하는 『삼국지』가 우리에게 주는 교훈도 그렇다. 누가 더 승리할 수 있는 지혜를 갖고 빼어난 수단을 구사할 수 있는가를 가리곤 한다.

지금도 정치 경제계에서 성공하는 사람들은 같은 사고를 갖고 있다. 그래야 정권 쟁취에 성공하며 경제 경쟁에서 승리할 수가 있다. 목적을 위해서는 어떤 수단 방법을 사용해도 좋으며 오로지 승자만이 지배할 수 있다는 철학은 정당한 것으로 받아들여지고 있다. 공산주의 사회에 살아 본 사람들은 그 실상을 너무 잘 알고 있다. 지금도 공산주의자들의 선전과 행동을 믿지 못하는 것은 그들의 믿음과 사상이 그 철학 위에 자리 잡고 있기 때문이다.

그런 세계 속에 살고 있기 때문에 교회 안에서도 수단과 방법에 능한 사람이 순수한 신앙을 가지고 사는 사람들보다 세상적인 일에서는 앞서곤 한다.

한때 감리교 감독을 선출하던 과거의 일들을 회상해 보면 알 것이다. 때로는 장로교 교단에서 노회장이나 총회장을 선출할 때, 세상 사람들이 정치적 선거를 하는 것 같은 금력과 수단을 동원한 일이 없지 않았다.

내가 감독이 되고 총회장이 되면 더 많은 일을 할 수 있고 그것이 교회 성장과 선교에 더 큰 결과를 가져올 것이라는 생각을 하기도 한다. 선한 목적을 위해서이기도 하나 주님의 일을 더 효과적으로 수행할 수 있는 과도過渡적 행동이라고 믿기도 한다.

먼저 소개한 신부가 같은 생각을 했던 것이다. 그러나 그 신부는 그 뜻이 하나님의 경륜經綸이 아니었음을 깨닫는다. 그래서 안전히 머물 수 있는 장소를 떠나 고난과 순교의 길을 밟고 있는 신도들과 동참하기 위해 고통과 순교의 자리로 뛰어든다. 그것이 주님의 길이었던 것이다. 그리고 순교의 순간에 비로소 '다 이루었다.'는 고백의 기도를 드린다.

우리는 나도 모르는 사이에 하나님의 뜻을 위한다면서 나를 위한 이기적인 수단과 방법을 선택하기 쉽다. 그래서 크리스천은 '어떻게 수단과 방법을 쓰지 않고 선으로 악을 이길 수 있는가? 를 물어야 한다. 주님께서 한 점의 수단과 방법도 사용하지 않고 하늘나라 건설에 앞장섰던 그 뒤를 따라야 한다.

우리에게 허락된 것은 수단과 방법이 아닌 사랑의 지혜인 것이다. 하늘나라는 인간적인 수단 방법으로서는 건설되지 못한다. 그것은 더 많은 거짓과 불신의 악을 만들 뿐이다. 사랑에서 오는 지혜가 그 자릴 대신할 수 있어야 한다.

2

세상의 아들들과
빛의 아들들

오래 전 일이다.

서울 대학의 P 교수와 기차를 타고 있었다. 지방 강연을 위해서였다.

자연스러운 이야기를 나누다가 P 교수가 "김 선생은 아직 젊은 편이니까 하룻밤이나 이틀쯤은 자지 않고 공부해도 별로 지장이 없으시지요?"라고 물었다. 나는 "아닙니다. 저는 수면 시간은 잘 지키는 편입니다. 그대신 자투리 시간을 많이 이용하는 습관이 있습니다."라고 대답했다.

P 교수는 다시 말을 이어 "실은 얼마 전에 논문을 한 편 정리하고 실었습니다. 토요일과 일요일 밤은 자지 않고 그대로 계속했지요. 별로 생각 없이 월요일 아침에 등교하려고 대문을 나서다가 졸도를 했습니다. 의사가 오고 한참 법석을 피웠지요. 이제는 60이 넘으니까 몸이 말을 듣지 않습니다. 그 다음부터는 밤샘은 안 하기로 했습니다. 의사의 충고도 있고

해서…' 라는 이야기였다.

그가 떠난 지도 여러 해가 되었다. 왜 60이 넘은 노교수가 밤샘을 하면서 연구에 몰두했을까. 이는 수입이나 명예 때문이 아니다. 주어진 일이 소중하기 때문에 최선을 다했을 뿐이다.

한번은 고려대학교의 K 교수와 동석하게 되었다. 잘 아는 선배 교수 중의 한 사람이다.

그 교수의 고충 어린 이야기였다.

"김 선생, 저는 요사이 이런 생각을 해보고 있습니다. 학문을 한다고 몇십 년의 세월을 보냈습니다. 그런데 해가 갈수록 능력과 여건의 한계를 느끼곤 합니다. 학생들 앞에서는 제법 큰소리를 해봅니다만 정년퇴직을 하고 나면 후배 교수들이나 학생들의 비판을 면치 못할 것입니다. 이런 걸 저서라고 내놓았나 할 것 같기도 하고 제대로 된 논문도 없었다고 말하면 어떻게 됩니까. 그렇다고 강의와 연구를 물려줄 후배가 있는 것도 아니고, 요사이는 하루하루가 조급해지고 한 해 한 해가 부담스러워지기도 합니다. 곧 정년은 되어 오고요…. 그래서 한 가지 얻은 결론이 생겼습니다. 그래, 업적은 없지만 열심히 공부를 계속하자. 그래서 제자들이 우리 선생님은 공부하다가 책상에 쓰러져 돌아가셨어…. 라는 모습이라도 보여주어야겠다는 생각입니다." 라는 고백이었다.

그런 심정은 누구에게나 있다. 나 자신도 후배 교수나 제자들보다 더 훌륭한 업적을 남길 수는 없다. 그들이 더 앞서야 하기 때문이다. 그래서 후일에 제자들 앞에 서면 반가우면서도 부끄러움을 숨길 수 없는 것이 바로 스승의 길이다.

결국 남길 수 있는 것은 무엇인가. 최선을 다하는 정열과 자세이다. 나는 주변에서 이런 친구들을 많이 만나고 있다. 주어진 일에 최선을 다함으로 용서를 빌고 싶은 마음들인 것이다.

이런 것들이 세상의 아들들이 인생에 임하는 모습이다. P 교수가 서양철학을 전공하는 것은 험준한 거봉들을 헤매는 것 같은 모험일 수도 있다. 그러나 업적보다도 교수다운 자세 때문에 지금은 존경을 받고 있다.

K 교수는 동양철학 중에서 노장철학을 강의하고 있었다. 여러 제자들이 그 뒤를 계승해 가고 있다. 그 교수다운 인생 자체가 후배들에게 희망을 주고 있는 것이다.

왜 이런 친구들을 회상해 보는가.

그들은 내가 아는 신부나 목사들보다도 맡은 바 일에 최선을 다하고 있었다. 그 성실한 자세는 빛의 아들들도 배워야 한다. 우리 사회의 선의의 경쟁은 날로 심해지고 있다. 그 경쟁의 상대는 국제적으로 번지고 있다. 하루하루의 노력이 눈에 띌 정도로 달라지며, 후진들의 진출도 눈부시게 새로워지고 있다. 최선의 노력을 다하지 않고는 생존 자체의 위협을 가져올 정도이다.

그들의 성실한 인생의 자세는 높이 평가받아 마땅하다. 크리스천들은 신앙을 인간적 성실성보다 귀하게 여긴다. 그러나 인간적으로 성실하지 못한 사람은 신앙다운 신앙을 차지하지 못하는 법이다. 그래서 세상 사람들은 신앙을 자랑하기 전에 인간적 성실성을 갖도록 요청하는 것이다.

성실한 사람에게는 악마도 유혹의 손길을 뻗지 못하며 하나님도 성실한 사람은 멀리하지 않는다. 성실은 신앙의 문 앞 현관과 같은 위치를 차지하기 때문이다.

성실한 사람은 언제나 겸손하다. 자기 부족을 잘 알고 있으며 가야 할 길이 아직 멀다는 사실을 깨닫고 있기 때문이다. 오히려 빛의 아들로 자처하는 우리들이 일찍 자족과 교만에 빠져 주어진 일에 최선을 다하지 않으며 나는 세상의 아들들보단 앞서 있다는 착각에 빠지기 쉽다.

내가 잘 아는 기독교 대학의 한 대학원장의 이야기가 생각난다. 자기는 교수를 채용할 때 교직자라든지 장로라는 사실을 알게 되면 채용을 꺼린다는 것이었다.

교회를 섬기고 장로가 되었기 때문에 더 많은 시간과 노력을 학문적 연구에 바쳐야 함에도 불구하고 교회를 위해 바치는 시간만큼 교수로서는 부족하다는 사실을 모르고 있다는 것이다. 대학에서는 학문적 평가가 우선이지 신앙적 평가가 앞설 수는 없다는 사실을 인정해야 한다는 이야기였다.

성실하다는 것은 자기부족을 항시 인정하면서 살기 때문에 계속 노력하는 태도를 유지하게 되어 있다. 현재 70을 가지고 자족하는 사람은 70 이상의 성장은 불가능하다. 오히려 지금은 50이라도 계속 노력하는 사람이 70 또는 90의 발전을 이룰 수 있는 것이다.

예수께서 세상의 아들들과 빛의 아들들을 비교한 것은 세상의 아들들에게서 배울 것을 다 배우고도 그 이상의 책임과 결실을 거둘 수 있어 빛의 아들들이 된다는 뜻이다. 중세기에는 교회 안에서도 성실하게 고뇌하는 사람이 믿음으로 교만해지는 이들보다 귀하다는 말을 하기도 했다. 주님께서는 인간의 그릇에 알맞은 은총의 축복을 베풀어 주실 것이기 때문이다.

3

삶의
공간으로서의 집

예로부터 서양인들의 건축 전통에 따르면, 가정집은 지하실, 일층 거실, 이층 서재와 침실로 되어 있다.

지하실에서 사는 사람은 없다. 창고이기 때문에 물건들을 넣어 두고는 필요할 때마다 올려다 쓰고 다시 지하실로 내려다 보관한다. 따라서 종일 불을 켜놓을 필요도 없다. 밤에는 더욱 내려갈 이유가 없어진다.

이층은 잠을 자거나 책을 읽으면서 공부할 때 사용한다. 휴식과 정신적 양식을 얻는 곳이다. 종일 이층에만 살지 않는다.

이에 비하면 일층 거실은 생활의 공간이다. 가족들이 서로 함께 머물면서 식사도 하고, 손님을 맞이하기도 한다. 모든 일들은 일층에서 추진되며 벌어진다. 가장 많은 시간과 활동이 일층을 중심으로 전개된다.

우리의 생활도 그렇다. 물질적인 소유의 대상이 되는 것들은 지하실에 보관해 둔다. 필요할 때 찾아서 사용하면 된다.

그런데 현대인들은 종일 지하실에서 산다. 무엇을 먹을까. 무엇을 입을까. 어떻게 돈을 벌며 더 많은 것을 소유할 수 있을까에 온갖 정성을 다 바치고 있다. 경제와 돈, 정치와 권력, 명예와 인기 등이다.

그것들은 삶의 목적도 아니며, 많이 소유할수록 정신적으로는 빈곤해진다. 더 많은 시간을 빛이 없는 지하실에서 살게 만든다. 지하실에 들어가는 문에는 '욕망과 소유'라는 문패가 붙어 있다.

지하실에는 너무 물건이 적어도 불편하나 지나치게 많으면 더욱 부담스러워진다. 자제自制가 필요해진다. 우리 선조들은 청빈淸貧이라는 뜻을 가르쳤다. 물질적으로는 최소한의 소유로 만족하는 사람이 더 귀한 인생을 산다는 뜻이다.

그 대신 지나치게 많은 시간을 이층에서만 보내는 것도 바람직하지 못하다. 과거의 종교 지도자들이 대부분 그렇게 살았다. 불교에서는 지하실은 없는 편이 옳으며 일층으로 내려가는 일도 삼가곤 했다. 그래서 출가를 했던 것이다. 기독교에서는 수도원제도가 생기고 수도사들이 속세를 떠나 사는 것을 높이 평가했다.

그렇다고 지하실과 일층을 쓰지 않고 이층에만 머무는 것도 좋은 일이 아니다. 경건함은 귀하지만 나만의 경건은 헌신적 의미가 적기 때문이다. 거룩함을 찾는 것은 인간이 정신적 의욕 중의 하나다. 그렇다고 홀로 있는 거룩함은 나와 하나님과의 관계일 수 있어도 나와 인간, 이웃과의 유대를 단절할 수밖에 없다.

그렇다면 가장 소망스러운 삶은 어떤 것인가.

가장 인간답게 사는 일이다. 모든 의무와 책임을 인간관계에서 전개시켜 나가는 일이다.

가정다운 가족관계를 이끌어가며, 이웃과의 관계를 선하고 아름답게 유지해가며, 민족과 국가에 대한 사회적 임무를 건설적이며 보람 있게 발전시켜 가는 일이다.

그 일을 원활히 담당하기 위해 지하실의 소유물들을 활용할 수 있으며, 이층에서 새로운 사상과 정신적 양식을 얻는 일을 택하게 된다. 모두가 서로를 위해 인간적 봉사에 충실하려는 목적을 달성하는 데 그 의미가 있는 것이다.

종교 및 신앙적 지도자들은 그 책임을 위해 이층에 머무는 시간이 많을 수 있다. 그러나 우리 모두는 그 주어진 진리의 교훈을 실천하는 임무를 다해야 한다. 일층에서 일하는 것이다.

정치 일선에서 모범적인 정치 활동을 해야 하며, 경제 전방에서 기업다운 기업을 통해 국민경제에 이바지해야 한다. 사회 모든 영역에서 정신적 가치와 의의를 충족시킬 수 있도록 선택과 정진을 게을리해서는 안 된다.

한때는 교회가 그 책임을 다하지 못했기 때문에 사회참여의 필요를 제창하기도 했고, 민중신학을 앞세워 정치적 발언과 참여에 앞장서기도 했다. 그리고 그 일선에 신부, 목사, 신학자들이 서기도 했다.

그러나 이 건축의 구조를 사회적인 면으로 확대시킨다면 어떻게 될까.

종교 지도자들, 신부, 목사, 신학자들은 주로 이층에 머물면서 많은 평신도들이 일층에서 일할 수 있는 말씀과 진리를 제시해 주어야 한다. 초대교회의 사도들의 역할이 그러하였다.

그렇다면 말씀과 진리를 신도들에게 가르치고 전달한다는 것은 어떤 책임을 말하는가. 신도들에게 그리스도인다운 발상과 인생관 및 가치관을 말해 주어야 한다. 예수께서 제자들에게 준 것은 신학이나 교리가 아니었다. 율법과 계명을 그대로 전달하는 일은 더 중요하지 않았던 것이다.

앞으로는 무엇을 위해 어떻게 살아야 하는가를 가르쳤던 것이다. 어떤 때는 갈릴리 호숫가에 수천 명이 모이기도 했다. 그들에게 바른 삶의 방향과 가치를 가르친 다음에는 다 집으로 돌려보냈다. 다시 농사를 짓고, 양을 치며, 공직을 계속하되 새로운 목적과 방법을 가지고 살아가도록 가르친 것이다. 오늘 우리들의 개념을 빌린다면 소망스러운 인생관과 가치관을 제시해 주었던 것이다.

지금도 그렇다. 크리스천 정치인들은 새로운 발상과 도덕관을 갖고 정치에 임해야 한다. 기업인들은 소유욕을 줄이고 기여 정신을 갖고 사업에서 모범을 보여주어야 한다. 교육자들은 학생들의 장래와 인격을 위해 부단히 연구하며 개선하는 일을 게을리해서는 안 된다. 학자들과 예술가들은 아름다운 인격과 선한 질서를 해치지 않는 인간목적관에 부합하는 연구와 창작을 뜻해야 한다.

얼마 전 한 정치인으로부터 들었던 이야기가 생각난다.

지금 부정과 관련되어 법적 조사와 제재를 받고 있는 사람들의 대부분이 교회의 장로들이라는 것이다. 그것도 큰 교회의 장로들이라는 이야기였다. 그들이 대통령을 모시고 조찬 기도회에는 열심히 참석하면서….

그런 현실에 변화가 있어야 한다. 가장 신뢰와 존경의 대상이 되어야 그리스도의 일꾼이 되는 것이다. 큰일을 해서 유명해지는 것은 누구나 원하는 바이다. 그러나 조용히 주께서 기뻐하시는 일을 하는 사람이 역사를 건설하는 법이다.

4

출발은
언제나 진실에서부터

나와 같은 철학과에 재직하고 있던 구본명 교수 생각이 난다. 동양철학을 전공하고 있었다.

그가 우리 대학에 왔을 때, 내가 성경전서를 선물한 일이 있었다.

몇 달이 지난 뒤 구 교수가 "김 선생이 주시기도 했고, 또 한번은 읽어야겠다는 생각에서 구약을 읽고 있는데 상상했던 것보다 부끄럽기도 하고 민망스러운 기록들도 많이 나오더군요. 아버지를 취하게 만들고 딸이 동침을 해서 후손을 얻는 이야기도 있고 잔인하게 원수를 갚으면서 하나님이 이스라엘 민족을 사랑하는 뜻으로 호도糊塗하기도 하구요…."라는 이야기였다.

나도 동의했다. '그 당시의 사회적 풍조가 지금과 달랐던 점도 있으나 역사적 기록이기 때문에 숨기거나 조작할 필요가 없었을지 모릅니다.' 라고.

내 이야기를 들은 구 교수는 "하긴 그것이 옳을 것입니다. 종교적 경전이라고 해서 나쁜 면들은 숨기고 좋은 일들만 부각시킨든지, 진실을 은폐하거나 왜곡시킨다면 진리로서의 가치가 훼손되거나 버림을 받을 테니까요. 모든 도덕과 윤리적 평가가 그러하듯이 종교도 진실로부터 출발해 신앙적 평가를 받아야 할 것입니다."라고 말했다.

예로부터 인간의 본성을 말할 때, 성선설과 성악설이 대조적이었다. 공자孔子와 같은 스승은 인간의 본성을 선한 것으로 보았고 맹자孟子는 그것을 학설화했다. 그런가 하면 서양의 토마스 홉스Thomas Hobbes나 쇼펜하우어A. Schopenhauer는 성악설의 편에 서기도 했다.

지금도 그들 중에 어느 하나일 것이라고 생각하는 사람들이 있다. 기독교에서는 인간은 하나님의 형상을 따라 지음 받은 피조물이기 때문에 (나누어야 한다면) 성선설에 속하는 편이다. 불교도 본질적으로는 성선설에 근거를 두고 있다.

그러나 현실은 그렇게 간단하지는 않다. 성선설을 믿던 사람이 확충되어가는 사회악과 역사의 비극을 직시할 때는 인간이 이렇게 간악한 존재였던가를 깨닫게 된다. 흔히 말하는 원죄관념이 무엇인가. 인간의 힘으로는 해결 지을 수 없는 악의 근원적인 존재성을 뜻하는 것이다. 우리도 작은 선과 큰 악을 인정한다면 성선설을 받아들일 수가 없다.

최근 신학자들 중에서도 신의 존재를 의심하거나 거부하는, 신이 존재하지 않거나 신이 죽었다는 신학이론을 전개한 바가 있지 않았는가. 인간의 상상과 가능성을 초월한 사회 및 역사악을 보는 사람들이 선한 능력의 신을 믿을 수 있었겠는가. 철학자들이 세계악이라는 개념을 사용할 만도 한 현실이다.

솔직히 말하면 기독교는 성선설을 그대로 믿지는 않는다. 예수께서도 사람들 마음속을 다 아셨기 때문에 스스로를 그들에게 맡기지 않았다고 성경에 기록되어 있다. 당신을 해하려 하고 악을 저지르는 헤롯을 여우라고 부르기도 했다. 십자가를 지지 않을 수 없었다는 것은 악의 세력이 얼마나 강했다는 것을 역증거하는 것이기도 하다.

오히려 성경은 인간의 본성과 운명을 있는 그대로 받아들였다. 아브라함의 경건성만이 아니다. 이삭의 착하기 때문에 무능했던 점도 탓한 바 없었다. 평생 동안 수단과 이기적인 방법을 행사한 야곱도 책망하지 않았다.

아브라함의 하나님, 이삭의 하나님, 야곱의 하나님이라고 한 것은 인간 모두를 대표하는 것이다. 우리도 그중의 하나이기 때문이다.

그러나 성경은 더 높은 차원에서 인간의 본성과 운명을 성찰케 한다.

도덕적인 선과 악의 대립적인 위상이 아니라 죄와 구원의 차원에서 인간을 재평가하고 있다. 그 결론은 간단하다. 인간은 양심과 도덕적 노력에 따라 좀 더 선해지고 비교적 악해질 수 있으나 그 선악판단이 인간을 구원할 수는 없다는 사실이다.

양심의 기능도 그렇다. 정거장에서 큰 짐을 다루는 저울대는 웬만한 무게의 물건에는 움직이지 않는다. 큰 물건만을 취급했기 때문이다. 양심도 그렇다. 양심이 무딘 사람은 큰 과오와 악을 저지르고도 양심의 가책을 받지 않는다. 다른 사람들의 큰 악에 비하면 아무것도 아니라고 생각한다. 그러나 양심이 깨끗한 사람은 약국이나 화학실험실에서 사용하는 저울대와 같아서 아주 작은 실수와 말 한마디에도 고통을 느낀다. 법적으로는 용서받을 수 있는 일에도 양심의 가책을 받는다.

양심은 무엇이 선이며 어떤 것이 악이라는 것을 알려주지만 그 죄악을 저지른 인간을 구원하지는 못한다. 오히려 후회와 고통의 짐을 더해 줄 뿐이다.

바울은 "오호라, 나는 곤고한 사람이로다 이 사망의 몸에서 누가 나를 구원할 수 있을까"(롬 7:24) 라고 호소했다. 그래서 주께서는 양심과 도덕의 "무거운 짐을 진 사람들은 내게로 와서 편히 쉼을 얻으라"(마 11:28)고 우리를 찾으셨던 것이다. 행함으로 구원을 받는 것이 아니라 믿음으로 구원을 받는다는 것은 도덕으로 구원을 얻는 것이 아니라 신앙으로 구원을 받는다는 뜻이다.

그러면 어떻게 이 일이 가능해지는가. 도덕과 윤리의 관계는 인간과 인간의 관계에서 성립되는 것이다. 악과 선의 관계도 그러하며 양심과 비양심적인 행위도 인간관계에서의 의미를 갖는다. 그러나 종교와 신앙의 관계는 인간과 인간의 관계를 넘어 인간과 하나님과의 관계가 필수적이다. 인간의 관계는 아무리 합친다고 해도 인간의 유한성과 운명성을 초월할 수 없다. 선을 쌓아 간다고 해도 상대적인 것이다. 악을 더하게 되면 그 값을 치러야 한다.

기독교가 천국과 지옥이라는 상징적 표현을 쓰는 것은 비교적 선한 삶과 비교적 악한 삶을 상대적으로 가리는 뜻이 아니다. 하나님의 뜻과 사랑에 따라 구원을 받을 수 있는가 그렇지 못한가를 구별하는 것이다. 인간적인 선과 악은 세례자 요한까지의 문제다. 하늘나라에서는 극히 작은 것에 속한다. 그러나 그리스도 이후에는 인간의 완성과 구원을 위한 믿음의 은총에서 재평가되는 것이다.

5

생활의 공식,
그 하나

오래 전, KBS-TV에서 있었던 일이다.

세 교수의 좌담 시간이었다.

한 원로 교수가 "요사이 젊은이들과 대학생들이 너무 빨리 개인주의로 흘러가 걱정이 된다."고 말했다.

맞은편에 있었던 윤태림 전 숙대총장은 "제 생각은 다릅니다. 서양의 젊은이들은 오래 전부터 개인주의를 발전시켜 왔기 때문에 오늘과 같은 민주사회를 건설했습니다. 우리 대학생들도 속히 개인주의를 받아들일 수 있어야지요."라는 반론을 제시했다.

사회자인 아나운서가 나에게 "김 선생님은 어떻게 생각하십니까?"고 중재를 청해왔다.

나는 "지금 우리가 약간 개념의 혼동을 일으키고 있습니다. 우리가 걱정하는 것은 젊은이들이 이기주의로 빠져드는 일입니다. 개인주의는 이기주의와는 다른 뜻입니다. 서구 사회가 긴 세월에 걸쳐 개발해 온 개인주의는 이기주의가 아닙니다.

사회의 모든 책임이 나로부터 시작되고 나의 선택과 노력에 의해서 소망스러운 사회로 성장할 수도 있으나 사회적 불행의 책임도 나에게 있기 때문에 한 개체로서의 사회에 대한 책임을 지는 것이 개인주의입니다. 그러므로 개인주의의 발전이 없이는 민주사회 건설이 불가능하다는 뜻에서 자아의 의무와 책임을 묻는 것이 개인주의입니다."라는 의견을 제시했다.

그것은 상식적인 내용이 되어 있다. 그럼에도 불구하고 때로는 식자 사이에서도 개인주의와 이기주의를 혼동하는 경우가 허다하다. 기성세대들이 그 구별을 하지 못하기 때문에 젊은이들 특히 서구 사회에서 교육을 받은 학생들의 의아심을 높여주는 때가 있다.

인간은 사회적 동물이다. 우리 모두는 주어진 사회 속에 태어나 살다가 그 사회를 떠나 죽음으로 향하게 된다. 그래서 개인은 새로운 사회건설에 참여했다가 사회를 떠나도록 되어 있다. 나는 불가피하게 사회적 존재로서의 운명을 걸머지고 있는 셈이다. 성공과 실패도 그 속에서 이루어지며 영광과 치욕도 사회와 더불어 결정되도록 되어 있다.

이때 우리 모두가 걱정하며 배척해야 할 과제는 이기주의의 만연에 대한 문제이다. 물론 사람은 누구나 욕망을 갖고 있으며 남보다 더 많은 것을 소유하려는 본성을 지니고 산다. 그렇다고 해서 내 욕망과 소유 의지를 채우기 위해 다른 사람들에게 피해와 고통을 줄 수는 없다. 그런 본능적인 경쟁과 싸움이 심해지면 우리 모두는 불행과 파국을 면치 못하게 된다.

토마스 홉스Thomas Hobbes같은 철학자는 그런 사람들이 모여 살게 되면 굶주린 이리 떼들이 서로 해치며 힘의 독점을 꾀하기 때문에 그 불행과 파국을 막기 위해 법의 제정이 필요해졌으며 그 법의 집행을 위해 정치 공권력이 생겼다고 보고 있다.

선의의 경쟁은 불가피하다. 그러나 이웃과 사회에 해악을 끼치는 이기적 행동은 용납될 수가 없다. 우리가 극단의 이기주의자들을 법으로 제재하며, 심하면 교도소로 보내는 이유가 거기에 있다.

따라서 우리가 사회생활을 하는 데 있어 가장 중요한 것은 이기적인 사고와 행동을 공동체 및 사회 속으로 환원시키는 일이다. 인간은 본래가 사회적 존재로 태어났기 때문이다.

다시 말하면 인간의 도리는 나의 욕망과 소유를 위해서 사는 것이 아니라 더불어 사는 차원으로 높이지 않으면 안 된다. 다시 말하면 인간적 삶 속에는 나를 위해서의 부분이 있고 공동체를 위하는 영역이 공존한다. 그때 나를 위해 이웃과 공동체에 피해를 주는 것을 이기주의로 본다면, 나 때문에 더 좋은 공동체가 되고 그 공동체를 통해 내가 더 값있는 삶을 누릴 수 있다는 신념을 굳혀야 한다. 이기주의에 비해 개인주의가 앞선 점이 바로 거기에 있는 것이다.

내가 나만을 위한다면 불행한 공동체가 되며 그 결과는 나의 불행으로 되돌아오게 된다.

우리가 사회생활을 함에 있어 정의의 질서를 소중히 여기는 것은 그것이 더불어 사는 기틀이 되기 때문이다. 그 정의로움이 구체화된 것이 법으로 나타나게 된다. 서양 사상에 있어서는 소크라테스Socrates 때부터 십수 세기 동안 법과 정의가 더불어 사는 기반을 만들어 왔다. 기독교의 구약시대도 그러했다. 모세의 율법을 위시한 정신적 기반은 정의의 질서에 있었다. 구약의 하나님은 정의의 하나님이었다.

그러나 기독교가 유입되면서는 정의의 질서와 더불어 사랑의 질서가 더 큰 영향력을 갖게 된다. 쇼펜하우어A.Schopenhauer 같은 철학자는 소크라테스 이후 오랫동안 서구인들은 엄한 정의의 아버지 밑에 살다가 기독교 사랑의 정신을 받아들이게 되면서 자애로운 어머니의 품을 얻게 되었다고 말한다. 그러면서 정의는 구리銅와 같이 흔하고 값이 싼 것이지만 사랑은 금金과 같이 소중한 것으로 평하고 있다.

개인의 삶을 공동체와 더불어 정의의 질서가 끌어올렸다면 사랑은 우리들의 삶을 서로 위해 주는 섬김의 단계로까지 높여주는 능력을 갖추고 있다. 다시 말하면 사랑은 정의의 질서를 완성시키는 사회적 역할을 담당하는 것이다.

물론 오늘 우리와 같은 현실에 있어서는 정의의 질서조차 지켜지지 못하고 있다. 부정과 불의가 사회 전체를 휩쓸고 있다. 그러나 기독교에서의 정의는 사랑의 집으로 들어오는 현관에 해당한다고 본다. 그리스도의 사랑의 공동체에서 주어지는 행복과 감사의 삶은 정의만으로는 맛볼 수 없는 것이다. 그러나 정의를 통하지 않고는 사랑의 가정이나 식구가 될 수 없다.

더 중요한 것은 정의로 정의를 치유하기는 한계가 있어도 사랑으로 정의를 완성시키는 일은 더 쉬우면서도 순리롭다는 사실이다. 자유를 서로 위해주면 더 큰 자유를 누릴 수 있듯이 정의의 질서 위에 사랑을 베풀 때는 정의의 완성이 사랑의 왕국으로 바뀔 수 있다.

그것이 기독교의 역할인 것이다. 더불어 사는 길이 서로를 위해서 섬기는 삶으로 승화되는 것이다.

6

당신의 생활
중심은 어디인가

2002년에 있었던 일이다. 미국 L.A에서 도산 안창호 선생에 관한 세미나가 있었다. 그때 이만렬 교수가 도산의 신앙문제를 발표했다. 청중 중의 한 사람이 질문을 했다. '도산의 신앙이 신본주의 신앙인가, 인본주의 신앙인가'를 물은 것이다.

회의에 참석했던 적지 않은 사람들이 약간 당황스러워 했다. 인본주의 신앙이면 참신앙이 못되며 신본주의 신앙이어야 한다는 저의가 깔려 있었기 때문이다.

사실 교회 밖에서는 그런 명칭과 개념을 쓰지 않는다. 교회 내부의 문제이기 때문이다. 또 많은 신도들은 교회 안에서도 그 문제로 고민하지 않는다. 일부의 신학자나 교리주리자들이 강조하는 문제로 되어 있을 뿐이다.

우리가 일단 신앙생활에 들어오게 되면 신이 없는 신앙도 있을 수 없으며, 인간을 배제한 신앙도 논의의 대상이 되지 않는다. 아마 적절한 표현을 쓴다면 '당신은 신앙(생활)의 중심을 어디에 두고 있는가? 또 신앙적 삶의 방향이 어디라고 생각하는가?'라고 묻는 것이 좋을 것이다.

사실은 그것도 문제가 되지는 않는다. 예수께서도 당시의 율법학자에게 "네 모든 정성을 다 바쳐서 하나님을 사랑하고 네 이웃을 네 몸과 같이 사랑하라."고 말씀하시면서 이 둘은 동일한 것이라고 가르쳤다.

프랑스 철학자 베르그송H. Bergson같은 이는 기독교 신앙은 하나님의 뜻을 따라 이웃을 사랑하는 일이라고 지적한 바 있다. 신학자들은 제각기의 학설과 주장을 내세운다. 크게 나누어 보면 바르트K. Barth같은 이는 하나님 중심의 신앙을 강조한 편이며 니버R. Niebuhr같은 신학자는 인간적 과제에 비중을 두었다고 볼 수 있을지 모른다.

그러나 신앙인의 삶과 생명력 있는 신앙의 과업은 하나님의 뜻을 따라 혹은 주께서 보여주신 바를 모범 삼아 이웃을 사랑하는 생활을 하도록 되어 있다. 신앙은 신학도 아니며 교리도 아니다. 그것들을 포함한 그리스도와의 삶에서 이루어지는 것이다

도산 안창호 선생 같은 이는 그렇게 산 사람이다. 그 점에 있어서는 고당 조만식 장로도 성격을 같이 하는 애국적 신앙을 가졌던 지도자들이다.

구약 시대의 사람들은 하나님을 사랑하는 일이 중하며 그것이 가능하다고 생각했다. 사랑한다는 것은 위해 주며 도움을 주는 것으로 생각할 수 있다. 그래서 제물을 바치기도 했고 성전을 짓기도 했다. 그러나 하나님은 인간의 사랑과 도움을 받아야 할 정도로 부족함이 있거나 인간의 협조를 필요로 하지는 않는다. 그렇다면 하나님과 인간은 동격의 존재가

된다. 그래서 하나님을 사랑하는 것은 하나님께 영광을 돌리는 우리의 정성으로 생각지 않을 수가 없다.

즉, 내 모든 것을 하나님께 바치는 마음과 생활이다. 나 스스로를 하나님께로 귀의歸依시키는 일이다. '아버지여 내 영혼을 받아 주시옵소서.'의 기도와 같은 것이다. 인간은 하나님께로부터 와서 하나님께로 돌아가는 것이 신앙이다.

그러나 그 인간이 세상에서 삶을 영위해 가는 동안은 하나님을 돕는 것이 아니고 하나님의 뜻을 따라 이웃을 사랑하는 것이다. 이웃을 섬기고 위해 주는 일이다. 그 일밖에는 유한하며 부족한 인간이 할 수 있는 일이 없는 것이다. 우리 이웃을 내 몸과 같이 주의 뜻을 따라 사랑할 수 있으면 그것이 하나님께 영광 돌리는 일이며 주님께서 뜻하셨던 하늘나라를 건설하는 데 동참하는 것이다.

교회는 그러한 하나님의 뜻을 가르쳐주는 기관이며, 그런 책임을 함께 이루어가는 주님의 공동체인 것이다.

우리가 예배를 드리는 것은 하나님의 거룩하심 같이 우리도 완전해지는 길이다. 인간이 홀로 스스로를 지키려 할 때는 완성도 불가능하며 구원의 길도 열리지 않는다. 인간의 목적을 인간에게 두고 살 때는 스스로의 좌절과 한계 그리고 절망에 빠질 수밖에 없다. 그것이 인간의 본질이며 운명이다. 그러한 인간이 하나님께 모든 것을 바치고 그 뜻에 따름으로 자기모순과 불안에서 벗어날 수 있으며 유한성과 허무와 절망을 극복하고 초월하게 된다.

바로 그리스도께서 우리에게 주신 교훈과 삶이 그런 것이다. 하나님을 통한 인간의 완성과 구원, 참다운 자아의 발견과 믿음에 의한 희망을 약속, 실현해 주는 것이다. 어떻게 본다면 우리가 신앙을 갖는다는 것은 하나님을 위해 나를 희생시키는 것이 아니라 내가 하나님의 은총으로 다시 태어나며 스스로를 완성, 구원으로 이끄는 것이다. 그런 점에서는 신앙이 나 자신과 인간의 구원을 목적으로 삼고 있는 것이다. 그것이 구약적인 신앙과 신약적인 신앙의 차이점인 것이다. 구약의 하나님 중심의 신앙이 신약의 인간 중심의 신앙으로 바뀌는 것이다. 그 일이 가능해지는 것은 내가 나를 지키는 일이 아니라 나를 하나님께 바침으로써 이루어지는 것이다.

그래서 신앙적 체험을 겪은 사람들은 하나님을 섬기는 만큼 나 자신을 위하게 되며 하나님께 충성을 바치는 일이 내 삶의 충만성임을 깨닫게 된다. 구약적인 신앙에 따른다면 신본주의라는 뜻은 이해할 수가 있다. 그러나 신약 즉 그리스도에 의한 새로운 신앙은 하나님과 인간의 완성이 동시에 이루어지는 것이다. 하나님은 우리가 믿기 이전부터 완전하신 분이었고 우리도 하나님을 믿음으로써 인간으로서의 완성에 도달하게 되는 것이다.

그런 신비로운 신앙적 체험은 인간만으로는 불가능하다. 그래서 세례자 요한이 메시아 즉 예수를 그리스도로 선포했고, 우리는 예수가 그리스도임을 믿고 따르는 데서 신앙의 확증을 얻고 있는 것이다.

이때 예수가 더 중심이 되어야 하는가. 그리스도가 더 중심이 되어야 하는가 하는 문제는 성립되지 않는다. 이미 둘이 하나가 되었기 때문이다.

그렇다면 신학 이론이나 교리에서는 신본주의 또는 인본주의를 논할 수 있어도 신앙인의 삶 속에서는 본질적으로 이질적인 것일 수가 없다.

오히려 세상 사람들은 휴머니즘을 완성시켜 줄 수 있다면 우리는 그 신앙을 따를 수 있다고 긍정하고 있는 실정인 것이다.

7

상식적인
이야기, 하나

누구나 다 알고 있으며, 나도 다른 곳에서 발표한 바 있는 이야기 하나를 소개하겠다.

우리가 읽는 성경 첫 머리, 창세기 1장 1절(공동번역)에는 "한 처음에 하나님께서 하늘과 땅을 지어 내셨다."라고 기록되어 있다.

성경 맨 끝 절 요한계시록 22장 20절(공동번역)에는 이 모든 계시를 보증해 주시는 분이 "그렇다. 내가 곧 가겠다."는 말로 끝내고 있다.

그리고 성경 전체의 내용을 간추려 밝혀 주는 요한복음 3장 16절(공동번역)에는 하나님은 "이 세상을 극진히 사랑하셔서 외아들을 보내 주시어, 그를 믿는 사람은 누구든지 멸망하지 않고 영원한 생명을 얻게 하여 주셨다." 라고 기록되어 있다.

성경, 즉 기독교는 이 세 가지 진리로 요약되어 있다.

창조의 진리와 재림의 약속, 그리고 구원의 진리이다. 이 세 기둥과 같은 진리의 핵심과 처음이 되는 것은 구원의 진리이다. 구원의 진리가 받아들여지지 않고는 창조와 재림의 진리는 이해되지 않는다. 믿을 수 없기 때문이다. 또 이 구원의 진리는 예수 그리스도를 받아들임으로 이루어진다. 예수 그리스도가 없는 기독교는 존재하지 못한다. 그리스도를 통해 창조, 구원, 재림의 진리가 주어졌기 때문이다.

어떤 신학자들은 창조와 더불어 시간이 시작되었고 재림과 함께 시간은 끝난다고 본다. 그리스도는 시간의 중심이면서 역사의 중심이기도 한 것이다.

이런 기독교의 진리는 무엇보다도 기독교가 역사적 종교임을 말해 주고 있다. 창조는 역사의 시작이며 재림은 역사의 종말인가 하면 구원은 역사의 중심이 된다.

한때 세계적으로 주목을 받아 왔던 엘리아데M. Eliade와 같은 종교학자는 세상의 모든 종교는 자연 질서를 바탕으로 생겨났으나 구약과 신약의 종교는 완전히 성격을 다르게 한다고 말하면서 만일 다른 모든 종교를 종교로 규정한다면 기독교는 그런 의미에서는 종교가 아니라고 암시해 주었다.

자연 종교에 비한다면 기독교는 역사 종교이기 때문이다. 자연과 역사의 차원은 본질적으로 다르다. 다른 종교는 인간과 자연의 관계에서 이루어졌으나 기독교는 인간과 신의 관계에서 성립되는 역사 신앙인 것이다.

따라서 기독교의 진리와 가치관은 특이한 역사 및 시간적인 성격을 띠고 있다.

동양 사상의 대부분이 그러했고 그리스 정신도 시간은 윤회하는 것으로 해석하고 있다. 시간은 돌고 또 도는 것이라고 본다. 자연의 질서는 반복적인 성격을 갖는다. 봄, 여름, 가을, 겨울이 반복되고 있으며 동쪽에서 해가 뜨고 서쪽으로 해가 지는 일은 영구히 변하지 않는다.

그래서 그들은 그 영원히 회귀回歸하는 속에서 짧은 한 부분을 살다가 끝나는 것이 인간의 삶이라고 본다. 그런 운명적인 세계관은 인간의 노력이나 유한성으로는 어떻게 할 수가 없다. 운명에 대한 사랑을 말하는 니체F.W. Nietzsche의 사랑은 바로 그런 동양 및 그리스 정신을 대변하는 것이다.

그러나 기독교는 이와 성격이 다르다. 시간과 역사는 일회적이다. 처음이 있고 끝이 있다. 그리고 그 시종始終 사이에는 역사적 의미가 깔려 있다. 영원히 반복한다면 무의미하나 일회성이라면 그것은 나름대로 절대적이다. 자연 시간과 역사 시간의 차이는 양적인 것이 아니다. 질적인 것이다.

농부들은 금년 농사에 실패했으면 내년과 그 다음해에 그 실패를 만회할 수 있다고 생각한다. 자연 시간인 때문이다. 그러나 금년에 큰 혁명이나 전쟁을 겪은 사람들은 내년이나 그 다음 해에는 또 다른 혁명이나 전쟁으로 만회할 수 있다고는 생각지 않는다. 역사적 시간인 것이다. 그리고 우리는 그 역사 속에 살고 있다. 모든 사건들은 그때그때의 의미를 갖도록 되어 있다.

자연 시간에서 사는 사람들은 현재는 과거의 연장이라고 생각한다. 그러나 역사 시간을 사는 이들은 앞으로 무엇이 이루어질 것인가를 먼저 생각한다. 찾아올 역사의 사건에 대비해야 하기 때문이다. 그래서 자연 질서를 소중히 여기는 개인과 사회는 전통적이며 보수적인 가치관을 소중히 생각하나 역사 속에 사는 개인과 민족은 미래에 대한 도전 의식을 갖는다. 역사는 과거를 연구하지만 그것은 과거를 앎으로써 미래를 창조해 가야 하기 때문이다.

성경이 그렇다. 구약의 모든 예언과 교훈은 다가올 메시아에 관한 메시지로 채워져 있다. 메시아가 올 때까지, 메시아가 오시면 하는 기대와 희망의 역사이다. 이제 메시아인 예수 그리스도가 오셨다. 그리고 떠나가셨다. 그 뒤부터는 그가 다시 오셔서 역사를 완성시킬 때를 기다리는 것이 신약 이후의 기독교 정신이다.

언제나 미래지향적이다. 미래가 있다는 것은 희망의 약속이다. 그러기에 창조적인 활동이 가능한 것이다. 버림받을 것은 역사의 무대에서 사라지고 있어야 할 것이 남는 것이다.

흔히 사람들은 인도 사회에는 역사의식과 시간관념이 부족했기 때문에 오늘과 같은 후진 사회가 되었다고 말한다. 동양인들은 전통을 지나치게 소중히 여기는 나머지 회고적이며 과거 지향적이어서 발전이 늦어졌다고 본다.

이에 비하면 서구 사회는 강한 역사의식과 일회적인 시간관념 때문에 미래 지향성이 강했고 오늘의 세계를 개척한 것으로 인정한다. 그것이 기독교 정신의 유산인 것이다.

인도는 관념적 철학과 종교의식을 갖고 살았다. 동양인들은 그러한 관념성과 종교관보다는 윤리 및 도덕적 가치를 높이 평가해 왔다. 그러나 기독교 사회는 철학과 윤리성 위에 역사의식까지 소유했기 때문에 세계 역사의 무대에 새로운 업적을 쌓아 갈 수 있었던 것이다. 3차원의 세계를 살 수 있었던 것이다.

이렇게 본다면 종교 및 기독교 신앙은 개인의 변화는 물론 사회와 역사적인 변혁에도 큰 영향을 미치고 있음을 말한다. 어떤 종교와 신앙을 갖는가 하는 것은 무엇보다도 의미가 큰 선택일 수 있다.

시간·때·영원한 것

우리를 포함한 대부분의 동양 사람들은 전통 사회에 살아왔기 때문에 시간을 생각할 때, 시간은 과거에서 현재를 거쳐 미래로 가는 것으로 생각한다. 과거에서 현재까지는 존재하지만 미래는 아직 비어 있는 것으로 느낀다.

그리고 과거의 연장이 현재이듯이 미래는 과거로부터 주어진 현재의 연장이라고 본다. 인과보응의 사상을 가진 사람들은 존재하는 것은 과거이고 미래는 아직 존재하지 않는 공허한 형식적 시간으로 여긴다.

이런 사고와 삶이 우리들 모두의 현실적 시간관이며 크게 의문을 달지 않는다. 그것이 좋게 말하면 전통 사회를 만들었고 어떤 면에서는 운명론적인 사고를 키워주기도 했다.

그런데 아우구스티누스Augustinus는 천육백 년 전 사상가인데 시간은 미래로부터와서 현재라는 점을 거쳐 과거로 가서는 사라져 버린다고 보았다. 있는 것은 현재에서 미래일 뿐이며 시간으로서의 과거는 존재하지 않는다는 생각이다.

이러한 시간관은 과거에는 없었다. 기독교가 탄생되고 아우구스티누스가 기독교 사상을 받아들여 집대성하면서 얻은 시간관인 것이다. 그리고 그 전통은 기독교 사상계를 타고 오늘에 이르렀다. 최근에는 하이데거M. Heidegger와 같은 철학자가 그 이론을 계승, 정당화시켜 주고 있다.

거기에는 또 다른 사상적 배경이 깔려 있다. 인간의 삶이 '인간과 자연' 의 단계에 머물면 과학과 철학이 탄생한다.

그리스 사상이 그 대표적인 예가 된다. 그렇게 되면 시간은 아리스토텔레스Aristoteles가 지적했듯이 사건의 연장관계에서 해석되며 시간의식은 그 위상에서 풀이된다. 또 우리의 삶이 '인간과 인간' 의 관계에서 이루어지면 윤리와 도덕의식이 강조되기 때문에 시간관념이 크게 부각되지 않는다.

그런데 우리의 삶이 '인간과 신' 의 관계에서 이루어지게 되면 역사의식이 강렬해지며 시간과 미래에 대한 도전의식을 갖게 된다. 따라서 구약과 신약은 강한 역사의식을 포함하고 있으며 그 역사의식이 특유한 시간관념을 갖게 만든 것이다. 아우구스티누스가 바로 그런 역사관과 시간관을 잘 말해 주었다. 기독교 신앙은 언제나 미래에 대한 도전이며 선택과 결단을 요망하고 있기 때문이다. 하이데거는 그것을 실존적 삶의 현상에서 확인시켜 주었던 것이다.

말하자면 자연적 현실로서의 시간은 큰 의미를 갖지 않는다. 윤리적 현실에서도 선악가치는 논의되나 시간적 의미는 강조되지 않는다. 오히려 도덕규범은 역사성을 초월한 형이상학적 규범이 되기를 원한다. 칸트 I. Kant는 그 대표적 인물이었다.

그러나 우리의 삶을 역사적 현실에서 보았을 때는 강한 시간의식과 더불어 미래지향적인 시간구조를 받아들이지 않을 수가 없다.

예로부터 전해져 내려온 이야기가 있다.

한 도둑이 있었는데 나이 들고 병에 걸려 위험한 상태에 빠지게 되었다. 하나밖에 없는 아들이 아버지에게 호소했다. "아버지가 돌아가시면 나는 어떻게 혼자 살아갈 수가 있습니까. 물려줄 것이 없으면 도둑질하는 방법이라도 가르쳐 주어야 할 것이 아닙니까?"라고 말했다.

그 말을 들은 아버지는 그러면 나를 따라오라고 말하면서 아들을 데리고 어떤 부자 집 담 밑까지 갔다. 담 밑에 구멍을 뚫고 집안으로 들어가 창고 문을 연 뒤 아들에게 이리로 오라고 말했다. 그러더니 쌀뒤주 문을 열고는 아들에게 이 뒤주 속으로 돌아가라고 했다.

아들이 들어간 후에 아버지는 뒤주문을 잠그고, 집으로 돌아갈 테니까 알아서 하라고 말하면서 떠나 버렸다.

아들은 아버지를 원망했다. '저렇게 무정한 사람이니까 도둑질이나 하지.' 하고 울분을 터뜨렸다.

그러나 문제는 지난 일들이 아니다. '우선 어떤 수단을 써서라도 이 뒤주에서 나가야 한다'고 생각했다. 목숨이 달려 있는 긴박한 사태였기 때문이다.

생각을 정리한 아들은 손톱으로 뒤주벽을 긁어대기 시작했다. 그 소리를 들은 주인 할아버지가 '이상하다. 쌀뒤주에 쥐가 들어갔을 리가 없는데'라면서 열쇠를 들고 창고 속으로 들어와 뒤주문을 열었다.

그 틈을 타고 아들은 뒤주 밖으로 뛰어 나와 창고 문을 박차고 뜰 안으로 들어섰다. 노인은 "도둑이야"라고 소리를 질렀다. 잠들었던 가족들이 놀라 몽둥이를 들고 도둑이 어디로 갔느냐고 찾아다니기 시작했다.

당황한 도둑은 뜰 안 우물 옆에 있는 빨래돌을 우물 속에 던져 넣었다. 그 소리를 들은 가족들이 '저놈의 도둑이 도망칠 곳이 없으니까 우물로 뛰어 들어갔구나.' 하면서 등불을 켜 들고 우물 속을 살피기 시작했다.

아들은 그 틈을 이용해 담 밑으로 빠져 집으로 돌아왔다. 화가 치민 아들은 아버지에게 "어떻게 하나밖에 없는 자식을 죽을 곳으로 몰아넣을 수가 있느냐"하면서 따졌다.

그 말을 들은 아버지는 나도 그렇게 되어서 도둑이 된 것이다. "궁하게 되면 통하는 길이 열리는 법이란다." 라고 말해 주었다.

역사적 현실이란 그런 것이다. 뒤주 속에서 자신을 발견한 아들은 과거를 따질 여유가 없다. 혼자서 살길을 찾지 않으면 살아남을 수가 없었던 것이다.

자연 관념이나 철학에는 이런 절박한 역사적 사태가 벌어지지 않는다. 윤리나 도덕도 여유를 갖고 모색할 시간적 공간이 있다. 그러나 역사적 현실은 순간순간마다 어떤 선택과 결단을 요청해 온다. 좀 기다려 달라든지, 내일로 미룰 수 있는 사건들이 못 된다.

이렇게 보면 시간은 과거의 연장이 아닌 미래에 대한 도전이 된다. 중요한 것은 과거가 아니라 미래인 것이다. 사실 우리가 과거의 역사를 살피는 것은 미래를 개척하기 위한 지혜를 얻자는 데 그 목적이 있다. 미래를 완전히 제거해 버린다면 과거의 역사를 공부할 필요가 없어진다.

그래서 역사와 더불어 시간은 미래지향적이다.

그런데 여기에 문제가 있다. 내가 미래로 가고 있는가? 아니면 어떤 사태가 미래로부터 오고 있는가 하는 것이다. 역사적 관점에서 보지 않을 때는 내가 미래로 가고 있다고 생각한다. 마치 내가 시간의 열차를 타고 지금까지 왔던 것 같이 앞으로도 갈 것이라고 생각하는 것이다. 그러나 역사적 현실에 서 있는 사람은 깔려져 있는 도로를 쉽게 전진하는 것이 아니다. 앞에서 다가오는 어떤 사태에 부닥치는 것이 삶의 현실이라고 본다.

나는 예상하지 못했던 혁명을 맞게 되었다든지, 전쟁의 폭풍우에 휘말리게 되었다는 사태들이 그것을 잘 보여주고 있다. 역사를 개척하는 사람들은 그렇게 다가오는 사태에 도전하도록 되어 있는 것이다. 그것이 역사를 만들어가는 미래에 대한 도전이다.

또 그렇게 타의에 의한 것이 아니더라도 오랜 연습을 하는 운동선수는 시합에 임하기 위해 준비하며, 어떤 정치가는 혁명적 거사를 위해 모든 지혜와 노력을 경주하게 된다. 올 것에 대한 준비를 갖추는 것이다. 하이데거가 '나타나 오는 미래의 사태에 대한 결단' 이 시간의 핵심이라고 본 것은 옳은 것 같다.

시간이 삶을 만들어 주는 것이 아니라 삶의 현상으로 해석되는 것이 시간이어야 했던 것이다. 하이데거M. Heidegger가 불안이나 죽음을 말하는 것이 그 뜻이다. 불안은 관심을 타고 언제나 다가오는 것이며 죽음은 정지하지 않고 우리에게로 가까이 찾아오고 있는 것이다.

그런데 여기에 또 하나의 문제가 남아 있다.

종교적 삶을 우리는 영적 체험이라고 부른다. 기독교는 특히 그 점을 강조하고 있다. 영적 체험이 없다면 기독교 신앙은 존재하지 않는다.

이러한 영적 체험은 내가 만드는 것도 아니며 세상적인 어떤 사태에서 주어지는 것도 아니다. 오히려 내 의지와 상관없이 주어지는 것이다. 제 3자가 나에게 작용해 오는 것이 영적 체험이다.

우리는 시간이 온다는 말을 하지 않는다. 그것은 자연의 시간인 까닭이다. 때가 온다고 말한다. 어떤 사건의 시간인 때가 온다고 보는 것이다. 폭풍 전의 적막이라는 말을 자주 쓴다. 그 고요함이 그치면서 우리의 삶은 폭풍의 소용돌이에 빠져들게 되는 것이다.

은총과 영적인 체험은 내 힘과 선택의 한계를 벗어난 초현실적인 내용의 사태로서 벌어지는 것이다 그런 뜻에서 구약의 예언자들은 역사의 주인공인 메시아의 오심을 예고했던 것이다. 그리스도인들은 나타나고 오게 될 하늘나라를 사모했던 것이다.

이 '때'는 공허했던 미래가 우리의 삶으로 채워지듯이 우리의 삶이 어떤 영원한 것으로 채워지는 시간이다. 우리가 겪는 영적 체험은 그 사태를 역사적 현실로 받아들이는 것이다.

그러므로 신앙의 핵심인 영적 체험은 시간의 연장선에서 자연스럽게 이루어지는 것도 아니며 윤리나 도덕적 상태에서 성사되는 것도 아니다. 역사적인 사실로 어떤 시간 중 때를 타고 나타나는 제3자와의 관계에서 이루어지는 것이다.

그것을 시간 속에 나타나는 영원한 것으로 깨닫는 사람들은 그것을 시간의 과거와 미래를 초월한 영원한 것이 나타나는 삶의 역사적 사건으로 받아들이게 된다. 시간의 연장을 평면에서 본다면 영적 체험은 위로부터 '때'라는 시간의 선상에서 벌어지는 것이다.

성경에서 카이로스kairos라는 때의 관념을 강조하는 것은 그 때문이다. 이때의 카이로스로서의 시간은 어떤 사건이 나타나며 그것이 시간의 빈 그릇 속에 거듭난 삶의 형태로 주어지는 것이다.

그런 뜻에서 기독교는 새로운 시간관을 찾아 오늘에 이르고 있는 것이다. 시간과 영원의 관계가 기독교의 핵심 과제가 되는 것이다. 하나님의 때가 인간의 시간 속에 영원을 깃들게 하는 것이다.

IV

이성과 양심은
우리를 구원할 수 있는가

1

법과 양심을
넘어서

사람들은 법을 어기면 범죄자라고 말한다. 따라서 법이 많을수록 범죄자는 수를 더해갈 수밖에 없다. 1년에도 전과자의 수가 몇십만 명씩 생긴다. 그래서 세월이 지나면 사면을 하기도 하며 법원에서 그 기록을 말소시키기도 한다.

우리 주변에서 법을 공부했기 때문에 법을 모르는 사람들을 이용하며 괴롭히는 사람들이 적지 않다. 그래서 변호사의 수가 늘어나는지 모르겠다. 선진국에서는 그 정도가 더 심각해지고 있다.

그런데 때로는 주어진 법을 알면서도 불법을 감행해야 하는 경우가 생긴다. 악법도 법이라고는 하지만 모두가 악법에 순종한다면 우리 사회는 어떻게 되겠는가. 물론 악법 자체가 용납되지 않아야 하겠지만……

이때 불법인 줄 알면서도 법을 어기는 사람들은 도덕의 기준이 되는 양심을 법보다 소중히 여기는 까닭이다. 인도의 간디Gandhi 같은 사람은 인도인을 대표하는 양심을 갖고 한평생 동안 영국의 법과 투쟁해 왔다. 어떤 때는 영국의 법관이 간디에게 실형을 선고하면서도 간디의 양심을 더 높이 평가하곤 했다. 법은 사회와 국가에 따라 다를 수 있어도 양심은 인류의 공통된 가치기준이 될 수 있기 때문이다.

양심은 법 위에 있다고 믿는 것이 사회를 위하는 길이기도 하다. 도산 안창호를 비롯한 수많은 애국자들과 민주주의를 수호하려는 사람들이 법보다는 양심을 믿고 따랐다. 그래서 우리 주변에도 양심수라는 말과 개념이 자주 등단하곤 한다. 그들은 법보다는 양심에 복종하는 것이 인간의 도리라고 믿는다.

만일 그렇게 되어서 양심을 위해 불법을 행하는 사람이 더 많아질 때 그 사회는 어떻게 되겠는가. 세계 어디에서나 벌어지고 있는 문제의 하나는 양심에 따라 병역을 기피하는 행위이다. 사회는 그들을 범법자로 징계해야 하나 본인들은 양심은 법을 초월한다고 생각한다.

그렇다면 그런 갈등과 혼란을 해결 짓는 방법은 없는가.

우리는 법과 양심의 중간에 '선한 질서'를 두고 판단했으면 좋을 것 같다. 아무리 좋은 법이라고 해도 사회의 선한 질서를 해치거나 파괴하는 법은 용납될 수 없다. 또 아무리 나 자신은 양심에 따르는 행동이라고 해도 그 행위가 사회의 선한 질서를 해치거나 파괴하는 처사일 때는 정당화될 수가 없다.

법은 선한 질서를 유지 증진시키기 위해 존재하며, 양심이 귀하다는 것은 양심은 법을 초월해 사회의 선한 질서를 높여주기 때문에 그 가치가 있는 것이다. 질서는 공동선의 가치를 지니고 있기 때문이다. 사회 공동선을 해치는 법도 옳지 못하나 개인의 양심적 행동을 주장하더라도 사회 공동선을 해쳐서는 안 된다. 많은 사람들은 공동선의 정신적 질서 속에 살고 있는 것이다.

그런데 여기에 또 하나의 문제가 생기고 있다. 그것은 양심과 신앙 간의 문제이다 종교를 믿는 많은 사람들, 그리스도인들 중에도 양심적 판단보다는 신앙적 요청과 신념을 더 존중히 여기는 경우가 있다. 그것이 세상 사람들과 갈등을 일으키곤 한다. 사회인들은 양심 이상의 판단을 바라지 않으며 인정하지 않는다. 양심은 신이 내린 도덕적 기준에 속한다고 본다. 그런데 신앙인들은 신의 명령과 뜻은 우리의 양심을 초월하기 때문에 믿음을 따를 수밖에 없다고 주장한다.

옛날 종교로 거슬러 올라갈수록 그 정도는 심하다. 구약의 율법과 계명이 그러하며 이슬람교도들의 교리적 판단이 같은 방향을 택하고 있다. 기독교에서도 교리나 전통적 가르침을 양심 이상으로 여기는 사람들이 많이 있다. 그 결과로 종교가 사회적으로 비난을 받기도 하며 심하게 되면 미신적 요소로 배척받기도 한다. 선진 사회보다도 후진 사회로 갈수록 그 갈등은 더욱 심하다.

그렇다면 이러한 양심과 신앙의 관계는 어떻게 해결 지을 수 있을까. 양심적인 사람도 받아들일 수 있으며 신앙인들도 인정할 수 있는 어떤 연결성은 없는 것일까.

우리는 양심과 신앙의 연결 위치에 인간애를 두면 좋을 것 같다. 내 양심적 판단이 인정받을 수 있다는 것은 이웃과 사회인에 대한 사랑 여하에서 평가될 수 있다는 뜻이다. 사랑이란 위하는 마음과 행동이다. 네 이웃을 네 몸과 같이 사랑하라는 가르침이 바로 그것이다. 모든 양심의 궁극적인 목표는 거기에 있다. 아무리 양심적이라고 호소하면서도 다른 사람을 수단과 방편의 대상으로 삼는다든지 이웃에게 피해와 고통을 가한다면 그것은 양심적일 수가 없다. 이기적인 욕망을 양심으로 둔갑하는 일에 지나지 않는다.

그것은 신앙도 마찬가지다. 내가 믿는 신앙이 귀하고 최선이라고 해서 다른 사람을 불행으로 이끌며 고통을 준다면 그것은 참신앙도 아니며 양심을 따르는 사람들로부터 버림을 받을 수도 있다. 종교가 지성인들과 인도주의자들로부터 경원시 당하는 이유가 거기에 있다.

우리는 인간애라는 폭넓은 개념을 쓰고 있다. 그러나 유교에서 말하는 인仁이나 불교의 자비심도 인간애를 지칭하는 것이다. 말하자면 종교적 신앙의 기반이 되는 것은 사랑인 것이다. 이웃과 인간에 대한 사랑이다. 그 사랑이 있으면 모든 것은 도덕과 신앙의 긍정적 평가를 받아서 좋은 것이다. 그러나 인간애에 위배되는 양심이나 인간애를 거부하거나 반反인도주의적 신앙을 요청하는 신앙은 용납될 수가 없다. 인간목적관과 인간애의 정신은 모든 도덕과 종교의 공통된 목표와 이상이 되는 것이다.

종교적 신앙이 높은 정신적 가치의 위상을 차지하는 것은 이웃과 인간에 대한 의무와 봉사에 있어 양심이나 도덕적 기준에 비해 우위를 차지할 수 있을 때 가능한 것이다. 신앙이 인간애를 통해 양심과 도덕을 더 높일 수 있으며 그것이 사회의 선한 질서를 뒷받침할 수 있다면 신앙은 현대사회 안에서도 희망을 안겨줄 수 있을 것이다.

그래서 양심이 법보다 우위에 있다면 신앙은 양심을 포섭하면서도 초월해 있는 것이다.

2

애국심은
상식과 통한다

한때는 영국과 프랑스가 대표적인 두 선진 국가였다.

프랑스는 200여 년 전에 대혁명으로 국가의 큰 위기를 넘겨야 했다.
역사가들은 위대한 혁명이라고 하나 실은 너무 비참한 혁명이었다. 그런
데 영국은 더 심한 사회적 혼란을 겪으면서도 그런 비극을 극복할 수 있
었다. 프랑스 혁명은 대륙 국가들에게는 큰 영향을 남겼지만 영국은 왕
실도 그대로 유지되고 국가적인 손실은 크지 않았다.

거기에는 여러 가지 이유가 있었을 것이다. 그러나 한 가지 확실한 사
실은 프랑스는 왕실 귀족 종교계의 지도자들이 전제적인 특권과 권력을
행사할 수 있었으나 절대다수의 농민으로 된 국민들은 피지배층에 속하
고 있었다. 그 피지배층의 국민들이 지배층에 항거하는 운동을 일으킨
것이 혁명이 된 것이다.

그러나 영국은 왕실과 귀족들, 성공회의 지도층이 지배계급을 형성하고 있었음에도 불구하고 피지배층이 아닌 중산층, 자각 있는 중견층이 자리 잡고 있었다. 그 중견층이 계란의 노른자위와 같은 위치를 차지하고 있었기 때문에 지배층과 피지배층의 갈등이 해소될 수 있었던 것이다. 이렇게 중산층 및 중견층이 정착되면 피지배층에 해당하는 국민들은 스스로를 피지배층보다는 모방하는 계층으로 자인하게 된다. 우리도 노력만 하면 중산층으로 올라갈 수 있다는 희망을 가질 수 있었기 때문이다.

결국은 이러한 중산층 및 국민적 자각을 갖춘 중견층의 유무가 그 사회의 안정과 붕괴를 좌우하게 되는 것이다. 제정 러시아가 붕괴된 때도 그러했다. 왕족과 귀족 그리고 희랍정교회의 지도자들이 지배층이 되고 절대 다수의 농민과 근로자들이 피지배층이 되었다. 중간계층이 없었기 때문에 혁명의 비운을 겪어야 했다.

미국이 스스로를 안정된 사회로 보는 것은 절대 다수의 국민들이 중산층으로 자처하고 있으며 그 애국적 자각을 갖춘 중견층이 건재하는 한 미국은 안전한 생활을 지속한다고 믿는다. 그리고 그 중산층은 비교적 보수적인 성격의 국민들이다.

그렇다면 왜 영국사회는 프랑스와 달리 중견사회가 육성되었는가. 여러 가지 이유가 있다. 경험주의적 사고방식과 가치관이 그 원인이기도 했을 것이다.

그러나 영국의 종교계가 프랑스나 러시아와 다른 역할을 감당했던 것이다. 프랑스의 가톨릭 지도자들과 러시아의 희랍정교회의 지도자들은 왕권 및 귀족들과 자리를 함께 했으며 지배층에 합류해 있었다. 프랑스 혁명 당시의 민화를 본 일이 있다. 영양부족으로 뼈만 앙상하게 남은 농민의 지게 위에 포동포동하게 살찐 왕족 귀족 신부가 타고 있는 그림이었다. '이 현실이 얼마나 지탱될 수 있겠는가'라는 상징적 그림이었다.

그러나 영국 기독교계는 그와 달랐다. 영국성공회의 지도자들은 왕족 귀족들과 자리를 같이 했으나 남쪽 잉글랜드에서는 감리교운동이 일어나 자각 있는 중견층 국민들을 육성해 주었다. 북쪽 스코틀랜드에서는 장로교가 부흥하면서 새로운 민주세력과 자각 있는 중견층을 넓혀 주었다. 그런가 하면 동 런던 빈민지역에서는 구세군운동이 전개되면서 자신들을 소외당한 피지배층으로 보기보다는 중산층에의 가능성을 찾아 국가에 동참하게 되었던 것이다.

어떤 면에서 본다면 건전한 기독교 정신과 운동이 자각 있는 중견층을 키워 준 것이 국가의 위기를 극복했으며 안정된 사회를 유지했던 것이다.

우리와 같은 종교국가에 있어서는 신앙운동이 얼마나 소중한가를 보여 주는 한 예가 될 것이라고 생각한다. 사실 우리는 어떤 면에서는 기독교 국가이기도 하다. 교회당과 크리스천들의 수를 보아서도 짐작할 수 있으며 기독교의 사회적 영향력을 보아서도 자타가 인정하고 있을 정도이다.

그렇다면 우리 크리스천들의 국가 및 민족적 임무와 사명은 어떤 것이어야 하는가.

크리스천 모두가 경제적으로는 중산층에 진입할 수 있어야 한다. 크리스천이 가난하게 산다는 것이 부끄러움은 아니다. 그렇다고 해서 경제적으로 다른 사람의 도움을 받으면서 산다면 그것은 국민으로서의 책임을 포기하는 잘못이다.

오히려 크리스천들은 열심히 일하고 그 대가로서의 재산을 가지나 될 수 있는 대로 많은 것을 이웃과 사회에 주면서 살아야 한다. 예수께서 원하는 경제관은 나와 가정을 위해서는 적게 소유하고 이웃과 사회에 대해서는 많은 것을 줄 수 있는 생활이다.

원불교에서는 근면한 경제생활에서 경제적으로 자립하고 부한 나라를 만드는 것을 불교도의 의무라고 가르친다. 검소한 생활을 통해 이웃에게 도움을 준다면 그 이상의 경제관이 없다.

중산층에 속하는 크리스천들은 한걸음 더 나아가 민족과 국가를 위한 애국적 관심과 식견을 갖추어야 한다. 애국적 자각을 지닌 중견층에 머무는 것이 국민의 도리이면서 크리스천의 의무인 것이다.

나는 옛날 일본에서 대학생활을 할 때 듣고 보았던 사실을 지금도 잊지 못하고 있다. 그 당시 일본 사람들은 아는 사람이 교회에 가는 것을 보면 '저 댁이 벌써 교회에 갈 정도가 되었나' 라면서 부러워했다. 크리스천이 된다는 것은 사회 모든 면에서 모범이 되었기 때문이다. 정치계에 있어서도 크리스천 국회의원, 크리스천 고위 공직자, 크리스천 법관 등은 존경스러운 위치를 차지하고 있었다.

크리스천이 자각 있는 중견층에 속한다는 것은 바로 그런 책임을 감당해야 한다는 뜻이다. 이렇게 형성되는 크리스천 중산층과 애국적 중견층이 형성된다면 그 사회와 국가는 반석 위에 건설될 수가 있다. 그런 중견층 인사들 중에서 사회 모든 분야의 지도자들이 선출되고 그들이 봉사한다면 그것이 곧 모범적이며 소망스러운 나라를 일으키고 건설하는 길이 되는 것이다.

우리는 교회에 다니는 사람은 많아도 도덕적으로 퇴락한 대한민국이 되기는 바라지 않는다. 교회는 풍요로움을 누리면서 빈곤하게 사는 이웃이 많은 사회는 원하지 않는다.

크리스천은 누구보다도 진정한 애국자가 되어야 한다.

3

역사 무대에 서서

1972년이었다.

미국의 대학생들과 이야기를 나누다가 다음과 같은 물음을 던졌다.

근대 역사가 시작될 때는 이탈리아가 문예부흥의 문을 열면서 세계를 주도해 나갔다. 그 영향이 스페인, 포르투갈을 거쳐 네덜란드까지 미치게 되었다.

그 다음에는 역사의 무대가 바뀌면서 영국, 프랑스, 독일이 새로 등단하게 된다. 지금 우리도 그러한 국가들의 영향을 받고 있다. 그리고 세월이 지나면서 최근에는 러시아와 미국이 그 뒤를 계승하고 있다. 지금은 소련과 공산주의 국가들이 서서히 하향하는 추세로 기울고, 미국이 세계를 주도해가는 위치로 부상하고 있는 실정이다.

그런데 국운과 지도력이 계속 미국에 오래 머물 것 같은가 아니면 다른 지역으로 옮겨질 가능성이 있다고 보는가 하는 질문이었다. 한참 생각하던 학생들의 대부분이 앞으로는 태평양시대를 거쳐 동북아시아로 갈 것 같다는 대답이었다.

나는 다시, "그렇다면 무엇이 한 민족으로 하여금 세계적 지도력을 갖게 하는 것이라고 생각하는가?" 라고 물었다.

그에 대한 대답은 다 같지 않았다. 그러나 선하고 강한 정신력을 갖춘 사회가 역사무대의 주역을 담당할 것이라는 의견에는 큰 차이가 없었다.

만일 그런 생각에 타당성이 있다면 21세기 후반쯤에 이르게 되면 일본, 한국, 중국을 포함한 동북아시아 지역에 대한 관심이 커질 수밖에 없다. 벌써 그런 단계에 이르렀다고 보는 이들도 적지 않다. 일본은 이미 그 단계에 도달하고 있으며 중국의 비중은 세월이 갈수록 증대되어 감에 틀림이 없다. 문제는 두 나라의 틈바구니에 끼어 있는 한민족의 장래가 어떻게 되는가 하는 것이다. 잘못하면 한국을 배제한 일본과 중국이 주도권을 차지하고 어쩌면 우리의 활동무대는 더 좁아질지도 모른다.

그러는 동안에 동남아 국가들의 성장이 빨라지게 되면 우리는 주도적 역할보다 선진 국가의 후미에서든지 개발도상국의 하나로 전락할지도 모른다. 통일을 더 이상 미루는 것이 얼마나 어리석다는 뉘우침도 알아야 하며, 국민의 대내적 분열과 싸움이 후손들의 원망의 대상이 된다는 사실도 망각해서는 안 된다.

그렇다면 선하고 강한 정신력이란 무엇인가. 선하다는 것은 도덕적 활력이 넘쳐야 한다는 뜻이다. 도덕 및 윤리적 가치의 생명력이다. 과거를 지탱해 준 선입관념이나 고정관념이어서는 안 된다. 또 어떤 이데올로기의 노예가 되어서도 안 된다. 지금 우리를 잘못 이끌고 있는 것은 생명력을 잃은 유교적 교조주의, 기성종교들의 교리주의, 마르크스주의적 이념주의를 비롯한 과거 지향적 가치관이다.

우리가 원하는 도덕성은 굳건한 인간애에 입각한 휴머니즘humanism의 계발이다. 인간의 존엄성과 생명의 가치를 앞세운 인간목적관이다. 그 뜻이 채워지기 위해 미래로 도전해가는 희망의 신념인 것이다.

그리고 강한 정신력이라는 것은, 지속적인 창조적 정신이다. 창조적인 소수가 지도력을 갖추고 있는 동안 그 사회는 병들지 않고 전진할 수가 있다. 근대문화와 사회의 진로를 건설하고 제시해 준 업적은 창조적 정신력을 발휘한 사람들의 노력에 의한 것이다. 이탈리아의 문예부흥, 영국의 엘리자베스Elizabeth 왕조 때의 문화운동, 프랑스의 문화창조, 18세기에서 19세기 초에 걸친 독일의 문예부흥 등 모두가 창조적 정신의 유산이었다. 일본의 명치유신도 같은 맥락에서 보아야 할 것이다.

만일 현대인과 사회에 있어 필요한 정신력의 다른 하나를 추가한다면 과학적 사고의 필수성이다. 19세기 중엽부터 인류의 진로와 생활을 지배해 온 큰 힘은 과학이다. 기계과학과 자연과학은 물론 사회과학의 역할은 불가결의 위상을 차지하고 있다. 그 과학적 사고의 뒷받침이 없이는 창조적 사고와 활동이 불가능해지는 국면으로까지 전개되는 것이 현대의 특징이다.

근대정신이 현대정신으로 탈바꿈하는 데 가장 큰 영향을 준 것이 과학정신이다. 그리고 과학정신은 기본적으로 몇 가지 과제를 내포하고 있다.

가장 중요한 것 중의 하나는 사실에서 진실성을 추구하는 것이다. 사실을 사실대로 보고 진실을 찾으며 그 진실에 입각해서 가치판단을 내려야 한다. 주관적 판단이나 아전인수我田引水식의 사고는 위험하다. 또 사실에 입각하지 않은 추상적이며 관념적인 사고는 언제나 우리를 건설적인 방향으로 이끌어주지 못한다.

과학적 사고의 다른 하나는 합리적 사고이다. 감정이나 정서적 요소는 중요하다. 그렇다고 하여 감정에 치우치거나 정서적 기분에 빠져 이성적이며 합리적 판단과 진로를 그르친다면 새로운 건설은 어려워진다. 우리는 라틴민족 국가들이 세계무대에서 일찍 약화되었고 라틴 아메리카의 후진성에 대해서도 공감성을 갖고 있다. 또한, 이스라엘의 합리적 가치관과 이슬람 지역의 감정적인 흥분성의 차이가 바로 그런 점에서 나타나고 있다는 사실을 생각해 보아야 할 것이다.

그리고 누구도 부정하지 못하는 우리 민족의 기질도 같은 면을 지니고 있다. 냄비기질이라는 말이 있다. 합리적 사고와 감정적 흥분성이 조화를 이루지 못한 데서 나타나는 현상이다. 선진 사회와 후진 사회의 평가도 합리성 여하에 의해 가려지게 된다.

과학적 사고의 특성은 객관적 가치를 추구하는 방법을 동반하는 법이다. 방법과 과정을 가볍게 여기는 과학은 없다. 따라서 객관적 가치의 추구는 사회의 공동선을 유도하는 방법이기도 하다. 우리 모두를 위해 앞으로 무엇이 이루어져야 하는가를 묻도록 되어 있기 때문이다.

우리와 같이 흑백논리에 빠져 있으며 집단이기주의의 굴레를 벗어나지 못하는 사회에 있어서는 대화와 토론을 통해 객관적 가치와 공동선을 모색 추구하는 노력이 절박한 설정이다.

본래부터 기독교는 이웃을 위한 사랑을 인류를 위한 사랑으로 확대시켜야 하며 그 길이 이러한 사회과학적 이론을 뒷받침하며 이끌어 갈 수 있어야 한다.

4

헤겔을 통해 본
철학과 신학

철학자 헤겔G.W.F. Hegel이 세상을 떠난 지 170여 년이 지났다. 그런데 아직도 그의 이름과 철학이 계속 논의되고 있다.

그의 탄신 100주년을 기념하는 행사에는 세계적으로 많은 철학자들이 참여했다. 그 대표적인 인물인 크로너R. Kroner가 남긴 저서에는 헤겔철학에 들어가는 대문 현관에는 "신은 정신이다."라는 글이 쓰여 있을 것이라고 말했다. 그것이 헤겔철학의 대명사라는 뜻이다. 그리고 한마디를 더 추가한다면 "정신은 변증적으로 발전한다."는 문구이다.

그래서 지금도 헤겔철학을 연구하는 사람 중에는 헤겔의 신학을 문제 삼는 이들이 있다. 연세대학교의 김균진 교수도 그중의 한 사람이다.

독일과 유럽에서는 예로부터 철학과 신학은 별개의 것이 아니었다. 그런 전통을 체계적으로 완성시켜 준 사람이 헤겔이다. 물론 헤겔로 그 노력이 끝난 것은 아니다. 20세기의 대표적인 신학자 틸리히P. Tillich도 철학적 신학을 체계화시켜준 사람이다.

헤겔G.W.F. Hegel이 1831년에 갑자기 세상을 떠났다. 60을 넘긴 나이로 베를린대학에서 가장 인기와 존경을 모으면서 강의하고 있을 때였다. 그가 죽은 뒤 헤겔 연구가들은 세 파로 나누어졌다. 헤겔의 젊었을 때의 종교관을 따르는 사람들이 좌파를 만들고, 말년의 신앙노선을 계승하는 이들이 우파를 만들었다. 그 어디에도 속하지 않는 이들을 중간파라고 불렀다.

헤겔 우파를 지지하는 사람들은 교회의 전통적인 신앙을 수용하고 정치적으로는 정부를 지지하는 여당에 속했다. 말하자면 보수적인 사상의 소유자들이다. 이에 비해 좌파에 속하는 이들은 기독교에 대한 이성적인 비판과 철학적인 해석을 높여갔다. 기독교의 도덕 및 인도주의적 방향을 강조했다. 정치적으로는 야당에 속했다. 그래서 독일 국회에서는 여당인 우파가 오른쪽 의석을 차지하고 좌파의 야당은 좌측 의석에 자리 잡는 관례가 생겼다. 그것이 후에 좌우의 명칭을 대신하게 된 것이다.

헤겔 좌파에 큰 비중을 차지하는 철학자가 생겼다. 포이에르바흐L. Feuerbach이다. 그는 모든 종교를 휴머니즘humanism 운동으로 환원하고 기독교의 본질을 인간애로 국한시켰다. 신의 존재는 거부당했고 종교와 신앙적 행사는 버림받은 사람들을 위해 이바지하는 데 의미가 있다고 주장했다. 말하자면 반反종교운동을 정착시킨 것이다.

그의 뒤를 계승하는 학자들이 나타나 신을 완전히 배제한 유물론 철학을 제창했다. 화학적 물질이 인간의 사고를 좌우한다고까지 주장했다. 인간은 무엇을 먹는가에 따라 그들의 사고와 삶을 영위하게 된다고 말했을 정도였다.

이런 정신사적 과정을 밟아 탄생한 것이 마르크스의 유물사관이다. 그러므로 마르크스의 사상이 탄생되는 데는 反종교와 反기독교의 일차적 과정이 있었다. 그리고 무신론을 대신할 수 있는 유물론이 자리를 잡게 된 것이다. 그 유물론 철학이 투쟁을 통한 사회경제관으로 결론지어진 것이 공산주의 철학이 된 것이다.

공산주의가 종교 및 기독교를 거부, 반대하는 이유는 일찍부터 전개된 셈이다. 신의 존재를 거부함은 물론 종교적 신앙에서 오는 모든 사상과 행사는 버림을 받지 않으면 안 된다. 신을 대신한 것이 물질인 것이다. 아마 세계 역사에서 가장 철저했던 유물론 정신에서 태어난 것이 마르크스 정신이다.

그렇다면 헤겔과 마르크스의 관계는 사라진 것이 아닐까. 신은 존재하지 않으며 정신은 물질로 바뀌었다면 헤겔과의 관계는 끝난 것으로 보아야 할 것이다. 그러나 더 중요한 것이 계승된 것이다. 헤겔이 남겨준 철학적 방법론으로서의 변증법이다. 헤겔은 변증법 철학을 완성시켜 준 사람이며 그 방법을 내용을 바꾸어 역사적으로 체계화시켜 준 이가 마르크스인 것이다. 헤겔의 정신사를 유물사관으로 탈바꿈시켰으며 "신은 정신이다."라는 명제를 신은 존재하지 않았으며 "인간은 물질이다."라는 명제를 내세운 것이다. 그리고 "역사는 변증적으로 발전한다."는 이론을 체계화시켰던 것이다.

북한의 공산주의자들이 처음부터 민족주의자나 민주주의자는 공산당으로 돌아올 수 있으나 종교인들 특히 크리스천은 공산주의자가 될 수 없다고 본 이유를 짐작할 수가 있다. 김일성 정권 밑에 있던 크리스천의 대부분이 신앙의 자유를 찾아 탈북한 것도 같은 정신적 맥락에서였던 것이다.

그런데 여기에 또 한 사람의 변증적 방법을 신앙 및 신학적으로 발전시킨 사람이 있다. 그가 바로 키에르케고르S.A. Kierkegaard이다. 물론 독일적 전통을 독일에서 이어받지 않았으며 헤겔의 직접적인 제자는 아니다. 그러나 그 당시의 철학적 공식으로 되어 있던 변증법을 인간의 정신적 발전과 변화의 법칙으로 받아들였다.

키에르케고르는 철저한 기독교 신자였다. 절대다수의 사람들이 투표를 해서 신은 존재하지 않는다고 결론지을 수는 없다고 보았을 정도였다. 그의 철학은 한마디로 말하면, 모든 사람은 신 앞에서 자아를 자각할 수 있어야 한다고 말한다. 인간은 물질 앞에 서는 것도 아니며 주변의 군중 속에서 자신을 발견하는 것으로는 불완전하다. 또 하나의 인간을 찾을 뿐이다.

그러나 단독자로서의 자아가 신 앞에서 스스로에 대한 자각을 얻는다면 그는 인간에게 주어지는 '이것인가 저것인가'의 상대적 대립을 초월해 진정한 자아를 깨닫게 되며 그것이 신앙적 자아의 발견으로 이어진다는 것이다. 그가 대학에 제출한 학위논문이 '소크라테스의 아이러니' 였다. 사람들은 소크라테스가 '너 자신을 알라.'고 말했다면 키에르케고르는 그리스도 앞에서 자기 자신을 깨달은 사람이라고 말한다.

키에르케고르의 철학에서 신을 배제한 것이 하이데거M. Heidegger의 철학이 되었다면 그의 철학에서 신을 앞세운 것이 바르트K. Barth의 신학으로 발전했다고 보는 이유를 짐작할 수가 있다.

이렇게 본다면 서양의 철학과 신학은 결국 한 가지 출발점에서 발원되어 두 갈래로 나누어졌다고 보아도 좋을 것 같다. 유일신과 더불어 철학 또는 신학이 있고 유일신을 떠난 철학과 신학의 길이다. 기독교는 그 인

격적 유일신과 더불어 존재하는 것이다. 범신론pantheism이나 이신론
deism을 떠난 유신론theism을 가르치는 것이다.

5

자유·평등·사랑의 의미

인간의 역사는 자유와 평등의 대립·갈등의 공존 속에서 벌어지고 있다. 자유를 따르다 보면 삶의 상하관계가 벌어지며 계층의식이 생기기 마련이다. 그렇다고 평등을 강조하게 되면 자유를 요청 갈망하는 사람이 생기며 사회발전이 늦어질 수 있다.

그래서 그 시대와 사회상에 따라 자유를 앞세우는 사회도 있고, 평등을 요청하는 제도도 나타나곤 한다. 무한의 자유를 허용하는 나라도 없는가 하면 평등을 최선의 가치로 인정하는 제도도 받아들여지지 않는다.

이때 자유의 지나친 편중을 제약하는 기능을 담당하는 것이 정의正義이다. 정의의 규범과 질서를 어긋내는 자유는 사회적으로 용납될 수 없다고 본다. 그런가 하면 평등을 지키기 위한 필수적인 사고와 가치관도 정의이다. 정의로운 사회가 곧 평등한 사회라고 보는 것이다.

그런데 자유로운 사회에서는 정의가 자유를 구속하거나 자유로운 선택의 길을 규제하지 못하는 방향을 택하기 쉬우나, 평등을 앞세우는 사회에서는 정의가 더 안전하고 공정한 평등으로 가는 방향을 택하게 되는 것이 보통이다.

우리는 그 실례를 냉전시대의 공산사회와 민주사회에서 쉽게 찾아볼 수가 있었다. 소련과 미국을 비교해 보았을 때 바로 그런 현상을 발견했다.

미국에서는 정의가 자유를 억압하거나 규제하기보다는 선택의 기회가 법적인 인간 관리의 공정성을 지켜주면 되는 것이다. 말하자면 자유-정의-자유의 길을 택했던 것이다.

이에 비하면 소련은 평등-정의-평등의 길을 택했다. 평등이 목적이 되고 정의가 그 방편이 된 것이다.

지금 우리 교육계가 겪고 있는 교육정책도 그렇다. 평준화는 어떻게 더 완전한 평준화로 가는가에 치중하고 있다. 사회주의식 평준화 개념이다. 그러나 미국과 같은 나라는 앞선 학교나 학생의 성장은 막지 않는다. 오히려 처진 학교와 학생을 높여 줄 수 있는 기회를 늘려주며 선택의 길을 열어주는 것을 평준화로 보고 있다. 앞선 학교와 같은 학교를 많이 만들어 모두에게 선택의 길을 열어주는 것이다. 민주사회의 평준화는 선택의 폭을 넓혀주는 것이다. 좁아지는 교육이기보다는 열린교육을 지향하는 것이다.

먼저 이야기로 돌아가자.

냉전시대가 막을 내린 지금에 와서 어느 사회가 성공했는가. 평등-정의-평등으로 간 소련보다는 자유-정의-자유로 간 미국이 정상적인 역사의 길을 밟아 왔다고 모두가 인정하고 있다. 자유민주주의가 평등을 표방한 공산주의를 사회 모든 면에서 능가하고 있는 것이 사실이다.

그 원인은 어디 있는가. 우리는 어떤 절대주의적 사고나 가치관을 앞세워서는 안 된다. 미국에서도 평등을 앞세우는 사람은 얼마든지 있다. 흑인들의 요청이 바로 그런 것이며 약소민족의 호소도 자유보다는 평등이다. 소련에서도 자유를 호소하는 많은 사람이 있었고 북한 공산치하에서 계속 발생하는 탈북자의 수는 늘어나고 있다.

문제는 그런 상대적인 어려움과 갈등은 있어도 평등으로 가는 사회보다는 자유로 가는 사회가 비교적 앞서고 있다는 사실인 것이다. 그리고 이런 문제는 논리가 아니다. 현실의 사태인 것이다.

여기에 우리가 놓쳐서는 안 되는 문제가 있다. 세상 사람들은 그것을 휴머니즘의 척도에서 평가하고 있다. 종교적인 뜻을 가미한다면 인간애의 문제가 깔려 있는 것이다.

공산주의 사회가 실패한 것은 인도주의 정신 즉 박애사상을 멀리했다는 점이다. 혁명과 투쟁을 앞세운 나머지 인간이 정치 및 경제이념의 수단과 도구로 전락했던 것이다. 이에 비하면 자유민주사회에서는 인간애의 길을 열어 놓았던 것이다. 먼저의 설명을 따른다면 자유민주사회에서는 자유-사랑-자유의 길에서 평등을 얻을 수 있었고, 공산사회에서는 평등-정의-평등의 정신 즉 사랑을 배제한 정의를 고수했던 것이다.

그 힘과 기초와 원동력을 제공해 준 것은 종교이다. 모든 종교의 핵심은 사랑에 있다. 기독교가 주장하는 것은 사랑의 나무에는 자유와 평등의 열매가 함께 주어질 수 있다는 사실을 믿고 체험하는 데 있다. 자유의 나무에는 평등의 열매가 달리기 어렵고, 평등의 나무에는 자유의 결실이 곤란하다. 그러나 인간애가 바탕이 되고 목표가 되는 사랑의 나무에는 자유와 평등의 열매가 공존하는 것이다.

미국과 자유세계가 소련이나 공산세계보다 우위를 점하게 된 데는 이러한 종교적 인간애, 인간 목적관이 자리 잡고 있었던 것이다.

경제문제도 그렇다.

2백 년 전 미국경제는 개인의 소유체제로 출발했다. 그러는 동안에 사회주의 체제의 도전을 받아 개선의 길을 밟았다. 서구 사회의 복지정책을 수용해서 소유 자본정책의 방향을 시정할 수밖에 없었다. 공산주의 이론도 미국적 자본주의에 압력을 가해 왔다. 이런 과제들을 수용하고 개선해 가는 데 긴 세월이 흘렀다.

그 결론에 도달한 것이 오늘의 미국적 자본주의 정신이다. 마르크스가 지적했던 자본주의의 병태를 스스로 개선 치유해 도달한 오늘의 미국적 자본주의, 그것은 이미 개인의 소유체제는 아니다. 지금의 시장경제에 이르러서는 개인의 소유체제가 시장을 통한 기여체제로 변질, 발전하고 있는 것이다.

정치가가 정치를 통해 사회에 봉사하며, 학자가 학문을 통해 국가에 이바지하듯이 기업가는 기업을 통해 그 혜택을 사회에 주는 제도로 탈바꿈하고 있다. 유능한 사람은 누구나 기업을 통해 돈을 벌 수 있다. 그러나 그 돈을 소유하지는 못한다. 소유보다는 사용권을 갖는 것이다. 사용권이란 기여권인 것이다.

오래 전 막스 베버Max Weber가 지적했듯이 열심히 일해서 많은 돈을 벌어라. 그러나 그것은 너의 소유를 위해서가 아니라 사회에 주기 위해서인 것이다. 그것이 기독교의(사랑의) 경제관이다. 그렇게 된다면 자유로운 경제체제 이상의 길은 없어진다. 사랑의 정신이 뒷받침하고 있기 때문이다.

6

아메리카를
세우는 두 기둥

마이클슨C. Michalson이라는 미국 신학자가 있었다. 감리교 신학계에
서는 정평 있는 교수로 추앙받는 비교적 젊은 교수였다. 애석하게도 지
방 강연을 가다가 비행기 사고로 세상을 떠났다.

실존주의 사상을 신학에 도입했던 새로운 감각을 지닌 사람이었다. 우
리나라에서는 감신대 학장이었던 변선환 목사가 그의 제자이며 친분이
두터운 사이였다.

그 마이클슨 교수가 연세대학교의 초청을 받아 신앙 강화 주간의 설교
를 맡은 일이 있었다. 하루는 이런 이야기를 했다. 역사신학에도 관심을
가졌던 때문이었을지 모른다.

거미가 집을 지을 때는 중심이 되는 처마 끝에 큰 줄을 여기저기에 설
치한 후에는 빙빙 돌아가면서 그물 같은 6각형 또는 8각형의 집을 짓는

다. 날아가던 잠자리나 벌레들이 걸리면 잡아먹어야 하기 때문이다.

그런데 벌레가 걸리는 줄은 처음 쳐놓은 밑줄이 아니다. 그 줄들을 연결하고 있는 그물 줄들이다. 그렇다고 해서 거미가 처음 쳐 놓은 밑줄은 필요가 없어졌으니까 떼어버려도 되겠다고 생각해 끊어버린다면 어떻게 되는가. 그물 집 전체가 구겨지며 흩어져 버리고 만다.

아메리카의 역사도 그렇다. 미국을 건설해 준 초창기의 기독교 정신은 거미집의 기본을 만든 밑줄과 같은 것이다. 미국의 정치나 경제를 비롯해서 과학, 기계와 기술 등이 매달려 있는 곳은 그물의 중간 줄들이지 기본을 만든 밑줄은 아니다. 그렇다고 해서 처음에 쳐놓은 밑줄을 끊어버리면 어떻게 되는가. 거미집과 같은 아메리카 사회 전체가 망가져버리고 만다.

오늘 미국의 일부 사람들과 젊은이들은 외치고 있다. '기독교 같은 것은 필요가 없어졌으며 과학이면 다 된다.'고 말이다. 또한, '우리가 창출해 놓은 민주주의가 아메리카를 구출할 수 있다. 우리가 만든 부강한 세계를 지배할 수 있다.'고 큰소리를 친다. 미국이 제2의 로마가 되는 데 손색이 없다고 떠든다.

그러면서 '아메리카를 정신적으로 기초를 세우고 건설한 기본정신을 거부해 버린다면 미국은 어떻게 되는 것인가.'라는 내용의 이야기였다.

필자는 미국을 잘 모른다.

그러나 여행을 하다가 미국의 정신적 발원지인 필라델피아를 방문한 적이 있다. 필라델피아에서 상업과 경제권은 뉴욕으로 옮겨져 갔고 정치수도는 워싱턴 D.C로 나누어졌다. 그 옛날 수도나 다름없는 필라델피아 옛 구역으로 가 보면 최초의 국회의사당이 있고 자유의 종을 볼 수가 있다.

그리고 초창기 미국의 지도자들이 가족단위로 모이던 예배당이 있다. 그 예배당에는 조지 워싱턴George Washington을 비롯한 아메리카의 지도자들이 모여 예배를 드리던 흔적들이 그대로 남아 있다. 독립선언문을 기초한 벤자민 프랭클린Benjamin Franklin도 그중의 한 사람이다.

초대 대통령이었던 워싱턴이 살다가 세상을 떠난 옛집을 방문해 보라. 그의 생존시에는 창고였던 곳에 워싱턴이 사용하던 물건들이 진열되어 있다. 거기에는 여러 권의 성경책이 놓여 있다. 그 성경책에는 수없이 많은 밑줄들이 그어져 있다. 성경을 수없이 탐독했다는 흔적이다. 그리고 관광객들을 위한 안내 방송에서는, 워싱턴이 생존시, 찾아온 손님들이 자신을(전직인) 대통령이라고 부르면 그 칭호를 쓰지 말아 달라고 당부하곤 했다. 부르고 싶으면 농민이라고 불러 달라고 말했다는 것이다.

벤자민 프랭클린이나 링컨Abraham Lincoln 대통령에게서도 우리는 철저한 기독교 정신을 엿볼 수 있다. 지금도 대통령 취임식 때는 성경책 위에 손을 얹고 선서한다. 그리고 역대 대통령을 비롯해서 정신적 지도력의 원천은 기독교에서 비롯되고 있다.

얼마 전 9 · 11테러 사건이 벌어졌을 때는 모든 지도자들이 모여 예배를 드리는 일로 그 위기를 극복했다. 그 생생한 모습이 종일 TV를 통해 전 국민에게 전달되기도 했다.

그럼에도 불구하고 일부의 국민들이 눈에 보이는 물량적 건설에 자만하여 미국을 건설한 기독교 정신을 소홀히 여기거나 배제하려 한다면 그것은 아메리카의 비극이 아닐 수 없다. 생각이 있는 미국인만이 아니다. 다른 나라의 크리스천들도 같은 생각을 갖고 있는 것이다.

그렇다면 2백 여 년 전에 아메리카를 건설한 기독교 정신은 어떤 것인가. 다른 국가들도 제각기의 건국이념을 갖고 있다. 그러나 미국은 젊은 나라이기 때문에 그 성격과 내용이 비교적 뚜렷한 셈이다.

많은 사람들이 여러 가지 설명을 할 수 있을 것이다. 그러나 그들이 기독교 정신에서 받아들인 대표적인 것은 자유와 인간애의 정신이다. 그리고 이 두 가지 기본 정신을 바탕으로 아메리카의 오늘을 이끌어 온 것이다. 미국 화폐를 보는 사람들은 그들이 얼마나 자유를 추구해 왔는지 짐작할 수가 있다. 미국 텍사스 오스틴대학에 가면 그 대학의 교지라고 볼 수 있는 문구가 새겨져 있다. '진리가 너희를 자유케 하리라.' 는 글이다. 아마 많은 대학들이 비슷한 지향점을 갖고 있을 것이다.

사실 미국사회에서 자유와 박애정신을 배제한다면 무엇이 남을 것인가. 기독교 정신은 자유를 위해주는 하나의 방법으로 사랑을 가르치고 있다. 자유는 빼앗고 빼앗기기도 한다. 그러는 동안에 갈등과 싸움을 동반할 수도 있다. 역사가 보여주는 현실이다. 그러나 자유는 서로 주고받는 데서 더 쉽게 많은 열매를 얻을 수도 있다. 흑인의 인권과 자유를 높여주는 휴머니즘humanism 운동이 기독교의 뒷받침을 얻어 성공한 것이다.

오늘의 미국은 국제사회에서 가장 큰 비중을 차지하고 있다. 아메리카가 다른 사회에 줄 수 있는 가장 미국다운 역할은 무엇일까. 오늘의 미국인들이 꿈꾸는 제2의 로마가 아니다. 아메리카를 있게 해 준 자유와 인권 및 인간애의 정신을 뒷받침해 주는 일이다. 그것이 아메리카가 택할 수 있는 최상의 길인 것이다.

7

지혜·신앙·사랑의 단계

예수는 불의한 관리인이 주인으로부터 파면을 당하게 되자, 주인의 채무자들의 부채를 탕감해 주어, 파면 후에 그들의 도움을 받으려고 한 관리인의 비유를 말한 적이 있다. 그리고 세상의 아들들이 세상일에 있어서는 빛의 아들들보다 더 지혜롭다는 이야기를 한 바 있다.

그 당시의 빛의 아들들은 하나님을 믿고 따르는 사람들을 말했을 것이다. 그러나 오늘에 있어서는 세상 사람들이 자기들의 일에 있어서는 그리스도인들보다 더 지혜롭다는 뜻으로 받아들여도 좋을 것이다.

물론 반드시 지혜로움이라는 개념을 써야 한다는 것은 아니다. 그러나 여러 곳에서 예수는 지혜와 신앙을 비교하는 교훈을 남겼다. 세상 사람들은 지혜를 따라 살게 되고 그리스도인은 신앙을 갖고 사는 것이 사실이기 때문이다. 또 예수는 세상의 지혜가 너희들의 신앙을 심판할 수도 있다고 말했다.

확실히 세상 사람들은 세상일에는 더 열성적이고 지혜롭게 처리하는 것이 사실이다. 나는 중·고등학교와 대학을 모두 기독교 학교에서 보냈다. 그런데 이상한 것은 신앙을 가진 내 친구들 가운데 부자가 된 사람은 거의 없다. 부에 대한 가치관의 차이 때문이다. 동양의 대표적인 종교는 유교와 불교이다. 그러나 유교는 종교이기보다는 윤리와 도덕을 가르친다. 이상한 것은 유교 국가들은 경제적으로 부하게 사나 불교 국가들은 대개가 경제적으로 뒤지고 있다. 역시 신앙적 가치관 때문일 것이다.

그런데 생각을 정리해보면 우리는 모두 인간이다. 그리스도인이 되기 전에는 누구나 같은 인간으로 출발했다. 즉 지혜로운 삶을 찾아 살았다. 기독교가 들어오기 이전의 그리스 정신을 받아들인 서구 사회가 그러했다. 기독교가 들어간 후부터는 지혜를 믿고 사는 사람들과 기독교 신앙을 따라 사는 사람들 안에는 차이가 생기기 시작했다.

그렇다면 우리는 먼저 지혜를 그리고 믿음을 추가해서 가져야 했을 것이다. 그러나 신앙생활에 들어서게 되면 지혜는 멀리하고 신앙을 앞세우게 된다. 두 주인을 섬기는 일은 어렵기 때문이다. 또 지혜는 모든 인간의 정신적 재산이지만 믿음은 소수의 사람들이 갖는 특수성을 안고 있다. 어떻게 보면 지혜가 더 소중할 수도 있다.

따라서 그리스도인들은, 그의 직책이 목사이거나 사제라고 할지라도, 세상 사람들을 대할 때 교만, 편견, 우월감, 독선, 아집을 가져서는 안 된다. 그럴 자격도 부여받지 못했다. 그것은 인간적인 과오일 수 있고 지혜롭지 못한 삶의 자세인 것이다.

오히려 지혜로운 사람들은 서로 존경하며 배울 것을 배우고 장점을 긍정적으로 받아들여 세상에서 어려움이나 피해를 받거나 주지 않도록 노력하며 산다. 신앙을 가졌다고 해서 인간적 삶의 결격을 초래하거나 사회적 성장에 지장을 주어서는 안 된다. 지혜에 대해 더 겸손하며 세상 사람들을 위해 주고 섬기는 노력을 버리지 않아야 한다. 그들의 지혜를 배우는 데 인색해서는 안 된다.

오히려 신앙인들은 인간다운 삶과 지혜에 있어서도 세상 사람들보다 앞서야 한다. 지혜롭지 못한 사람들은 인간적 욕망과 소유를 위해 노력하지만 지혜로운 사람들은 가치 있고 성실한 삶을 추구하기 때문에 여러 면에서 신앙인들보다 앞서는 경우가 많다. 학문에 열중하는 사람들은 목사나 신부보다 더 많은 시간과 노력을 진리 탐구에 바친다. 예술을 사랑하는 사람들은 많은 그리스도인들보다 예술적 업적에 혼신의 노력을 기울인다. 민주주의를 위한 지도자들이나 애국심에 불타는 선구자들은 주어진 사명을 위해 모든 것을 희생시키는 경우가 있다.

그리스도인들도 그들을 따르며 존경해야 한다. 그리고 그 선한 노력과 정성에서 뒤지는 생활을 해서는 안 된다.

그렇다면 신앙인에게 주어진 특전은 무엇인가. 그리스도인이 세상의 지혜로운 사람들보다 앞선다는 것은 무엇을 뜻하는가. 지혜보다 신앙의 우위성은 무엇인가.

두 가지 면에서 그 가능성을 찾아볼 수 있다. 하나는 인간적인 면에서이며 다른 하나는 신앙적인 위상에서이다.

우선 그리스도인은 물질적 소유와 그 소유에서 오는 만족감 즉 욕망의 노예가 되어서는 안 된다는 점이다. 본능과 소유는 그 자체가 삶의 목적이 될 수가 없기 때문이다.

또 그리스도인은 이기적인 목적을 갖고 살 수는 없기 때문에 어떠한 경우에도 이기적인 목적을 위한 수단 방법을 앞세울 수는 없다. '어떻게 수단 방법을 쓰지 않고 선으로 악을 이길 수 있는가' 하는 것은 지혜로운 사람과 신앙인 모두가 신조로 삼아야 할 정도인 것이다.

그러므로 신앙인이 된다는 것은 언제나 인간 목적의 가치관을 갖고 생활하는 일이며 인간애에 있어서는 누구보다도 선구적 역할을 담당할 수 있어야 한다. 만일 그 일에 있어 세상 사람들보다 앞서지 못한다면 우리들의 신앙은 세상 사람들의 지혜의 심판을 받아 마땅한 것이다. 진정한 휴머니스트humanist가 있다면 그들의 대부분은 잘못된 신앙을 가진 그리스도인들보다 앞서 있는 것이다.

그렇다면 신앙인이 갖는 빛의 아들들의 더 높은 책임과 사명은 어디 있는가.

예수가 우리에게 보여 준 모범은 어떤 것인가.

한마디로 말하면 사랑이다. 그 사랑이 너무 높고 강하기 때문에 우리는 어떤 설명을 내릴 수는 없다. 사랑의 뜻은 사랑을 통해서만 깨닫게 된다. 사랑은 한없이 넓은 것이다. 나로부터 시작해서 인류에 미치는 것이 사랑이다. 사랑은 영원한 것이다. 하늘나라가 이루어질 때까지 우리가 추구하고 실천해야 하는 이상인 것이다. 완성과 구원에의 노력인 것이다.

그 진정한 사랑이 지혜가 따르지 못하는 믿음의 길을 열어주는 것이다. 그것이 다름 아닌 봉사와 희생의 정신과 삶인 것이다. 그 가장 큰 모범을 보여준 것이 그리스도의 십자가였던 것이다. 지혜는 사랑 이전의 단계이기 때문에 봉사와 희생까지는 이끌어주지 못한다. 그러나 신앙은 사랑이기 때문에 아주 쉽고 자연스럽게 봉사와 희생을 가능케 해준다. 그리고 그 가능성을 뒷받침하며 실현시켜 주는 것이 성령의 역할, 즉 하나님의 사랑과 그리스도의 삶이었던 것이다.

그 사랑을 깨닫고 섬김과 희생의 삶을 넓혀가는 것이 지혜보다 앞서는 신앙의 길인 것이다. 세상의 아들들에 비해 빛의 아들들이 지녀야 할 삶의 길인 것이다. 그때 비로소 빛의 아들들이 세상의 아들들보다 높임을 받는 길이 열리는 것이다. 사랑에 의한 구원의 길은 빛의 아들들만이 감당할 수 있는 십자가의 길이기 때문이다.

인간적
한계를 넘어서

나는 6남매의 맏아들로 태어났다. 두 남동생들도 나보다 키가 크고, 여동생들도 나보다는 장대한 편이다. 두 아들들도 나보다는 10cm이상씩 크게 자랐다. 나만이 왜소하게 자란 셈이다. 그것이 한평생 나에게 있어서는 인간조건의 한 한계를 만들고 있다. 어쩔 수 없는 운명이다.

내가 좋아하는 테너 성악가가 있다. 단아한 성대로 수려한 노래를 부르고 가르친다. 그러나 한 번도 오페라의 주인공으로 나서는 것을 본 일은 없다. 얼굴이 지나치게 못 생겼기 때문이다. 제자들도 처음 대할 때는 친밀감을 갖기 힘들어 했다. 그에게 있어서는 그것이 인간조건의 한 제약을 만들고 있다. 만일 여성 교수가 그러했다면 더욱 심했을 것이다.

예수께서도 '누가 염려함으로 키를 좀 더 크게 할 수 있겠느냐.'고 말씀한 바 있다.

그런데 생각해보면 인간적 조건은 이런 신체적인 것만은 아니다.

타고난 성격도 그렇다. 성격이 운명인 양 살게 되어 있다는 말이 있다. 주어진 성격이 우리의 일생을 좌우하고 있는 까닭이다. 아무리 이상주의적 사고를 갖는 사람도 성격을 뜻대로 좌우하지는 못한다. 소설가들은 그런 인간상을 잘 묘사해 주고 있다.

동양 사람들이 즐겨 읽는 삼국지에는 여러 주인공들이 등장한다. 그러나 모두가 주어진 성격을 따라 그 운명이 결정된다. 셰익스피어 Shakespeare의 작품 주인공 중 하나인 햄릿Hamlet은 그 우유부단한 성격 때문에 스스로의 비운을 초래한다. 오셀로Othello는 용감한 장군이다. 그러나 흑인으로 태어났다. 그를 진정으로 사랑하는 백인 아내에 대한 의처증을 극복하지 못한다. 마침내는 사랑하는 아내를 죽이고 자신도 스스로의 종말을 재촉한다. 허영심에 집착했던 맥베스Macbeth도 그 성격 때문에 파멸을 자초한다.

우리 주변에서도 그런 주인공들을 언제나 보고 있다. 계속 일확천금을 꿈꾸다가 영어의 몸이 되는 이들도 있다. 남에게 지기를 싫어하는 시기와 질투심 때문에 사회생활에서 실패하는 사람들도 적지 않다.

그런 인간적 한계를 어떻게 하면 좋은가.

살펴보면 그렇게 심하지는 않으나 우리 모두는 또 다른 한계선 안에서 살아가고 있다.

이상할 정도로 사람들은 유소년 기간에 자아가 형성되며 청년으로 성장하면서 사고방식과 가치관이 굳어져 평생 동안 그 정신적 울타리를 넘어서지 못한다. 지도자들도 그렇다. 그래서 민주주의를 위해서는 지도자가 새 사람으로 탈바꿈하기를 원해서는 안 된다. 사람을 바꾸어야 한다고 말한다.

이승만 대통령은 세계 여러 나라를 다녀 보았고 미국 프린스턴 대학에서 민주주의 정치를 연구한 사람이다. 그러나 그가 대통령으로 있는 동안 국사를 이끌어 온 과정을 보면 그가 성장한 구한말 시대의 의식구조와 가치관을 극복하지 못하고 있다.

박정희 대통령은 일제 때 사범학교 출신이었고, 군인으로 성장했다. 18년 동안 나라 일을 보면서 그 성장기의 성격과 사고방식을 탈피하지는 못했다.

내가 아는 선배 교수 중의 한 사람은 목사의 아들로 자랐고 멀리서는 많은 사람들의 존경을 받고 있었다. 그러나 가까이서 지나게 되면 이상한 단점을 안고 있다. 교수회에서 어렵사리 얻어낸 결론을 놓고도 이것은 이래서 안 되고 그것은 할 필요가 없다면서 모두를 부정하곤 한다. 꼭 나무에 올라가 있는 어린아이를 흔들어 떨어뜨리려는 심보 같은 발언을 삼가지 않는다. 언제나 그러기 때문에 그의 성격을 잘 아는 이들은 그의 발언을 귀담아 듣지 않는다. 모두가 이상하다고 말한다. '저렇게 점잖은 노인이 왜 저러실까' 라는 의아심을 갖는다. 그러나 그의 동년배 친구들은 그 원인을 잘 알고 있다. 어렸을 때부터 계모 밑에 자라면서 일그러진 이중적 습성이 결국 성격이 되었기 때문이다.

우리는 독선적이며 보수적인 종교와 신앙을 갖고 자란 사람들이 평생 동안 그 사고방식을 버리지 못하고 있음을 보게 된다. 이는 이슬람교 신도들에게서도 발견되는가 하면 일제 때 국수주의 전통을 이어받은 일본의 지성인들도 그러했다. 그런 사람들이 어떤 집단이나 사회의 지도자가 되면 열린 사회나 다양한 문화가 공존하는 세상으로는 전진하기 어렵다. 아프가니스탄의 탈레반 정권이 바로 그러한 예였다.

우리가 극우나 극좌적 사고방식과 가치관을 갖고 있는 정치인들을 멀리하는 것은 그들의 고정관념과 선입관념이 경직된 닫힌 사회를 굳혀가기 때문이다. 특히 젊었을 때 공산주의 사상을 신봉했던 사람들은 180년 전의 마르크스의 유물사관적인 공식을 지금까지도 이념화하고 있다. 180년 뒤지고 있으면서도 스스로를 진보주의자로 자처하며, 이념이 다른 사람들을 보수와 수구세력으로 배척하곤 한다. 그들의 특색은 편 가르기와 투쟁이다. 그것이 얼마나 반反민주적 사고임을 인정치 않는다.

그렇다면 이러한 인간적 한계를 극복하는 길은 없는가. 운명으로 받아들여야 하는가.

많은 사람들은 지혜가 그 문제를 해결지어 줄 수 있다고 생각한다. 지혜의 대표적 상징인 철학이 바로 그렇게 탄생되었다. 철학이라는 어원자체가 지혜에 대한 사랑이다. 지혜의 원천이 되는 것은 이성理性이다. 이성적 사고와 판단이 우리를 주어진 인간적 한계에서 자유로이 해방시켜줄 것으로 믿어 왔다.

삼국지의 많은 주인공들이 성격의 운명을 벗어나지 못했다. 그러나 제갈공명諸葛孔明은 지혜를 갖고 그 한계를 어느 정도 넘어설 수가 있었다. 모두가 제갈공명과 같은 지혜를 갖출 수 있고, 우리가 지혜로운 철학자의 가치관을 따를 수 있다면 확실히 세상은 달라질 수 있을 것이다. 스피노자B. Spinoza나 칸트I. Kant와 같은 이성적 수준이 일반인의 지혜가 된다면 확실히 현대사회에도 변화가 올 수 있을 것이다.

그러나 그것은 아름다운 이상이다. 우리가 살아 있는 동안은 언제나 꿈이다. 그 이상을 버려서는 안 된다. 이상주의자는 언제나 있어야 한다. 그러나 꿈이 현실이 되기는 어렵다. 역사를 살펴보면 이상주의idealism는 언제나 휴머니즘humanism에 흡수되는 운명을 벗어나지 못했다. 휴머니즘은 이상주의와 현실주의realism의 두 날개를 갖고 역사의 미래를 찾아 가는 책임을 지고 자랐다.

한 철학자의 말이 생각난다. '소크라테스! 소크라테스! 나는 그대의 이름을 아무리 반복해서 칭송해도 모자랄 정도이다. 그러나 그대와 그리스의 지성은 아는 것과 행하는 것과의 차이가 얼마나 크다는 사실을 모르고 있다.' 라는 것을 지적하게 된다.

우리의 삶은 이성적 사고와 판단만으로는 채워지지 못한다. 로고스logos는 사고의 일부이지만 파토스pathos와 카오스chaos는 그 몇 배나 되는 인간적 영역을 차지하고 있는 것이다. 인간의 지혜는 소중하다. 그러나 거기에는 한계가 있게 마련이다.

그렇다면 이러한 인간적 한계를 극복할 수 있는 또 다른 방도는 없는가. 종교 특히 기독교는 어떤 가능성을 제시해 주고 있는가.

기독교는 예수의 교훈을 따라 회개와 중생(거듭남)을 요청하고 있다. 회개란 모든 과거의 습관은 물론 가치관과 삶을 버리라는 뜻이다. 과거로부터 자유로워져야 한다는 것이다. 과거를 버리지도 극복하지도 못하면 새로운 인격과 삶은 이루어지지 못한다. 기독교가 회개를 말하는 것은 자기포기가 아니라 과거를 버리라는 뜻이다.

그러나 그 일은 어렵다. 과거를 버리면 자아를 버리게 되기 때문이다. 버리기 위해서는 더 참되고 높은 무엇이 주어져야 한다. 그것이 그리스도를 받아들이는 것이다. 그리스도의 가르침이 내 인생관과 가치관이 되며 내 삶과 인격이 그리스도와 같아지거나 하나가 되면 우리는 과거의 나를 떠나 새로운 나로 다시 태어나게 된다.

삶의 목표가 나의 것이 되지 않고 그리스도의 것이 되며, 생활의 내용과 의미가 과거의 연장이 아닌 창조된 미래가 되는 것이다. 그렇게 되면 우리가 어떤 과거를 살아 왔든지 새로운 역사의 주인공이 되는 것이다.

기독교에서는 이런 문제를 어렵게 생각지 않는다. 우리 모두가 신앙생활로 들어올 때, 같은 것을 깨닫고 체험해봤기 때문이다.

얼마 전 일본에 갔을 때였다. 한 크리스천 친구가 한 말이 생각난다. "만일 일본의 고이즈미 수상이 크리스천이었다면 야스쿠니 신사를 참배하지도 않았을 것이다." 라는 이야기였다. 그 일본 친구는 애국적인 견지에서 그런 말을 했던 것이다.

천주교 서점에 가면 지금도 『무상을 넘어서』라는 김홍섭 판사의 전기를 사볼 수 있을 것이다. 서울대의 최 교수가 나를 통해 김 판사 이야기를 듣고 그의 전기를 집필했기 때문에 잘 알고 있는 책이다. 그 내용을 보는 사람들은 한 모범적인 법관이 크리스천이 된 뒤에 어떤 인생의 변화를 가져왔고 그의 영향이 어떠했다는 사실을 발견하게 된다.

그런 거듭남의 변화가 기독교가 원하는 인간의 새로운 출발을 가능케 해주는 길이다. 그리고 누구에게나 이루어지는 삶의 변화인 것이다.

V

신앙은
희망일 수 있는가

1

가이사의 것과
하나님의 것

AD 29년 4월 첫 화요일. 예수께서는 세상에 계시는 동안 가장 많은 교훈을 남겨 주셨다. 그중의 하나는 '가이사의 것과 하나님의 것'을 구별하라는 것이었다.

사흘 뒤 금요일, 로마의 총독 빌라도는 그 구별을 못했기 때문에 역사의 씻을 수 없는 오명을 남겼다. 그 후 지금까지 크리스천들은 계속 가이사의 것과 하나님의 것을 가리면서 살아오고 있다.

예수님 당시와 초대교회 기간에는 가이사를 상징하는 로마의 권력이 사회악의 대부분을 차지하고 있었다. 그 악의 세력은 기독교를 거부, 진압하려는 막강한 힘을 행사하고 있었다. 그래서 크리스천들은 생존의 운명을 걸고 가이사의 세력과 싸워야 했다. 많은 순교자를 배출하는 결과를 낳았다.

비슷한 상황은 일제 때도 있었다. 신사참배와 같은 반反기독교적인 정책 밑에서 살아온 크리스천들은 가이사의 것을 회피하기 위해 고난을 겪어야 했다. 히틀러 당시의 독일 크리스천들도 그러했고 공산주의 사회에서도 가이사의 포악한 힘은 많은 신앙인들의 자유와 양심을 짓밟았다. 나와 같은 탈북자들이 신앙과 양심의 자유를 위해 공산세력에 항거할 수밖에 없었다.

이러한 상황에서는 가이사의 것과 하나님의 것은 양극적인 대립과 항쟁이 불가피했다. 그러다가 반대되는 상황도 벌어졌다. 중세기에 기독교가 모든 왕권까지도 정신적으로 지배하면서는 가이사의 것이 하나님의 것의 한 부분으로 포섭되는 위치로 바뀌었다. 기독교는 가이사의 것과 싸울 필요가 없을 정도가 되었다. 기독교의 신앙이 당시의 정신 사회를 전적으로 지배하고 있었기 때문이다.

가이사의 것이 등장했다면 외부로부터 도전해 온 이슬람의 다른 종교의 세력이 있었을 뿐이었다. 그러는 동안에 가이사의 것은 기독교 사회내부의 세속적인 세력으로 움트기 시작했다. 교회가 교권과 교리를 앞세워 사람들의 양심과 자유를 억압하며 진리와 진실을 외면하면서 벌어진 사회악이었던 것이다. 기독교회 안에서 탄생된 비非양심적인 행위들, 인간 이성을 배제하는 비非진리적 요소들이 악의 가능성을 넓혀갔던 것이다. 빛과 어두움은 공존하게 마련이며 선과 악은 같은 고장에 머무는 것이 인간적 삶의 현실이기 때문이다.

그러나 역사와 사회가 변천하고 발전함에 따라 오늘의 현실은 초대교회의 상황도 아니며 중세기의 역사를 되풀이할 수도 없게 되었다.

지금은 정도의 차이는 있으나 가이사의 것과 하나님의 것은 언제 어디서나 공존하는 시대가 되었다. 우리들 개인의 심중에도 가이사의 것과 하나님의 것이 함께 머물고 있으며 모든 사회의 제도와 질서 안에는 두 세력과 기능이 공존하고 있다.

그 하나의 상식적 견해는 종교와 정치의 분리원칙으로 나타나고 있다. 아직도 종정宗政이 나누어지지 못한 사회가 있다. 그러나 세월이 지나면 종교와 정치는 제 각기의 기능을 담당하면서 공존하게 될 것이다. 그것이 건전한 선진 사회로 가는 길이기도 하다. 기독교 국가에서는 종교가 정치를 좌우하거나 정치가 신앙을 지배하는 일은 사라진 지 오래다.

그런 과정을 밟는 동안에 가이사의 것과 하나님의 것은 기독교 신앙을 갖는가 아닌가 하는 기준에서, 무엇이 진실이며 무엇이 허위인가를 가리게 되었고 선과 악, 정의와 불의, 영원한 것과 일시적인 것, 인간을 위하는 것과 인간을 수단화하는 것 등으로 나누어져 가고 있다. 거짓을 바라는 크리스천이 존재할 수도 없고, 불의와 사회악에 짝하는 교인들을 하나님께 속하는 것으로 보아서도 안 된다.

그래서 크리스천들은 계속 성장과 더불어 선의의 경쟁을 멈출 수 없으며 사랑의 싸움에서 승리할 수 있어야 한다. 성경은 그것을 누룩과 소금의 역할로 비유하고 있다. 밀가루가 없는 누룩은 존재가치가 없다. 음식물과 떨어져 있는 소금은 불필요해지는 것이다.

북한이나 공산사회에 있는 크리스천들은 그 책임과 사명이 점차 더해진다. 그렇다고 기독교 국가에 머무는 크리스천들이 그 현상에 자족하거나 맡은 책임에서 벗어날 수는 없다. 불의와 거짓, 사회적 부조리와 악의 요소가 남아 있는 한 크리스천의 노력과 의무는 종식되지 않는다. 오히려 그런 환경에 처해 있기 때문에 가이사의 것과 하나님의 것을 혼돈하며 자신도 모르게 가이사의 편에 빠지기도 한다.

물질만능 사회 속에 살면서 정신과 도덕적 가치를 추구하는 일도 어렵지만, 사회구조와 역사의 방향에 인간과 인격을 수단화시키며 방편으로 삼는 현실에 도전한다는 것은 더 어렵고도 중요한 의무이다. 현대인들의 대부분이 가이사가 머무는 방향을 향해 달리고 있을 때 그 방향을 하나님이 머무는 방향으로 역사의 흐름을 바로잡는 일은 좀체로 쉬운 일이 아니다.

어떤 때는 교회 안에서도 그렇다. 교인들의 사고방식과 가치관이 세속적인 방향으로 쏠리는 경우는 얼마든지 있다. 큰 성당이나 예배당을 짓고 싶다는 욕망, 신부나 목사들이 높은 직책을 차지하기 바라는 본능, 집사, 권사, 장로가 되는 것을 다른 신도들보다 높은 자리로 착각하는 사람들, 교회나 기독교 공동체 안에서 다수의 세력을 꿈꾸는 지도자들, 대교회를 성공한 교회로 인정받고 싶어 하는 크리스천들이 있다면 누룩과 소금의 역할에 역행하는 가이사의 길이 될 수도 있다.

과거에는 가이사의 영토와 하나님의 영토가 따로 있는 것으로 생각했다. 그러나 지금은 같은 영토 안에 가이사의 것과 하나님의 것이 공존하고 있다. 조심해야 하는 것은 교회 안에도 둘이 함께 있다는 사실이다. 가이사와 하나님의 것은 물질세계에는 없다. 자연과 물질 자체에는 도덕성과 종교성이 존재하지 않기 때문이다. 그러나 정신적 가치와 인간적 삶이 있는 곳에는 가이사의 것과 하나님의 것이 공존해 있다.

가이사의 것을 극단화시키면 세속적인 악의 세력이 된다. 그 열매는 죄악으로 나타난다. 그러나 하나님의 것을 끝까지 추구하면 거룩한 가치와 구원의 능력이 된다. 성경은 그것을 성령의 역할이라고 말한다. 그래서 성령을 거역하는 죄는 용서 받을 수 없다고 가르친다. 따라서 신앙의 역사는 악의 가능성을 구원의 능력으로 극복하는 길이다.

2

이런 문제들도
남아 있다

한 제약회사의 연구실장을 만난 일이 있었다.

그 사람의 이야기다. 자기 연구실에서 함께 일하고 있는 세 외국인 연구원이 있었다. 어느 날 저녁 회식을 끝내고 실장이 그들에게, 당신네들이 우리 연구실에 온 지 2년 이상이 되었는데 한국에 머무는 동안에 한국인의 좋은 점도 발견할 수 있었겠으나 고쳐야 할 단점들도 보지 않았겠는가. 한 가지씩만 지적해 주면 고맙겠다고 말했다.

그중 한 사람은, 왜 당신들은 무슨 일을 하다가 실수를 했거나 잘못되었으면 우선 내 잘못과 책임이라는 생각을 먼저 하지 않고 어째서 그 책임을 회피하는지 모르겠다. 계장이 하라고 했기 때문에 그대로 했더니 틀렸다든지, 이전에는 잘 되었는데 이번에는 결과가 달랐다는 이야기를 자주 하는데 '그것은 핑계에 지나지 않으며 모두가 그런 식으로 일하면 어떻게 되는가.' 라는 걱정이었다.

우리나라에 와 있는 서양 사람들은 그런 의견을 항상 말한다. 우리 민족의 아픔을 몸소 체험하고 있었던 스코필드Scofield 박사도 '한국인들은 핑계 때문에 아무 일도 못 한다.' 고 입버릇같이 말하고 있었다.

왜 그렇게 되었을까. 우리는 사회생활이나 직장에서 일할 때 권리와 의무가 공존하는 경험을 하지 못했다. 윗사람은 지시를 내리거나 명령을 한다. 그러면 아랫사람은 그 지시를 따르거나 명령에 복종해 왔다. 권리는 없고 의무만을 부여 받았기 때문에 책임 있는 일을 수행할 수 없었다.

그렇다면 '지시나 명령을 내린 윗사람은 책임을 지는가.' 그렇지 않다. 잘 되었을 때의 칭찬은 자기가 차지하고 잘못되었을 때의 책임은 아랫사람에게 돌린다. 그 결과로 아랫사람들은 점점 더 무능해지고 핑계를 앞세울 수밖에 없어진다. 누가 무슨 일을 하든지 권리와 의무가 공존하는 습관과 시스템을 만들어야 한다.

또 한 사람의 지적이다.

한국 사람들은 어떤 모임이나 의견교환을 하는 기회가 생기면 왜 합리적인 주장이나 객관적인 판단을 내리지 않고 감정을 앞세우는지 모르겠다. 친한 사람의 의견에는 무조건 지지하지만, 사이가 나쁜 사원의 이야기는 받아들이려고 하지 않는 것 같다. '감정은 가정에서나 사사로운 생활에서 아름답게 이끌어 갈 일인데 공공한 직장에서까지 감정을 앞세우게 되면 합리적인 판단과 객관적 타당성은 찾을 길이 없지 않겠는가.' 라는 의문이었다.

물론 문제해결이 쉬운 바는 아니다. 선진 사회 사람들은 개인감정과 공동체의 원칙을 잘 구별하면서 살아왔다. 과학적 사고를 수백 년 동안 계승해 왔기 때문이다. 그러나 우리는 오랜 세월을 농경생활에서 보냈기 때문에 온정주의 생활을 이어왔다.

그러나 우리도 따뜻하고 아름다운 감정은 개인이나 가족들, 친지들 사이에서는 귀하지만 직장이나 사회생활에 있어서는 일의 객관성과 성공적 해결을 위해 과학적이며 합리적인 판단을 존중해야 한다. 일의 객관적 성과를 위해서는 권위의식도 통하지 않으며 동지애 같은 것은 불필요하다.

이 구분과 조화 그리고 발전적 건설을 위한 양해와 협력이 더욱 필요해진다. 감정의 주관성과 일시적 기분보다는 이성적 판단의 객관성과 직책 및 일의 영구성은 더 중하게 보아야 한다.

또 한 사람의 이야기였다.

한국 사람들과 함께 살면서 일하다 보면 지난날의 이야기, 과거에 있었던 사건들을 너무 많이 꺼내곤 한다. 문제는 '과거보다도 앞으로 무엇을 어떻게 해야 하느냐가 더 중요하지 않겠는가. 더욱이 과거의 은혜를 다 갚고서야 미래로 갈 수 있다거나 심지어는 과거의 원한을 다 풀지 못하면 새로운 출발을 할 수 없지 않겠느냐는 생각은 잘못된 것이 아니냐.'는 이야기였다.

우리도 그런 사고방식을 잘 알고 있다. 전통을 사랑하며 옛 것이 좋다는 선조들의 의식구조를 짧은 시일 안에 바꿀 수야 있겠는가.

그것이 수백 년 동안 살아온 동양과 서양의 다른 점이기도 하나, 유교와 기독교의 차이점이기도 하다. 내 주변에서도 항상 보는 일이다. 동양사상을 강의하는 교수들까지도 공자孔子나 맹자孟子보다 더 훌륭한 정신적 지도자는 없는 듯이 가르친다. 때로는 있어서는 안 되는 것 같은 사고이기도 하다. 그러나 서양철학을 공부하는 서양의 대학생들은 플라톤 Platon이나 아리스토텔레스Aristoteles의 철학을 최고라고는 생각지 않는다. 그로부터 발원된 철학은 오늘까지 발전해 왔으며 앞으로는 더 새로운 사상과 방법으로 전개될 것으로 믿고 연구에 임한다. 중요한 것은 과거가 아니고 미래여야 하는 것이다.

시간관념도 그렇다. 아우구스티누스Augustinus는 1,700년 전에, 시간은 미래로부터 와서 현재를 거쳐 과거로 가 사라진다고 설명했다. 기독교의 시간관이다. 그러나 우리는 시간은 과거로부터 현재에 이르렀고 미래는 아직 존재하지 않는 것으로 생각한다. 기독교가 역사종교이며 미래 지향적인 신앙을 원하고 있음을 가볍게 보아서는 안 된다.

먼저 이야기로 돌아가자.

우리는 세 외국인을 통해 우리가 발견하지 못하고 있던 우리들의 의식 구조와 사고방식을 찾아볼 수 있었다. 그런 사고방식과 가치관을 바꾸지 못하고 더 긴 세월이 지나게 되면 그것은 한국적인 병으로 굳어질 수도 있다. 역사가들은 그것이 근대화 과정을 밟지 못한 후진사회의 병폐라고 지적한다. 한 민족과 사회가 성장하기 위해서는 극복해야 할 정신사적 과정인 것이다.

문제는 위의 세 가지는 피상적이며 일상생활에 나타나는 현상이라는 점이다. 그 속 깊은 곳에 자리 잡고 있는 정신사적 조류는 더 중요한 것이다. 그것까지 바로잡기 위해서는 더 긴 세월이 필요할지 모른다. 그렇다고 해서 언제나 새로운 것은 다 소망스럽다는 것은 아니다. 우리가 추구하고 있는 것은 더 많은 사람들이 인간답게 자유롭고 행복하게 살 수 있는가를 계속 모색해가는 일이다. 그 뜻을 실현시켜 주는 교훈이 기독교의 진리인 것이다.

3

역사를 바꾼
두 가지 영상

사도행전을 읽는 사람은 비슷한 두 가지 사건에 주목하게 된다. 그것은 기독교 역사를 바꾸는 큰 사건의 계기가 아주 작은 일에서 출발하고 있다는 사실을 보여주고 있다.

지중해 바닷가 욥바에 있는 피장이 시몬의 집 옥상에서 벌어진 일이 그 하나이다.

그날 점심 때, 베드로는 옥상에 올라가 기도를 드리게 되었다. 그런 기도는 자주 있는 일이다. 아래층에서 점심식사를 준비하고 있었기 때문에 베드로는 다른 때보다 강한 시장기를 느끼고 있었다.

그때, 베드로는 비몽사몽간에 한 환상을 보게 된다. 네 귀에 끈이 달려 있는 큰 보자기가 하늘에서 내려왔다. 베드로에게 보이기 위해서였다. 그 보자기 속에는 이스라엘 사람들은 먹지 못하도록 금지되어 있는 동물들이 가득 차 있었다. 징그럽고 구역질나는 벌레와 짐승들이었다. 베드로는 '어쩌면 저런 죄스러운 것들만 가득 차 있을까.' 하고 놀랄 정도였다.

그런데 명령의 음성이 들려 왔다. "베드로야, 저것들을 잡아먹어라."는 것이었다. 베드로는 "저런 더러운 것들은 먹을 수 없습니다."고 단호히 거절했다. 그것은 범죄 행위일 수 있었던 것이다. 다시 들려오는 음성이 있었다. '하나님께서 깨끗하게 만드신 것을 속되다고 하지 말라.' 는 것이었다.

같은 대화가 세 차례 있은 뒤 보자기는 다시 하늘로 들려 올라가 버렸다. 베드로는 마치 꿈에서 깨어난 듯이 그것이 무슨 뜻이며 계시일까 하고 거듭 묻지 않을 수 없었다.

그때 로마의 백부장 고넬료가 보내 온 사람들을 만난다. 그리고 하나님의 주신 뜻이 무엇인가를 깨닫게 된다. 그것이 베드로가 이스라엘 사람이 아닌 이방인들에게 전도를 하게 되는 동기가 된다.

베드로의 처지와 입장에서는 이스라엘 사람이 아닌 로마인과 세계인에게 복음을 전할 준비가 되어 있지 않았고 그럴 가능성도 전혀 없었다. 그것은 이방인들을 아브라함의 후손으로 받아들이는 것이며 상상도 할 수 없는 일이다. 그래서 베드로는 과거와 현재까지 절대로 입에 대어본 적이 없었고 앞으로도 그래서는 안 된다고 다짐했던 것이다.

그러나 이 사건이 벌어진 후부터 고집스럽게 완강했던 베드로의 신앙적 성벽이 무너지고 그는 인류를 향한 전도자로 탈바꿈하게 되는 것이다.

같은 사건은 바울에게서도 일어난다.

바울은 이스라엘을 포함한 아시아 일대를 다니면서 전도여행을 했다. 일단 갈 만한 곳은 다 돌았기 때문에 다시 다녀온 지역들을 찾아 신도들의 신앙을 견고히 돌보아 주어야 할 것이라고 생각하고 있었다.

그러면서 바울은 바닷가 도시인 드로아까지 내려갔다. 이제는 더 앞으로 나갈 길은 없었다. 바다가 앞을 가로 막고 있으며, 그 맞은 쪽 지역은 로마의 영향력이 절대적이며 생활 및 문화권이 다른 유럽지방이다. 바울이 전도하기 위해 갈 곳은 못된다고 믿었던 곳이다.

어디로 갈 것인가를 고민하던 바울에게 신비로운 영상이 주어졌다. 밤에 기도를 드리는 시간이었거나 잠들었을 때였을 것이다. 바다 건너 마케도니아 사람들이 나타나 여기에 와 우리에게도 복음을 전해 달라는 간청을 했던 것이다.

그 계시를 받은 바울과 그 일행은 아무런 상의나 문제를 제기할 필요를 느끼지 않았다. 그것이 주님의 뜻임을 깨달았던 것이다. 그래서 기독교는 아시아에서 유럽으로 전파되었고, 마침내는 로마를 중심 삼는 세계 종교로 발전하게 된 것이다. 기독교는 중동의 종교이기보다 서구의 종교가 되고, 그 복음이(개신교의 경우에는) 서구 사회의 연장인 미국을 거쳐 한국에까지 전개되는 변화를 일으킨 것이다. 기독교의 역사적 변화가 세계사의 흐름을 바꾸어 놓았던 것이다.

과학자들은 베드로와 바울이 본 신비로운 영상은 비非과학적 사건이라고 말한다. 자연의 과학적 현상은 언제 어디서나 같은 원인만 제공하면 동일한 결과가 주어져야 한다고 믿는다. 그런데 이 사건은 지극히 예외적인 일이며 누구에게나 나타나는 것은 아니다.

그렇다. 이것들은 자연(과학)적 현상은 아니다. 자연의 원리와 법칙 밖의 일이다. 기독교는 그런 비과학적 과제를 취급하지도 않으며 또 요청해서도 안 된다.

기독교와 더불어 모든 종교문제는 자연법칙과 원리의 문제가 아닌 정신적 법칙과 질서에 속하는 것이다. 정신적 질서는 같은 원인에서 동일한 결과가 주어지는 인과법칙과는 다르다. 동일한 원인에서 다른 결과가 나타날 수 있다. 또 결과에서 원인을 밝혀내는 것은 자연과학에서 가능하나 정신현상에서는 결과에서 모든 원인을 밝혀낼 수는 없다. 그래서 자연을 알기 위해서는 원리와 법칙이 필요하지만 정신에서는 질서를 이해하고 깨닫는 것이 중요하다.

인간의 삶이 동물과 다른 점은 모든 삶이 정신적 질서와 더불어 영위되고 있다는 점이다. 그러나 종교 및 신앙의 차원은 또 다르다. 기독교는 더욱 다르다. 그것은 기독교는 신체적인 자연법칙도 지니고 있으며 정신적 질서 속에서 삶이 이루어지고 있지만 그 위에 은총의 질서가 공존하는 데서 비롯된다.

그 은총의 질서는 신과 더불어 함께 하는 생활 질서이다. 그래서 그리스도인은 자연의 법칙을 어기거나 무시하지는 않아도 생활의 비중은 남달리 정신적 질서 속에 두고 있으며 그 정신적 질서를 은총의 질서와 연결 짓고 있다. 기독교가 항상 성령의 역할을 강조하는 이유가 여기에 있다. 다른 종교가 명상을 소중히 여김에 비해 기도를 드리는 것도 은총의 질서 속에서 살기 때문이다.

이 은총의 사실을 체험하는 사람은 그 사실들을 기적으로 생각지 않는다. 신앙을 가진 사람들은 그 속에서 체험하며 깨닫고 실천하는 것이 일상적이기 때문이다. 그 형식이나 사실의 외적인 현상은 큰 문제가 아니다. 그 결과가 '하나님의 뜻을 나타내고 있는가' 하는 것이 중요하다.

베드로와 바울이 그것을 체험했던 것이다. 그리고 모든 그리스도인들이 같은 체험을 계승해가고 있는 것이다.

4

나의 길은
잘못되지 않았다

내가 중·고등학교에 다닐 때는 자기 자신을 크리스천이라고 생각하는 학생들의 길은 대개가 비슷했다. 신학교를 나온 후에 목사가 되는 길이었다.

나도 한때는 그런 생각을 했었다. 목사가 되는 일은 성직자가 되는 것이며 성직자는 가장 존경받는 정신적 지도자로 자타가 인정하고 있었다. 우리 시대의 많은 목사님들은 항일운동에도 참여했기 때문에 더 높은 존경을 받고 있었다. 물론 그 길은 험난한 것이다. 그러나 남들이 택하지 않는 좁은 길이기 때문에 더욱 값진 직책이라고 생각했다.

그러나 나에게는 그 길이 허락되지 않았다. 성직자가 될 자격을 갖추고 있지 못했던 것 같다. 물론 지금은 그런 꿈을 포기한 지 오래다. 목사가 된 친구들을 보면 부러운 심정을 가지면서 살아가고 있다. 성직자가 된다는 것은 부르심을 받은 사람에게 주어진 은총의 선택이기 때문이다.

그러나 얼마 전부터는 오히려 나는 내 길을 걷게 된 것이 또 하나의 선택된 뜻이 아니었는가하고 자위해보곤 한다.

나는 중학교 3학년을 끝내면서 1년간 학교를 떠나야 하는 신세가 되었다. 일제 때 신사참배를 거부했고 그 때문에 학교를 자퇴할 수밖에 없었다.

그 일 년 동안에 나는 철학에 관한 많은 책들을 읽었다. 얼마나 이해가 되었는지는 모르나 철학이 학문 중의 학문이라는 생각을 갖게 되었고, 먼저 철학을 한 후에 신학을 하는 것이 서양 사회의 전통이라는 사실도 알게 되었다. 그래서 대학에서는 철학을 공부하게 되었고 철학의 길을 걸으면 평생을 바쳐도 부족하리라는 사실도 깨닫게 되었다.

서양철학을 공부하다 보면 자연히 기독교 사상과 접하게 된다. 그래서 철학은 주가 되고 신학을 포함한 기독교 정신은 철학과 공존하는 위치에서 연구를 거듭하게 되었다.

더욱 고마운 것은 중·고등학교 시절에는 장로교를 중심으로 삼은 개신교의 울타리 안에서 살았는데 대학에서는 가톨릭의 세계를 엿볼 수 있었다. 많은 신학자들은 신구 양교 가운데서 하나를 택하게 되어 있으나 나는 기독교의 위치에서 구교와 개신교를 함께 볼 수 있었다. 철학을 통해 기독교 사상을 알았고 기독교 사상으로서의 신학을 바라보는 길이 열렸던 것이다.

그렇게 되면 신학보다 귀한 것은 기독교 정신이며 신학은 기독교 사상의 교리적 학문이 된다는 사실을 부정할 수 없게 되었다. 다시 말하면 신학이라는 좁은 학문보다는 기독교 사상이라는 넓은 세계가 더 중하다는 사고에 이르게 된 것이다.

그렇게 되어서 신학으로부터는 점점 멀어졌고 신학보다는 종교철학, 종교철학보다는 인간의 과제로서의 철학을 더 바람직스럽게 여기는 정신세계로 진입하게 된 것이다.

아우구스티누스Augustinus, 파스칼B. Pascal 키에르케고르S. A. Kierkegaard 틸리히P. Tillich로부터 많은 영향을 받게 되었고 도스도예프스키의 정신적 세계에 공감하게 된 것도 우연한 일이 아니었다.

물론 대학에서 강의를 할 때는 철학을 중심으로 문제를 전개시켰다. 그러나 나 자신의 문제로서는 철학과 기독교의 인간학적 과제가 큰 비중을 차지해 왔다. 나의 저서 『윤리학』, 『역사철학』, 『종교의 철학적 이해』를 읽은 사람들은 그것을 인정할 수 있을 것이다,

다행스러운 것은 지금 나는 이러한 나의 길을 걷게 된 것을 후회하지 않는다. 여전히 허락된다면 그 길을 계속 추진시키고 싶다. 그리고 그런 뜻에서 나와 같은 길을 걷는 후배가 생긴다면 그들도 또 그 영역의 연구를 후회하지 않으리라고 생각한다.

신학은 누가 어떻게 말하든지 교회 안의 학문이다. 교리적인 요소를 벗어날 수가 없다. 그러나 철학은 사회 전체를 위한 학문이다. 기독교 밖의 사람은 신학과 무관할 수가 있다. 그러나 크리스천들도 인간적 학문인 철학은 외면하지 못한다. 지금 생각해 보면 나는 좁은 신학보다는 넓은 철학을 택했던 것이다.

기독교도 종교의 하나이기 때문에 크리스천이 철학을 하게 되면 자연히 종교철학의 영역에 머물기 쉽다. 불교인들 중에도 종교철학자가 있듯이 기독교 철학자는 종교철학의 과제를 외면할 수가 없다.

나 자신도 그런 과정을 밟았던 것이 사실이다. 그러나 문제를 전개시

켜 나가는 동안에 흔히 말하는 종교철학보다는 인간의 학문으로서의 기독교 철학으로 발전해가는 스스로를 발견하곤 한다. 불교적 세계관도 중하며 기독교적 사고도 있어야 하나 인간적 과제, 인간학적 문제의 해결을 종교적 사유에서 해명할 수 있다면 그것은 인간의 과제이기 때문에 우리 모두의 문제가 될 수도 있다.

종교철학은 종교를 가진 사람의 철학이 될 수 있으나 인간학적 과제로서의 철학은 종교를 초월한 인간의 과제로 등단할 수 있는 것이다. 그러나 이 모든 문제의 열쇠는 참다운 신앙에서 비롯되는 것이다. 과학으로서의 종교학은 가능할 것이지만 신앙이 없는 사람에게는 신학이나 종교철학 같은 학문은 필요가 없는 것이다. 그런 뜻에서 나는 신학이나 목사의 길을 택하지 못하고 철학과 크리스천의 길을 택하게 된 것을 후회하지 않을 뿐 아니라 감사하게 생각하고 있다. 학문을 한다는 것은 나 자신의 문제를 해결 짓는 일이기도 하나 보다 많은 사람들에게 지적인 봉사를 해야 하기 때문이다.

5

신사참배 때
있었던 일

내가 평양 숭실중학에 다닐 때 있었던 일이다. 숭실중학과 숭의여중 숭실 전문학교 등이 폐교될 당시의 일이다. 내 고향 송산리 장로교회에는 김철훈 목사가 시무하고 있었다. 300명 정도가 모이는 작지 않은 교회였다. 일본경찰은 목사와 두세 장로들에게 신사참배를 강요해 왔다. 교회 대표들에 대한 탄압이었다.

홍 장로와 신 장로는 심한 고문을 겪은 뒤 강제로 참배를 하고 풀려나 왔다. 그러나 그 같은 사실을 누구에게도 말할 수는 없었다. 김 목사는 그대로 대동경찰서에 감금되어 회유와 고문을 계속 받아야했다. 후에 전해들은 이야기다.

어떤 날 밤, 김 목사는 심한 고문을 받은 뒤 의식이 몽롱한 상태에서 잠들어 있었다. 그때였다. 어디선가 큰 아들이 '아버지'라고 부르는 소리가 들려왔다. 김 목사는 밤 고문에 내가 이미 죽었고 내 영혼이 환상에 접하고 있는 것이 아닌가 하고 생각했다. 눈을 뜨고 보니 아들이 철창문에 매달려 아버지를 찾는 것이었다. 김 목사는 꿈인가 생시인가를 알기 위해 허벅지를 꼬집어보았다. 역시 아팠다. 아들은 울면서 아버지를 불렀다.

잠시 뒤 아들은 끌려나가고 고문을 맡았던 형사가 들어왔다. 왜 당신은 형식만이라도 신사참배를 하고 집으로 돌아갈 수 있는데, '여기서 어린 아이들을 고아로 만들 셈인가.' 하고 인간적인 동정을 호소했다. 그리고 모두가 형식적인 참배를 하고 돌아갔다는 사실도 알려 주었다.

마침내 김 목사도 형식적인 참배를 하고 집으로 돌아왔다. 두세 장로들만 알고 있었을 뿐 그 사실은 침묵 속에 가려져 있었다. 어디 가서 말할 수도 호소할 곳도 없는 일이었다.

며칠 뒤 주일이 되었다. 그 사실을 자세히 알지 못하는 교인들이 예배 시간에 모여 들었다. 시간은 되었는데 목사와 두세 장로는 나타나지 않았다. 기다리던 다른 장로와 노인들이 교회당 뒤뜰에 있는 사택을 찾아가 예배시간이 되었고 교인 모두가 기다리고 있음을 알렸다. 그러나 목사는 앞으로는 예배를 이끌 수 없다면서 나와 같은 죄인이 어떻게 강단에 설 수 있느냐고 호소했다. 자리를 함께 했던 장로들도 그러면 우리는 어떻게 하느냐고 울음을 터뜨렸다. 사택 안은 울음바다가 되고 말았다.

대문 밖에서 찾아가 기다리던 노인들도 함께 울었다. 그대로 얼마의 시간이 지난 뒤 모두가 말없이 예배를 드렸다. 나와 부친도 그 예배에 참석했다.

얼마 후에 김 목사는 교회를 떠났다. 부친의 이야기로는 교인들에게 신사참배를 숨기거나 용서 받을 수 없어 목회를 계속하기가 어려웠을 것 같다는 것이었다. 마음씨가 곧고 양심적인 목사였기 때문이다. 두 장로가 많은 고문을 받고 강제로 신사에 끌려간 것은 다른 모든 교인을 대신해서였다는 것이 부친의 이야기였다. 장로가 된 것이 무슨 잘못이었겠는가. 교인들의 아픔과 고통을 대신했을 뿐이라는 것이다. 누군가에게 지어져야 할 십자가였던 것이다.

일제시대가 지나고 해방이 되었다.

이번에는 공산주의자들이 일제를 이어받아 교회와 목사들을 탄압하기 시작했다. 그 중압감은 점점 심해졌다. 송산리교회도 마찬가지였다. 공산당에서는 교회의 중심인물들을 다른 명목으로 하나둘씩 타지역으로 이주시키기도 하고 반공주의자들은 구속하기 시작했다. 나의 초등학교 때 동창 친구였던 강명석은 김일성의 모친과 멀지 않은 친척이기도 했다. 반공운동으로 잡혀가고 교도소에서 죽었다. 그 친구의 가슴 옷 속에는 나무젓가락을 꺾어 만든 십자가가 숨겨져 있었다. 담임목사였던 김오성 목사가 그 십자가를 교인들에게 보여주기도 했다. 김오성 목사는 서울 공항교회에서 시무하기도 했다.

김철훈 목사는 여러 차례 탈북해 남한으로 올 기회가 있었다. 산정현교회의 조만식 장로를 비롯한 이들이 김 목사를 구명하기 위해 탈북을 권고했다. 사모와 자녀들까지 월남했으나 목사는 남아서 순교의 길을 택했다. 일제 때 한 번 변절했는데 또 다시 변절할 수는 없었던 것이다.

이런 와중에서 나도 신사참배를 모면하려고 숭실학교 3학년을 끝내면서 자퇴하는 쓰라린 경험을 겪었다. 내 몇 친구들도 그러했다. 그중의 한 친구가 윤동주였다.

생각해보면 가슴 아픈 세월을 살았다. 신사참배에 관한 이야기는 하기 쉽다. 나와는 상관이 없었으니까. 왜 신사참배를 했느냐고 비난하기는 어렵지 않다. 그러나 그 당시 주어진 여건 속에서 최선을 다하면서 신앙을 지키려 했던 당사자들의 현실은 그렇게 가벼운 것이 아니었다.

나도 탈북자 중의 한 사람이다. 목숨을 걸고 탈북해 온 동포들에게, 어떻게 가족들을 남겨두고 탈북할 수 있었느냐고 묻기도 하고, 웬만하면 북한에서 견디어 낼 수도 있지 않았느냐고 말하는 기자들을 보면 할 말이 없어진다. 아마 그들은 히틀러A. Hitler의 정권 밑을 떠나 미국으로 망명해 온 정치가, 사상가, 교육자, 성직자들에게도 같은 질문을 했을 것이다. 그래도 대답을 하라면 한마디는 할 수 있을 것 같다. '목숨보다 더 귀한 것이 있을 것 같았기에…' 라고.

교회는 말이 많은 곳이다. 믿는 사람들은 모두가 남들도 자기와 같은 신앙을 가져주기 바란다. 사랑이 없는 사람은 다른 사람의 아픔과 고뇌를 공감하지 못한다. 그래서 예수께서는 "죄가 없는 사람이 먼저 돌을 던지라."고 가르쳤다. 나는 어려서 그런 사실들을 보면서 자랐기 때문에 비난을 위한 비난, 나는 당신보다 낫다고 말하는 사람들에게는 거리를 두는 때가 있다.

물론 몇 목사들은 자진해서 신사참배를 하기도 했고 교인들에게 권한 이들도 있었다고 들었다. 그들까지 옹호하거나 포용하자는 것은 아니다. 그러나 우리보다 더 좋은 신앙과 애국적 활동을 지켜온 이들에게 너무 쉽게 심판을 내리는 일은 바람직하지 못하다. 예수께서 가르쳐주신 기도에는 우리가 우리에게 죄지은 사람을 용서해 준 것 같이 우리의 죄도 용서해 달라는 뜻을 밝히고 있다. 그것이 우리의 기도와 삶의 핵심이었던 것이다.

나는 안 했으니까 너는 정죄를 받아 마땅하다는 생각은 예수의 사랑을 거부하는 태도일 것이다.

6

기독교와
교회는 하나인가

신도들은 대부분이 교회생활을 하고 있다. 따라서 기독교는 곧 교회이고 교회와 기독교는 동일체라고 생각하는 편이다.

그러나 잠시 그 생각을 반성하고 정리해 볼 필요가 있다. 더 좋은 교회를 위해서도 그러하며 기독교의 장래를 위해서도 생각의 지평을 넓힐 수 있을 것 같다.

예수님이 세상을 떠나신 후, 주의 제자들은 같은 신앙을 갖고 모이기 시작했다. 교회라는 조직이 생기기 전에는 개인적인 믿음과 가족 친지를 중심으로 신앙적 변화가 생겼던 것이다.

두 사람을 회상해보자.

에디오피아의 내시가 병거를 타고 가다가 신앙을 얻고 세례를 받은 뒤 집으로 돌아간다. 그는 주변의 몇몇 사람들과 구약의 전통을 따라 예루살렘에서 이루어지고 있는 새로운 신앙을 나누었을 것이다. 그 일이 얼마 동안 계속되었다가 상당한 세월이 지난 후에 초대교회로 발전, 형성되었을 것이다.

예수가 십자가를 지고 골고다로 갈 때 도중의 그 십자가를 대신 져준 사람은 구레네 사람 시몬이었다. 그도 후에 집으로 돌아가 새로이 얻은 신앙을 가족들과 더불어 소생시켜 갔다. 그의 두 아들인 알렉산더와 루포도 후에는 전도자의 임무를 맡은 것으로 추측된다. 초대교회에서는 알려진 사람들이기 때문에 그들 이름이 남았을 것이다.

시몬은 아프리카 객지에 살면서 가족들과 더불어 신앙생활을 계속하다가 후에는 구레네 교회로 성숙 설립되었을 것이다. 지금도 우리 주변에서 그런 실례를 엿볼 수 있다. 신앙생활이 교회라는 제도화된 교회로 흡수되기에는 교회 이전의 과정이 있을 수 있다. 물줄기가 큰 강을 이루거나 못으로 스며들기 이전에 존재했던 것 같이…….

그러나 일단 제도화된 교회가 성립, 정착된 뒤에는 교회가 신앙적 공동체의 중심이 되며 교회가 곧 기독교라는 통념에 빠지게 되곤 했다. 그것은 잘못이 아니며 그렇게 된 것이 좋은 것이다. 교회가 진정한 믿음의 공동체로 머무는 동안은 누구도 이의를 갖거나 회의적 비판을 가하지 않았다.

초대교회가 자리 잡기 시작하면서 교회 밖에는 구원이 없다는 관념이 보편화되었고, 로마 가톨릭이 교회절대권을 유지하면서는 교회가 곧 기독교이고 기독교는 그대로 교회와 일치된다는 생각이 굳어져 왔다. 신학자들이 교회를 논하면서 성聖, holiness, 공公, catholicity, 일一, unity의 전통을 따르는 것은 교회의 본질을 잘 보여준 뜻이다. 지금도 우리는 사도

신경을 고백할 때, 거룩한 공회와 성도가 서로 교통하는 것을 믿는다고 한다. 교회는 유일한 신앙의 공동체이며 우리는 그 안에서 구원에 참여하는 것으로 믿어 왔다. 지금도 천주교는 기독교와 교회는 일치되는 것이며 동일체라는 전통을 견지하고 있다.

그러는 동안 서서히 문제가 제기되기 시작했다. 제도화된 교회가 그리스도의 교훈 및 정신과 일치되지 않는 방향과 내용에 빠지거나 흘러들어 기독교의 본질과 어긋나거나 비非기독교적인 일에 치우치게 되었을 때는 어떻게 하는가 함이다.

그 가장 대표적인 예가 종교개혁의 사건이다. 교회가 하는 일, 교직자들이 뜻하는 바가 성경과 어긋나며 그리스도의 교훈과 일치되지 않을 때는 기성교회에 대한 회의와 더불어 교회로 하여금 기독교의 정도를 택하도록 요청하는 노력이 필요했던 것이다.

그렇게 되면 기성교회는 반反교회인이나 그에 속하는 신도들을 교회 밖으로 추방한다. 천주교에서는 파문에 처하곤 했다. 어떤 때는 그런 사람들을 이단으로 단정하여 크리스천의 자격이 없는 사람들로 규정했다.

그렇다고 해서 그들이 그리스도로부터 버림받았거나 하나님에 의해서 배제당한 것은 아니다. 교권에 불복했거나 교리에 따르지 않은 것뿐이다. 예수의 말씀을 떠난 바도 없으며 크리스천적인 삶을 포기한 것도 아니다. 여전히 신앙인으로 남게 되며 그런 사람들의 모임은 새로운 기독교 공동체가 된다. 그리고 얼마 후에는 새로운 교회가 형성되며 다시 새로운 교단으로 탄생되기도 한다.

개신교의 대부분의 교회와 교단이 그렇게 설립되었다. 또 어떤 교단에 소속되었다가 교단을 떠난 독립교회로 머물기도 한다. 어떤 사람들은 교회적 조직을 포기하고 교회가 아닌 공동체로 머물기도 한다. 성경에도 몇 사람이 주의 이름으로 모이면 주께서 그들과 함께하신다고 가르친 바 있다.

이렇게 보면 교회는 기독교 공동체의 대표적 존재이기는 하나 교회 밖에 기독교 공동체가 있을 수 없다는 사리는 적절하지 못하다. 기독교와 기독교 공동체는 하나라고 볼 수는 있다. 그러나 기독교가 곧 교회이어야 한다는 주장을 요청할 수는 있어도 현실과는 일치되지 않는다.

이때 교회 밖에 있는 신앙의 공동체가 존립하는 근거는 무엇인가. 대개의 경우는 말씀을 따르려는 성경주의에 의존하는 경우이다. 주의 말씀에 따라 사는 것이 옳다고 주장하다보면 교회의 전통과 교리 및 의식儀式 속에는 말씀과 일치되지 않는 면이 많다는 사실을 발견하게 된다.

일본에서 크게 영향을 끼쳤던 무無교회주의가 바로 그 대표적인 예이다. 우리나라에서도 적지 않은 신도들이 그 뒤를 따르고 있다. 그리고 지성적 자립심이 강한 신도들이 그 뜻을 받아들이곤 한다. 물론 그들은 기성교회에 비해 무교회라는 간판을 앞세우기는 하나 그 말씀의 공동체도 또 하나의 기독교 공동체임에는 틀림이 없다. 뿐만 아니라 교회에 소속되어 있으면서도 자주적인 신앙을 지키는 이들이 적지 않다. 우리는 주변에서 교회생활에는 비판적이면서도 경건한 신앙생활을 하는 이들을 자주 만나곤 한다.

그대로 믿을 수 있는 통계는 못되겠으나 한 일본 크리스천 교수가, 일본에는 약 3천 명 정도의 크리스천 교수가 있는데 그들의 상당수는 교회주의자는 아닐 것이라는 말을 한 바가 있다. 이는 크리스천 교수가 부족하기 때문에 기독교대학을 운영하기 어렵다는 한국의 설명을 듣고 한 말이다.

물론 우리는 탈脫교회나 초超교회를 주장하는 것은 아니다. 그렇다고 교권과 교리에 집착하는 교회주의가 그대로 바람직스러운 것도 아니다.

오히려 교회 밖의 기독교 공동체와 공존할 수 있기 때문에 기성교회는 더 소망스러운 방향으로 성장할 수도 있다. 또 교회 밖의 공동체들도 독선적인 사고나 때로는 비非타협적인 신앙의 공동체는 진리와 사랑의 공동체이어야 한다. 사랑의 봉사와 희생의 정신을 실천하는 일은 언제나 필요한 것이다. 교회주의에도 단점이 있으나 성경주의 속에도 약점은 있는 법이다.

그렇다면 우리가 얻을 수 있는 결론은 무엇인가.

주께서는 우리에게 무엇을 요청하고 있는가. 구약성경을 읽는 사람들은 이스라엘 민족이 하나님의 뜻에 따라 정의롭고 축복받는 나라를 만들라는 요청은 수없이 많으나, 좋은 교회나 큰 교회를 위해 노력하라는 교훈은 적다는 것을 알게 된다. 예루살렘 성전은 대단히 소중한 곳이나 그 성전은 하나님의 뜻을 받아 민족과 국가를 위해 봉사하는 기관으로 되어 있다.

예수께서도 수가성의 여인에게 이제는 성전이 있는 예루살렘이나 사마리아에 있는 산을 가리는 것은 필요가 없이 진실과 영적으로 예배드리는 때가 왔다고 선포했다. 기독교는 공간적인 신앙을 넘어선 때, 즉 역사적인 심령의 종교임을 가르친 것이다. 말하자면 구약에서도 교회주의보다는 민족적 신앙이 강조되고 있음을 보게 된다.

신약에 와서는 더 말할 필요가 없다. 예수의 생애와 사상을 직접적으로 접할 수 있는 4복음에는 훌륭한 교회나 큰 교회가 소망스럽다는 교훈은 없다. 우리가 예상할 수 없었을 만큼 많이 강조되고 있는 것은 하늘나라, 즉 하나님의 나라를 건설하라는 것이 궁극적인 목적으로 되어 있다. 중요한 것은 교회제도를 위한 교리가 아니다. 하나님의 나라를 위한 진리인 것이다.

이렇게 본다면 우리는 성전 중심의 교회관념은 떠나야 한다. 예배당은 교회가 머물기 위한 공간, 교회가 필요로 하는 그릇과 같은 기능으로 족하다. 앞을 다투어 큰 성당, 화려한 예배당에 집중해 교회당이 곧 신앙이나 기독교의 일부 또는 중심인 것 같은 사고는 시정되어야 한다.

우리가 그렇게 달갑지 않은 교회주의라는 개념을 쓰는 것은 기독교와 신앙이 교회를 위해 존재하는 것 같은 잘못된 관습에서 탈피하자는 뜻이다. 교회주의가 되면 교권이 큰 비중을 차지하게 되며, 교리가 진리를 소외시키는 과오를 범할 수도 있다. 교회는 아무리 훌륭하고 커졌다고 해도 하늘나라를 위해 존재하는 것이다. 목표가 아닌 과정이며 목적이 아닌 방편인 것이다. 교회가 지나치게 강조되면 교회 안에서 그리스도를 만나기 어려워지며, 교회 안과 밖에서 건설되어야 할 하나님의 나라를 소홀히 하는 과오를 범할 수도 있다. 예배당 중심의 교회가 되어서도 안 되고 교회를 위한 교회도 주어진 사명을 다하기 어렵다.

모든 교회와 더불어 기독교 공동체는 안으로 문을 닫고 사는 폐쇄성에 빠져서는 안 된다. 모든 신도들이 교회를 통해 진리를 자신들의 인생관과 가치관으로 받아들인 후에는 제각기 사회적으로 맡은 일에 충성과 봉사를 다해야 한다. 그래서 교회와 기독교 공동체를 통해 민족의 역사를 바꾸며 인류에 희망을 줄 수 있어야 한다.

성경에는 예수께서 5천 명 또는 4천 명에게 떡을 떼어 나누어 준 기록이 있다. 그때마다 예수는 군중을 반드시 서둘러 되돌려 보내곤 했다. 말씀을 들었으니까 새로운 인생관과 희망을 안고 돌아가 주어진 일에 최선을 다하라고 당부했던 것이다. 그렇게 함으로써 하늘나라가 건설되기 때문이다. 예수께서 4천 명이나 5천 명이 모이는 교회를 원하셨다면 오히려 더 어려운 부담을 감당해야 했을지 모른다.

교회는 인간들이 중심이 될 때 기독교 본연의 사명을 다하기 어려워진다. 그러나 그리스도가 주인이 될 때는 교회보다 큰 하늘나라를 위한 사명을 감당할 수 있을 것이다. 기독교는 교회보다 크지만 하늘나라는 기독교보다도 넓은 세계에서 성취되어야 한다.

7

세월이 지나도
한결같은 것이 있다

오래 전 일이다.

나는 신촌에 있는 대현장로교회에 참석하고 있었다. 연세대 주변에 살던 김윤경 선생, 철학과의 정석해 교수, 영어학을 강의하던 심인곤 선생도 같은 교회에 다니고 있었다. 대학 총무처를 책임 맡고 있던 송리명 장로도 초창기부터 교회를 섬기고 있었고, 후에 총무처장이 된 강만유 선생도 같은 교회에 다니고 있었다.

그때 나는 집사 일을 보고 있었기 때문에 선배교수들과 헌금을 거두기도 하고, 예배가 끝나면 헌금을 정리 계산해서 함께 집사 일을 맡고 있던 강만유 선생께 인계하는 책임을 지기도 했다.

얼마의 세월이 지난 뒤였다.

목사님과 당회에서 요청이 왔다. 연세대학의 교수님들이 집사로 있는

데 그중의 한두 사람은 장로가 되어 주었으면 좋겠다는 것이었다. 다른 교인들은 물론 학생들을 위해서도 도움과 모범이 되지 않겠느냐는 요청이었다. 또 집사로 있기에는 지나치게 원로들이고, 원로들을 제치고 다른 교우들이 장로가 되는 것도 순서가 아니라는 설명이었다.

우리는 원로 한글학자인 김윤경 선생에게 장로가 되었으면 좋겠다고 제안했다. 그러나 김 교수는 고사했다. 학교 일도 바쁘고 연구 활동에도 지장이 클 것 같아 사양하는 것이었다. 그분의 성격으로 보아 그럴 것 같았다. 무슨 책임이든지 맡으면 정성들여 완수하는 편이기 때문에 장로직이 분에 넘치는 의무로 느껴졌을 것이다.

정석해 선생께 기대해 보았다. 정 선생도 장로직을 맡을 정도로 시간과 정신적 여유도 없을 뿐 아니라, 친구들과 어울려 주석에도 함께하며 간혹 담배도 피우곤 하는데 다른 교우들에게 덕스럽지 못해 사양한다는 것이었다.

나는 그분들에 비하면 훨씬 후배이기 때문에 끼어들 수가 없었다.

할 수 없이 심인곤 교수께 우리를 대표해서 장로가 되어 달라고 부탁했다. 비교적 시간의 여유도 있는 편이었기 때문에 심 교수가 장로가 되었다. 학교를 떠날 때까지 조용히 그러나 정성스러운 봉사를 했다.

그 후 김윤경 선생은 정년을 얼마 앞두고 정부에서 추천하는 산업시찰단의 일원으로 지방순회여행에 나섰다가 뇌졸중으로 갑자기 세상을 떠났다. 최근에는 문화관광부에서 추대하는 이달의 문화인으로 추천되어 뜻있는 사람들의 추앙을 받았다.

나는 지금도 김 선생과 같은 대학에서 긴 세월을 함께 보낸 기억과 더불어 같은 교회에서 집사로 일하면서 교회를 섬기던 시절을 잊지 못하고

있다. 후배인 나에게도 좋은 충고를 아끼지 않았던 분이다. 아호 '한결'
과 마찬가지로 한결같이 생애를 보낸 분이다. 신앙생활도 그러했다. 아
마 그분과 수십 년을 함께 지난 사람도 그분이 거짓말을 하는 것을 듣거
나 보지는 못했을 것이다. 어린 아이같이 착하고 진실한 생애를 사신 분
이다. 학교 캠퍼스를 거닐다가 그분의 크지 않은 동상을 보면 일생을 한
결 같이 살다간 분이라는 생각을 떠올리게 된다. 크리스천에게는 그런
면모가 있어야 할 것 같은 생각이 들곤 한다.

  정석해 교수는 내가 같은 과에서 직접 모시고 지냈다.

  6 · 25때의 일이다. 공산군이 들어와 연세대학교를 접수했다. 그리고
한강 이남으로 피난을 가지 못한 교직원들의 신상조사를 하게 되었다.
그들이 말하는 성분조사인 것이다. 그 서류에는 종교란이 있었다. 교직
원의 거의 다가 종교란은 기록하지 않았다. 공산주의자들에게는 기독교
신자가 환영받을 리 없고 불이익을 당하는 것은 뻔한 일이었다. 그런데
후에 알게 되었는데 정석해 교수만이 장로교 세례교인으로 적어 냈던
것이다.

  사실 정 선생은 자신이 밝히지 않으면 다른 사람은 크리스천이라는 사
실을 모를 정도로 자유로운 신앙생활을 하고 있었다. 그러나 그는 굳건
한 신앙인이었다. 선친 때부터 크리스천이었고 그분의 동생이신 정석원
씨는 안동교회 장로이기도 했다. 자신이 신앙인이었기 때문에 숨기거나
이해관계에 의해 그 신앙을 밝히지 못하는 성격이 아니었다.

  다 아는 사실이지만 4 · 19학생 혁명이 일어나고 사회가 정치적 혼란
에 빠졌을 때, 학생들의 피에 보답하자는 뜻을 안고 교수 데모를 주도한
이가 정 교수였다. 그때 비로소 이승만 대통령은 대통령직에서 물러나고
자유당 정권은 물러나야 한다는 선언문이 채택 발표된 것이다. 4월 25일

의 일이다. 정 선생이 고려대학교의 철학과 교수들과 공모하고 데모를 이끌었던 것이다. 그리고 자유당 정권이 종지부를 찍게 된 것이다.

4월 25일, 이른 아침이었다. 정 교수는 가족들과 마지막 가정예배를 가졌다. 시편 말씀으로 당신의 뜻을 밝히고 내가 돌아오지 못하더라도 하나님께서 가족들을 보호해 주실 것이라는 마지막 권고를 남기고 집을 나섰던 것이다.

그렇게 큰일을 성사시킨 후에도 정 선생은 자기가 무슨 일을 했다든지 그 결과에 대한 공로 같은 생각을 털 끝 만큼도 생각한 일이 없고 언급한 일도 없었다. 여러 계통에서 그런 일을 계기로 정치에 참여하는 것이 어떠냐고 요청해오기도 했고, 업적을 높이 평가해 와도 그분은 그저 200명이 넘는 젊은 학생들의 희생에 보답하고 싶었다는 일념으로 지냈다. 내가 애국적인 거사를 했다는 생각이나 말, 행동하는 것을 보지 못했다.

큰 역사의 소용돌이가 지난 뒤에도 이전과 같이 강의했고 공부에 정성을 쏟지 않는 학생들을 책망하곤 했다. 학생들과 후배 교수들이 당시의 이야기를 꺼내면 '다 지난 얘긴데'라면서 관심을 두지 않았다.

그분이 100세 가까운 고령에 세상을 떠난 뒤, 연세대학교의 《진리와 자유》 계간지에서 정 선생에 관한 특집을 계획한 일이 있었다. 내가 집필자로 선정되어 다시 한 번 차분히 그분의 학문, 사상, 삶의 신조들을 조명해보는 기회가 생겼다. 그때 나는 정 선생의 일생을 결정지은 두 가지 요체를 찾아보았다. 그 하나는 그분의 애국심이었고 그것을 뒷받침해 준 것은 그분의 기독교 신앙이었다. 학자적 양심은 누구나 가질 수 있다. 그러나 그분의 삶은 기독교 정신에 뿌리를 둔 애국심이었다. 구한 말, 일제

시대와 망명, 조국의 광복, 독재와 불의에 대한 항거의 일생이 그래서 가능했던 것이다.

나는 집필을 끝내면서 만일 선생께서 내 글을 읽으셨다면 '김 선생의 글은 다 맞아. 그러나 나는 그저 그렇게 살 수밖에 없었어. 내 후배와 제자들이 더 많은 일을 해주겠지……' 라면서 당신의 노력과 수고는 덤덤히 넘겼을 것 같다.

심인곤 선생도 강의를 끝내고 지방의 자연 속에 은거해 계셨다. 지방 사람들은 그분을 도사道士라고 불렀다는 이야기가 전해오곤 했다. 가정생활이 여유롭지 못하면서도 십일조 헌금을 거르는 일이 없었다. 세금은 언제나 제일 먼저 납부하곤 했다. 봉급의 일부는 교통비가 떨어져도 적금을 하곤 했다. 그것이 그분의 경제관의 신조였다.

사모님의 부탁을 받고 내가 "선생님, 그렇게 적금을 하셔도 인플레가 심하기 때문에 지금 만 원을 적금하면 찾을 때는 5천 원 구실도 못합니다."라고 충고를 한 일이 있었다. 심 선생의 대답은 뜻밖이었다. "모두가 그런 생각을 갖고 사니까 나라 경제가 병들지요. 아까운 돈을 국가경제를 돕기 위해 적금하는 자세는 지켜져야 합니다."는 것이었다. 세상이 다 변해도 선한 일이라면 지켜가야 한다는 것이 그분의 신조였던 것이다.

나도 얼마 후에는 그 교회를 떠나게 되었다. 한 교회에서 조용히 봉사할 여건이 주어지지 못했기 때문이다.

지금 나는 그 당시의 일들을 회상해 보면서, 시대가 바뀌고 사회가 변해도 '크리스천들에게는 공통된 자기동일성 혹은 정체성 같은 것이 있지 않은가' 하는 생각을 해본다. 또 그런 것이 있어야 한다고 믿고 있다.

국적이 달라도 그리스도인의 인생관과 가치관에는 공통성이 있어야 하며, 주의 사상에는 차별이 있어도 크리스천에게는 동일한 믿음과 삶의 흐름이 있어야 한다. '우리는 크리스천이니까'라고 말할 수 있는 삶의 정신적으로 같은 공간이 있어야 하는 것이다.

아직도 우리는 후진 사회에 살고 있기 때문에 정치적 보수와 진보의 구별이 있으며 여야의 정당이 벽을 쌓고 살아가고 있다. 노사의 분규 속에 많은 사람들이 휘말리고 있는 것도 사실이다.

그러나 크리스천들은 그 어디에 있든지 크리스천이기 때문에 서로 부정할 수 없는 공동체의식을 갖고 있어야 할 것이다. 그것이 없다면 기독교 신앙은 모래알들과 같아서 다른 주의 사상이나 이해가 다른 공동체에 흡수되어 버리고 말 것이다.

파스칼B. Pascal은 그의 명상록 정의의 편에서 '그는 강 저편에 살고 있다.'는 표현을 쓴 바 있다. 세상의 모든 정의는 강 어느 편에 있는가에 따라 달라진다. 워싱턴에서는 선으로 평가받는 것이 모스크바에서는 악이 되기도 했다. 마르크스주의자들에게는 칭찬과 존경의 대상이 되는 것이 자유민주 사회에서는 혐오와 배척의 표본이 되기도 했다. 이렇게 세상의 모든 사상과 가치판단이 시대와 사회에 따라 달라진다면 사회의 발전과 역사의 건설은 이루어질 수가 없다.

이런 현실 속에서 적어도 그리스도인들은 강 이편과 저편을 초월 극복하는 어떤 동일성을 지니고 있어야 하며 그것이 역사와 사회의 정체성으로 인정받을 수 있어야 하는 것이다. 그리고 그 내용과 사실이 객관성과 보편성을 인정받을 수 있을 때 기독교의 존재성이 정립될 수 있을 것이다. 교회 안에서보다도 사회생활 전체에 있어서이다.

다시 말하면 크리스천들은 이렇게 생각하며 그 생각이 같기 때문에 이렇게 산다고 하는 기준 비슷한 것이 있어야 한다. 그런 삶이 크리스천들 내부에서도 안정되어야 하나 일반인들에게도 받아들여질 수 있을 자기동일성이 가능해지는 것이다.

그 내용은 어떤 것들인가. 아마 첫째가 되는 것은, 적어도 우리와 같은 성장도상에 있는 사회에서는, 인간적 성실성과 정직성에 있다고 보아도 좋을 것이다. 물론 그것은 크리스천만이 아니다. 인간의 소망스러운 도리인 것이다. 야스퍼스K.T. Jaspers같은 철학자는 신앙보다도 성실성을 더 강조하고 있었다. 성실한 사람은 하나님도 버릴 수 없으며 악마도 유혹할 수가 없다는 뜻은 정당하다. 성실은 신앙으로 가는 길이기도 하다. 성실성을 포기한 사람은 참다운 신앙을 가질 수 없기 때문이다.

윤리학자들의 성실은 겸손한 자기반성과 노력, 중단이 없는 모색과 성장, 정직한 삶 등을 내포 탄생시킨다고 본다. 그러기 때문에 성실은 믿음으로 가는 정도正道인 것이다. 그 중에서 우리는 성실과 더불어 정직을 강조해 보는 것이다. 거짓과 불신이 우리 사회를 병들게 하고 있으며, 교회 안에서도 수단과 방법이 자행되고 있기 때문에, 크리스천들은 거짓이 없으며 그들의 성실한 삶에 동참해야 한다는 기대와 신뢰를 쌓아가야 한다. 하나님을 믿는다는 것은 하나님의 뜻을 따라 사는 모든 사람이 서로 믿을 수 있기 때문에 신앙의 열매가 주어지는 것이다.

크리스천이 된다는 것은 이기적인 발상과 행동을 버리고 이웃과 사회를 위해 주려는 정신과 삶을 굳혀가는 일이다. 거짓말을 하는 크리스천은 존재할 수 없어야 하는 것 같이 크리스천은 결코 이기주의자가 되어서는 안 된다. 교회에서도 예배의 출석률이나 헌금의 많고 적음으로 신앙을 평가하지 말고, 다른 사람에게 피해와 고통을 주는 것이 죄악임을 가르쳐 주어야 한다.

개인생활에 있어서도 물론, 직장이나 사회생활을 할 때, 크리스천들은 항상 이기심을 멀리하고 더 많은 사람의 행복과 보람을 위해 자신의 삶을 먼저 반성하고 실천하는 모범을 보여주어야 한다. 세상 사람들은 대화를 통해 객관적 가치를 추구하며 모두의 행복을 위해 노력하고 있는데 크리스천들이 폐쇄적인 이기심을 고집하거나 실현하려고 하면 그것은 크리스천이 되기를 포기하는 것이다.

지금까지 지적해 온 성실과 정직, 이기심의 극복은(선진 사회에 가면) 누구나 실천하고 있다. 어쩌면 이를 크리스천이 문제로 삼는 것이 오히려 쑥스러운 일이다. 크리스천들의 신앙적 요청이 있다면 사랑과 봉사 때로는 자기희생의 책임까지 져야 한다는 점이다. 세상 사람들이 모두 나보다 앞섰을 때는 내가 내 책임만 다하면 된다. 그러나 많은 이웃들이 나보다 뒤져 있는 사회에서는 크리스천들이 그들에게 사랑을 베풀어야 한다. 그런 삶을 사람들은 봉사라고 부른다. 나보다 이웃과 소외된 사람을 먼저 더 위해 주려고 하기 때문이다. 밀알이 땅에 떨어져 썩으면 열매를 맺는다는 교훈이 바로 그런 뜻이다. 이제는 크리스천들이 전도하는 책임도 사랑의 봉사를 통해 가능해지는 것이다.

끝으로 크리스천들이 갖는 또 하나의 자기동일성은 하나님의 사랑을 인간애와 인간목적관에 결부시키는 일이다. 세상 사람은 정치와 권력, 돈과 경제, 출세와 명예, 남보다 앞선 수단과 방법을 위해 달리고 있다. 그러나 크리스천은 언제나 삶과 인생의 목적이 인간적 가치 추구에 있으며 하나님의 뜻을 따라 모든 인간의 완성과 구원이 성취될 수 있음을 믿고 실천하는 데 그 궁극적인 이상과 목표가 있음을 실천해 보여주는 데 있다.

예수는 그 뜻을 하나님의 나라와 연결 짓고 있는 것이다.

서로 믿는 것만큼
소중한 것도 없다

젊었을 때 들었던 이야기가 생각난다.

장로교 초창기의 원로목사였던 채필근 목사의 이야기다.

채 목사가 평양에서 멀리 떨어진 시골교회의 부흥회를 인도하러 가게 되었다. 날이 저물어 신작로 길가에 있는 한 여관에 들렀다. 옛날에는 주막집이라고 불리었을 정도의 단칸방 여관이었다. 저녁을 먹은 뒤 방 아랫목에 자리를 잡고 잠을 청했다.

밤이 깊었는데 또 한 길손이 방 앞에서 집주인과 이야기를 나누다가 같은 방으로 들어 왔다. 방에는 가물거리는 등잔 빛이 있었을 뿐 새로 들어온 손님이 어떤 사람인지 분간하기가 힘들었다. 그 손님은 두루마기를 벗어 벽에 걸어 놓고는 피곤한 듯이 자리에 누웠다.

채 목사는 윗자리에 누워 있는 손님이 아무래도 믿음직스럽지가 않았다. 혹시 뒤를 밟다가 따라온 도적일지도 모른다는 의심이 들었다. 그래서 나는 잠들지 않았다는 사실을 알리고 싶어 헛기침을 하고는 눈을 감곤 했다. 그런데 채 목사가 몸을 움직이면 이번에는 위쪽 손님이 '으음'하는 소리를 내는 것이었다. 그 손님도 채 목사가 의심스러우니까 경계 신호를 보내는 것이었다. 그렇게 잠들지 못하고 서로 감시를 계속하다가 새벽녘에야 잠이 들었다.

다음 날 아침, 집주인이 들어오면서 손님이 두 분밖에 없으니까 조반을 겸상을 하시라면서 밥상을 들고 들어왔다. 채 목사와 다른 손님은 세수를 하고 밥상을 향해 마주 앉게 되었다.

그런데 손님이 식사를 하기 전에 식 기도를 드리는 것이었다. 채 목사도 기도를 드린 뒤, ○○교회 부흥회를 인도하러 가는 채필근 목사인데 손님은 누구냐고 물었다. 그 말을 듣고 손님은 "아이구, 인사를 못 드렸습니다. 저는 바로 그 교회 장로입니다. 평양에 볼 일이 있어 갔다가 부흥회를 위해 집으로 돌아가는 길입니다."라고 인사를 했다.

두 사람은 비로소 마음 문을 열고 담화를 나누면서 함께 떠났다는 이야기였다. 그 이야기를 소개하면서 채 목사는 "그 장로는 아주 점잖은 분인데 모르는 사람이 양복 차림으로 누워 있는 것을 보고 소도둑놈으로 보았을지도 모르지요." 라면서 웃던 모습이 지금도 기억에 떠오른다.

그렇다. 우리들 크리스천에게 주어진 큰 축복이 있다면 그리스도 안에서 서로 믿을 수 있다는 사실이다. 크리스천끼리도 서로 믿을 수 없다면 어떻게 신앙생활을 할 수 있겠는가. 세계 어디에서 누구를 만나든지 우리는 서로 믿을 수 있기에 그리스도의 제자인 것이다.

62년 여름, 나는 여행을 하다가 에든버러의 한 교회에 들어간 일이 있었다. 예배시간이었고 장로교회여서 친밀감을 느끼기도 했다. 예배가 끝난 뒤 옆자리에 앉아 있던 부부가 나에게 인사를 나누면서 바쁘지 않으면 자기네 집에 가 차를 마실 수 없겠느냐고 청해왔다.

나는 객지의 피로와 외로움도 잊고 즐거운 시간을 가졌다. 지금 생각해도 그 부부의 친절은 그리스도 안에서 나눈, 잊지 못할 사랑의 교제였다.

그래서 크리스천은 어디에 가도 혼자가 아닌 것이다. 그리스도와 함께 있고 형제자매와 더불어 있기 때문이다.

또 하나의 이야기다. 이화여자대학교에 있던 친구 목사로부터 들었던 이야기이다.

영국의 두 과학자가 원주민들만이 살고 있는 오지를 찾게 되었다. 숲속 길을 더듬어 갔더니 마주 보이는 언덕 위에 십자가가 달린 작은 교회당이 보였다.

한 사람이, "크리스천들의 열성은 우리 과학자들보다 강했던 것 같아. 이런 곳에 교회가 세워진 것을 보면……"이라고 말했다.

그들이 교회 앞까지 갔을 때 교회당 안에서 3, 4명의 원주민이 뛰어 나오면서 반가이 인사를 했다. "어떻게 예고도 없이 여기까지 찾아주셨습니까?"라면서 황송스러워하는 태도였다. "어서 들어오십시오." 라고 안내하는 표정이 이 과학자들을 선교사로 착각하는 것 같았다. 원주민들은 백인을 모두 선교사로 알고 있었던 것이다.

그 기미를 눈치 챈 과학자가 "우리는 선교사도 아니고, 크리스천도 아닙니다. 당신네들이 믿는 하나님을 믿지도 않습니다. 생물학을 연구하는 과학자일 뿐입니다."고 말했다.

그 이야기를 들은 원주민들은 놀라움을 금치 못했다. 그리고 어떻게 대할 바를 몰랐다. 과학자들을 큰길까지 안내해 준 한 원주민이 과학자에게 말했다. '우리는 당신네들이 하나님을 믿지 않아도 할 수 없습니다. 그러나 한 가지 확실한 것은 우리가 하나님을 믿기 전까지는 당신네들과 같은 백인들이 오면 잡아먹곤 했습니다. 아마 우리가 하나님을 믿지 않았다면 당신네들은 살아서 돌아가지 못했을 것입니다.'

그렇다. 하나님을 믿고 안 믿는 것은 자유로운 선택일 수 있다. 그러나 인간에 대한 존엄성과 생명에 대한 경외심은 언제나 어디서나 존귀한 것이며 기독교는 그 사랑을 전하고 실천하면 되는 것이다.

몇 해 전 일이다.

우리가 잘 알고 있으며 사회적으로도 활동을 많이 하는 H 교수가 장관에 부임한 일이 있었다.

그 소식이 전해진 다음 날, 몇 사람들이 모인 장소에 가게 되었다. 그들 중 한두 사람이 H 교수를 좌익으로 본다는 발언을 했다. 한 사람은 빨갱이라는 혹평을 서슴지 않았다. 이야기를 나누던 한 사람이 나에게 "김 교수님은 H 교수를 잘 아실 텐데 어떻게 보십니까."고 물어 왔다. 사실 H 교수는 널리 알려진 크리스천이다. 교계에서도 인정받고 있는가 하면, 공직을 떠나서는 신앙운동에 열성을 쏟는 사람이다.

나는 그들에게 "H 교수는 비교적 진보적인 사상을 갖고 있으며, 북한을 적대시하기보다는 대화의 상대로 삼아야 통일이 가능하다고 보는 입장입니다. 그리고 그 교수는 모두가 인정하는 기독교인입니다. 기독교인은 유물사관을 신봉할 수는 없습니다. H 교수도 근본에 있어서는 자유민주주의를 지킬 수 있기 때문에 크게 걱정은 안 해도 좋을 것입니다."라고 나름대로 해명해 주었다.

그들은 정치적 노선이 다르면 거리감을 느끼며 때로는 경계심을 갖기도 한다. 그러나 우리는 서로가 그리스도인임을 인정하고 믿을 때는 그런 의구심을 크게 문제 삼지 않는다. 신자들은 모두가 그리스도의 제자이며 주께서 이끌어 주시는 길을 따르도록 되어 있기 때문이다.

현재도 우리는 여당과 야당 안에 크리스천들이 나누어져 있음을 보고 있다. 고위 공직자들 중에는 적지 않은 신앙인들이 자리 잡고 있다. 어떤 때는 정쟁을 펴기도 하며, 진보와 보수로 나누어져 갈등을 부추기는 경우도 있다. 그러나 우리는 그들 모두가 그리스도의 제자이며 주께서 찾으실 때는 뜻을 같이하는 형제가 될 수 있음을 의심해서는 안 된다.

물론 두 가지 전제조건은 있어야 한다. 정치적 이념이나 목적보다는 인간의 존엄성을 소중히 여기는 신앙적 가치관을 떠나지 말아야 한다. 또 하나는 기독교 신앙은 영원한 것이다. 정치적 활동은 시대성과 환경에 따라 변할 수 있다는 사실이다. 나는 크리스천이다. 그리고 맡겨진 정치 분야에서 일하고 있다는 의지와 신념에는 차질이 없어야 한다.

그러나 크리스천 지도자가 정치적 이념에 사로잡혀 인간 존엄성에 대한 본질을 훼손시킬 때는 우리는 그를 크리스천이기보다는 과오를 범하는 정치인으로 볼 수밖에 없는 서글픈 경우가 생긴다.

내가 오랫동안 알고 지냈던 신학자가 있었다. 김대중 정권이 들어서면서는 정치나 정부일선은 아니나 정치배후에서 중요한 직책을 맡기도 했다. 김영삼 전 대통령보다는 김대중 대통령 노선에 가까웠고 민주화투쟁에도 참여했던 사람이다. 신학대학 교수로 재직했고 일반대학에서도 강의를 했으나 지나치게 정치적이라고 해서 교직을 떠나 있었다. 물론 기독교 계통의 대학이었다.

한번은 사회적으로 부각된 문제가 발생했다. 부산의 D대학에서 있었던 일에 대한 재평가였다. 시위에 가담했던 학생들을 전경들이 체포하는 과정에서 일부 과격한 학생들의 방화 때문에 복도에 있던 수 명의 전경이 목숨을 잃는 비극이 벌어진 일이었다.

물론 그 당시에는 공권력에 폭력으로 항거했고 의도적으로 방화를 저질러 전경들을 죽게 했으니까 그 학생들은 재판을 받고 법적 처벌을 감수해야 했다. 없어야 할 일이지만 결과는 불행한 사태로 끝났다.

세월이 지난 뒤, 그 사건이 다시 정치적 평가를 받게 되었다. 말하자면 그 학생들에게 민주화 투쟁의 명예를 회복시켜 주고, 법적 제재가 부당했다는 주장이 제기되었던 것이다.

그런 일이 벌어지고 있을 때였다. 그 신학 교수였던 이를 잘 아는 사람이 내 의견을 물어왔다. 민주화 투쟁을 위해 공권력에 항거했다는 사실은 인정할 수 있어도, 경찰을 반역자로 몰고 방화 살인한 학생을 4·19 당시의 의거와 같은 정의로운 투사로 높이 볼 수도 있는지 모르겠다는 것이었다. 그러면서 대다수가 부정적이거나 회의적인 견해였는데 그 교수가 끝까지 그들의 정당성을 주장했다는 것이었다.

그것은 마치, 공산주의자들이 정당한 목적을 위해서는 어떤 수단 방법을 선택해도 좋다는 사고방식과 무엇이 다르겠느냐는 걱정이었다. 우리 편이 아닌 사람은 공권력을 대신하는 공무원이나 군경이더라도 원수일 수밖에는 없다는 사고방식이다. 또한, 자유민주주의를 신봉하는 사람들까지 그런 사상과 방법을 용인한다면 세상이 어떻게 되는 것이며, 기독교 정신은 어디에서 그 의미와 가치를 인정받을 수 있겠느냐는 것이 그 사실을 전해주는 이의 고충이었다.

나도 무엇이라고 대답할 수가 없었다. 그리고 혼자 생각해 보았다. 그
것이 사실이라면 그 신학자는 크리스천보다는 정치인으로 자처하는 것
이 좋았을 것이다. 그리고 우리도 그와 같은 사람은 크리스천보다는 정
치인으로 치부하는 것이 좋을 것 같았다.

정치인에게도 할 수 있는 일이 있고 해서는 안 되는 일이 있다. 크리스
천에게는 더욱 그러하다. 주께서 원하지 않는 일은 세상에서도 용납될
수가 없는 법이다.

VI

우리는
바른 선택을 하고 있는가

1

주의 기도를
깨닫게 해준 두 사람

내가 일본에서 대학생활을 할 때는 독일에서 와 도쿄대학에 객원 교수로 있던 쾨버Koeber 교수의 수필집을 많은 학생들이 읽었다.

그 안에는 이런 대화 내용이 들어가 있다. 일본 학생들과의 대화이다.

"당신도 기도를 드립니까?"

"예, 기도를 드립니다."

"어떤 기도를 드립니까?"

"이 전에는 내가 뜻하는 기도를 드렸는데 최근에는 주의 기도만 드리곤 합니다."

"어째서입니까?"

"내가 아무리 좋은 기도를 드린다고 해도 주의 기도보다 더 뜻 깊은 기도를 드릴 수 없기 때문에 주의 기도를 계속 드립니다."

"주의 기도는 너무 짧지 않습니까?"

"그렇지는 않습니다. 두 번째 기도인 '아버지의 나라가 임하옵소서.'
만 해도 그 내용을 다 헤아릴 수 없을 정도입니다."

그렇다. 우리가 아무리 좋은 기도를 드린다고 해도 주의 기도 이상은
드릴 수 없을 것이다.

6 · 25 전란 때 일이다.

공산군의 남침 때문에 3개월 동안 위기를 겪고 있다가, 인천 상륙작전
이 벌어졌다. 그 결과로 공산군들이 북으로 도주하고 수도 서울이 국군
과 유엔UN군의 수중으로 되돌아왔다.

부산으로 피난 가 있던 우리 정부가 서울로 환도하게 되었다. 그 당시
의 중앙청 앞 광장에서 환도기념식전이 열리게 되었다.

그 식전에서 맥아더 장군은 행정권을 이승만 대통령에게 이양하는 메
시지를 발표했다. 그 성명서 마지막 부분에서 맥아더D. MacArthur장군은
"…… 나는 이승만 대통령 그리고 한국의 국민과 함께 인간이 하나님께
드릴 수 있는 가장 겸손한 기도로 내 메시지를 끝내기로 하겠다." 고 말
하면서 주의 기도를 드리고 '아멘'으로 끝낸 일이 있었다.

아마 그것이 군인으로서 그의 마지막 메시지였을 것이며 그의 생애 중
가장 중요한 시기에 남겨 준 기도였을 것이다.

사실 나는 어려서부터 교회에 다니면서 주의 기도를 배웠다. 수없이
많이 주의 기도를 드리기도 했다. 시골 교회에서는 지리하고 피곤한 예
배가 끝날 때는 찬송을 부르고 주기도문으로 마감하는 것이 통례로 되어
있었다. 그래서 오랫동안 주의 기도는 폐회기도로 알고 있었다.

그러니까 그것은 기도이기보다는 암송문과 같은 것이었다. 그 뜻과 내용은 모르고 지냈다. 지금도 어떤 교회에 가면 '주기도문을 드리겠습니다.' 라고 말한다. 기도이기보다는 함께 암송하자는 것이다.

그러다가 한 철학자와 장군의 기록을 읽고 비로소 주의 기도의 소중함을 깨닫게 되었다. 그 다음부터는 주의 기도를 기도로 드리기 시작했다. 누구도 주의 기도보다 기도다운 기도는 드릴 수 없음을 깨닫게 된 것이다.

지금도 매일 아침 산책길을 걸을 때는 주의 기도를 먼저 드리고 내 기도를 드린다. 사실 주의 기도 속에는 내 모든 기도가 포함되어 있다. 그래도 내 기도를 드려야 될 것 같은 생각을 넘어서지 못하고 있다.

어떤 때는 하루에도 여러 차례 주의 기도를 드린다. 그 이상의 기도를 드릴 수 없음을 알고 있기 때문이다. 또 내가 관여하는 예배시간에는 주의 기도를 제일 먼저 드린다. 너무나 소중한 기도이기 때문이다.

만일 우리가 임종을 맞게 되면서 마음의 여유가 생긴다면, 인간적인 유언을 남길 것이다. 그리고 가능하다면 동석했던 사람들과 더불어 주의 기도를 드리면서 눈을 감을 수 있다면 그보다 더 고귀한 신앙적 고백이 있을 수 있을까. 생각해보면 주의 기도는 그렇게 엄숙한 기도이면서 우리들의 소원을 하나님께 호소하는 기도인 것이다.

주의 기도의 마지막은 '우리를 악에서 구하옵소서.' 라고 되어 있다. 한 평생을 사는 동안 많은 악의 유혹을 받아 왔지만 이제는 우리를 그 모든 악에서 구해달라는 기도와 구원의 호소이다. 악에서 구원을 받는 것이 곧 주의 품으로 돌아가는 유일한 길인 것이다. 그것이 신앙인의 마지막 기도일 수밖에 없다.

악의 유혹이 얼마나 절대적이었는가. 불가에서는 그것을 끊을 수 없는 인과의 사슬이라고 가르친다. 인과의 사슬은 숙명적인 것이다. 옛날의 종교와 철학자들은 운명론을 믿어 왔다. 개인으로서 타고난 운명과 인간으로서 짊어지고 태어난 운명은 누구도 어떻게 할 수 없다. 개인은 죄인으로서의 운명을 벗어날 길이 없으며, 인간은 인간적 한계로서의 원죄의 사슬을 끊어버리지 못한다.

이제 그 모든 것들, 악마의 유혹이라고 부를 수 있을 정도로, '우리를 얽매어오던 유혹과 시련에서 자유롭게 해 주시고 모든 죄악에서 구원하시며 우리를 영원한 사랑의 품안에 쉬게 해 주옵소서.' 라는 기도는 우리들의 최후의 기도가 아닐 수 없다.

그리고 '나를 구해 주옵소서.' 이기보다는 '우리를 구해 주옵소서.' 라고 되어 있다. 우리는 뜻과 믿음을 함께하는 모든 사람인 것이다. 주인과 종의 차별이 없으며, 백인과 흑인의 구별도 있을 수 없다. 이데올로기의 벽도 존재하지 않으며, 전쟁에서의 아군과 적군의 구별도 사라지고 만다. 인간으로서 사랑을 나눌 수 있는 모든 사람을 악에서 구해주시기를 바라는 기도인 것이다.

유일하면서도 인격적인 신을 믿지 않는 종교에는 기도가 없다. 명상이 있을 뿐이다. 그 사람들은 자아를 찾기 위해 노력한다. 그러나 우리는 한 분이신 하나님을 아버지로 믿는다. 자기를 위해서 먼저 하나님을 찾는다. 그 찾음이 기도로 나타난다.

그런데 주님의 기도와 같은 기도는 어디에도 없다. 있을 수가 없다. 그런 기도를 지금 우리는 드리고 있는 것이다.

2

크리스천의 선택은
높은 데 있다

아침이었다.

아내가 읽던 신문을 내던지면서 "이런 꼴을 하고 있었으니까 나라 일이 제대로 될 리가 없지…." 라고 했다.

무슨 기사냐고 물었더니 "구한 말 덕수궁 때 이야기다. 우리 임금이 사흘 동안 식사를 제대로 하지 못했다. 언제 수라상 음식물 속에 독극물이 들어가 있을지 모르니까 굶을 수밖에 없었다는 것이다. 할 수 없이 두 주 간 동안 가까이 있는 러시아 영사관에서 음식물을 만들어 자물쇠를 잠그고 날라다 먹었다."는 이야기였다.

답답한 일이다. 임금이 궁 안에서 마음 놓고 식사를 못했다면 세상이 어떻게 되었겠는가.

그러나 역사의 기록을 살펴보면 과거에도 있었던 사건들이다.

우리는 조선왕조가 망하게 된 것은 외세 때문이라고 말한다. 일본이 나쁜 행동을 했다고 말한다. 모두가 사실이다. 그러나 '우리는 어떻게 무엇을 하고 있었는가'를 먼저 물어야 했다.

한 나라나 사회가 병들고 붕괴되는 것은 외세에 의해서이기보다도 먼저 안에서 병들어 있었기 때문이라고 역사가들은 지적한다. 로마는 영원한 나라라고 믿어져 왔다. 또 유일한 강대국이었다. 그러나 무너졌다. 최근에는 공산주의 소련이 붕괴되었다. 둘 다 외세에 의해서라기보다는 안에서 더 지탱할 수가 없었던 것이다.

그 원인은 무엇인가.

한 국가가 자기 결정권을 상실하게 되면 스스로 존립할 능력을 지속하지 못한다.

바로 구한 말 기간의 우리나라가 그런 상황이었던 것이다. 통치권이 임금에게 있었다. 그러나 임금과 정부는 한 번도 국가 민족적인 자기 결정권을 행사하지 못했다. 그 약화된 공간을 타고 외세들이 밀려들어왔던 것이다.

자기 결정권이란 첫째는 대내적인 단결이며 다음에는 외세의 도전에 대한 응전능력이다. 그러나 가장 중요한 것은 내적인 단결이다. 대외적으로도 인정받을 수 있는 주권이다. 대립과 분열, 승패를 일삼는 투쟁과 싸움이 지속되는 한 국가와 정부는 자기 결정권을 행사할 수 없다.

그런데 지금 우리는 어떤 상황을 연출하고 있는가.

국론이 분열되고 있다. 여당과 야당이 국사를 위한 협력을 포기하고 있다. 정당들은 내분을 수습하지 못하고 있다. 사회 지도층도 국민들이 따를 수 있는 정도正道를 제시하지 못하고 있다. 언론도 분열을 부추기고 있다. 안보와 국방을 약화시키는 발언과 운동이 벌어지는가 하면 외교정

책까지도 일관성이 없는 실정이다.

　후진 사회일수록 그 책임은 서로 상대방에 있다고 호소한다. 심지어는 정부는 언론을 상대로 싸우며, 언론은 정부를 공박하는 것을 능사로 삼는다. 기업체는 병들어 가는데 노사의 싸움은 그치지 않고 있다. 마치 닭을 키워서 계란을 낳도록 해야 하는데 닭을 잡아먹자는 노동 운동까지 벌이고 있다.

　그렇다면 구한 말기에 불행한 사태와 다를 바가 무엇인가. 역사의 진보와 발전을 누가 믿겠는가. 지도자로 자칭하는 사람들, 이렇게 해야 된다고 앞장서는 사람들이 더 큰 불행의 씨를 뿌리고 있지 않은가. 차라리 한발 뒤로 물러서 자기반성을 해야 할 때이다. 모두가 애국심을 호소하면서 이기 집단의 욕망을 채우려 하고 있다. 국민의 절대 다수가 생업과 주어진 일은 소홀히 하면서 정치무대로 뛰어들고 있다.

　일부 정치 지도자들은 국민 전체가 정치판에 뛰어들어 자신들을 후원 지지해 주기를 바라고 있다. 국민들이 주어진 제자리에서 최선을 다하고 싶어도 자기네들과 같은 정치꾼이 되기를 바라는 실정이다.

　지금도 민족과 정부가 자기 결정권을 행사하지 못하는 원인이 어디 있는가. 민족과 사회적인 전통의 자기동일성을 상실한 데 그 원인이 있다. 국민들이 대한민국의 진로와 방향을 상실하고 있다. 지금의 현실에서 말한다면 국민의 정부까지는 자유민주주의와 시장경제는 국가의 방향과 진로로 받아들여지고 있었다. 방법의 차이는 있었고 일의 선후는 논의의 대상이 되었으나 세계무대에서의 진로는 주어져 있었다.

　자유민주주의 배후에는 인간의 존엄성과 인간 목적관이 자리 잡고 있었다. 인류가 따르고 있는 휴머니즘humanism의 바른 길이었다. 시장경제 아래에는 경제의 자유로운 성장과 그 혜택을 인류의 균형 있는 공존에 이바지하자는 희망이었다.

문제가 있다면 그 절차와 과정이었다. 그 홍익인간적인 성격과 방향에는 잘못이 없었다. 지금은 그 일관된 정신적 자아(동일)성마저 흔들리고 있다. 오히려 일부에서는 마르크스적 사회주의와 18세기적 자본주의(개인의 소유체제) 중 택일을 해야 한다는 낡은 주의와 이념을 현실화하려 하고 있다. 가장 뒤진 생각을 하면서 스스로를 진보주의자로 자처하며 개혁의 주체라고 자부하고 있는 실정이다.

말하자면 미래지향적인 공통된 가치관의 결핍이 자기 결정권을 마비시키고 있는 것이다.

둘째로 중요한 것은 사회적 삶의 방법이다. 가장 잘못된 것은 투쟁을 위한 투쟁이다. 승자가 진리와 정의를 대신한다는 절대주의적 사고방식이다. 투쟁을 토론으로 바꾸어야 한다. 행동하기 전에 원리를 찾을 수 있어야 한다. 그러나 지금은 그런 사고방식도 최선의 길은 아니다.

토론을 대화로 발전시켜야 한다. 토론의 결과는 원칙에 대한 복종을 강요하게 된다. 공산주의가 그 길을 선호했다. 그러나 대화는 서로의 의견과 주장을 받아들이면서 더 소망스러운 객관적 가치를 유도 모색하는 길이다. 변증법에서는 정正 - 반反 - 합合의 과정을 말한다. 중요한 것은 내 것과 네 것을 합친 더 좋은 것, 모두에게 소망스러운 것을 찾아 따르는 일이다.

더 많은 사람이 자유와 행복을 누리면서 인간답게 살기 위해 앞으로 무엇이 필요하며 이루어져야 하는가를 묻고 그 얻어진 결론에 동참하는 방법이다.

막연해 보일지 모른다. 그러나 그 뜻이 실현되는 국가와 사회가 자기 결정권을 행사하게 되는 것이다. 그리고 그 길이 크리스천의 길인 것이다.

3

한 사형수의 유언

지금 그 연대는 잘 기억나지 않는다.

경상북도 안동시 부근에서 있었던 사건이다.

이○○라는 한 젊은이가 고아원에서 자랐다. 18세가 되면서 이 군은
고아원을 떠나게 되었다. 원의 규례가 그렇게 되어 있었다.

생각을 정리한 이군은 육군에 입대하기로 했다. 군복무를 끝내면서 새
로운 인생을 설계해 보려는 의도이기도 했다. 군에 머무는 동안에, 사회
로 진출하는 것보다는 직업군인으로 남는 편이 좋겠다는 생각이 들었다.

여러 해를 보내는 동안에 중사직까지 승진하게 되었다. 그러나 세월이
지날수록 이 중사는 나 혼자뿐이라는 고독감과 사회에 대한 불만과 원한
이 쌓여갔다. 군에 대한 불만보다는 자기 신세에 대한 원망스러움이 더

커가기 시작했다.

어느 날, 이 중사는 실탄 사격 연습을 나갔다가, 소총은 부피가 커서 숨길 수 없으니까 수류탄을 두 개의 군복 주머니에 훔쳐 넣은 뒤 탈영을 했다.

몸을 의탁할 곳도 없고 찾아갈 집도 없는 이 중사는 사람이 많이 다니는 안동 시내로 들어갔다.

막걸리를 마시고 취한 이 중사는 거리를 거닐다가, 마침 영화 관람을 끝내고 거리로 쏟아져 나오는 청중을 보았다. 문화극장 정문 앞이었다.

자신도 모르게 흥분해 버린 이 중사는 '에이, 이놈의 세상, 너희들은 모두 즐겁고 행복하게 사는데 나는 무엇이냐.' 며 결국 울분을 참지 못해 수류탄 하나를 군중 속에 던져 폭파시켰다.

그 결과는 몇 사람의 사상자를 내고 사회를 놀라게 하는 뉴스로 전국에 전파되었다. 그 당시를 기억하는 사람들은 그때의 충격을 잊을 수 없을 것이다.

이 중사는 체포 구속되고 군 재판에 회부되었다. 물론 사형선고를 면할 수 없었다. 직속상관들이 문책을 받아 해임되고 사단장까지 물러났던 것으로 기억하고 있다.

군 교도소에 수감된 이 중사는 스스로의 운명과 종말을 허탈함 속에 맞아야 했다. 그를 위해 주는 이도 없고 아껴 주는 사람도 없었다. 이미 죄수가 되었기 때문에 면회를 오는 이도 없었다.

이때 그를 찾아 준 사람은 교도소 임무를 맡은 군목이었다.

이 중사를 위해 기도드리는 심정으로 몇 차례 만남을 시도했으나 이 중사의 생각은 굳어져 있었다. 조용히 혼자서 죽고 싶으니까 내버려 두라는 것이었다. 이미 모든 운명은 결정되어 있었던 것이다.

이 중사를 위해 기도를 드리며 그의 영혼을 구하기에 정성을 쏟았던 군목이 다시 이 중사를 찾아 만났다.

군목은 이 중사에게 "이 중사, 지금 당신이 이렇게 된 것은 당신의 잘못보다는 우리 모두의 잘못이 더 컸습니다. 당신은 지금 우리 모두의 죄값을 홀로 짊어지고 가는 것입니다. 먼저 나와 우리의 잘못과 죄를 용서해 주세요." 라고 말했다.

이 중사는 "왜 목사님 잘못입니까? 이 책임은 저에게 있습니다." 라고 대답했다.

목사는 다시, "당신은 이 세상에 태어났을 때부터 누군가의 사랑을 받아야 했습니다. 그리고 당신도 누군가를 사랑했어야 했습니다. 그런데 당신을 사랑해주지 못한 잘못과 죄는 우리들의 것입니다. 나라도 진심으로 당신의 친구가 되었어야 했는데 그 책임을 감당하지 못했습니다."라고 고백했다.

목사의 눈에서는 눈물이 쏟아졌다.

목사의 손을 잡은 이 중사는, "목사님, 맞습니다. 저는 이 세상에 태어나 지금까지 누구의 사랑도 받지 못했습니다. 저도 누구를 사랑할 줄 몰랐습니다. 내가 진심으로 사랑하는 사람이 있었다면 그 사람을 위해서라도 이런 죄를 저지르지는 않았을 것입니다."

"그러나 이제는 모든 것이 끝났습니다. 저에게는 주어진 시간이 없습니다."라면서 울기 시작했다.

목사는 다시, "이 중사! 우리는 당신을 사랑하지 못했지만 과거에도 당신을 사랑하셨고 지금도 당신을 사랑하시며 앞으로도 당신의 영혼을 사랑해 주실 분이 있습니다. 이제는 그분에게로 가십시다!" 라고 간곡히 호소했다.

이 중사는, "그가 누구입니까?" 라고 물었다.

목사는, "당신을 사랑하시는 하나님 아버지십니다."라고 말했다.

생각에 잠겼던 이 중사는 간곡히 부탁했다.

"목사님! 저를 그분에게 안내해 주십시오. 저는 갈 곳이 없지 않습니까." 라고….

두 사람은 함께 울었다.

이렇게 해서 이 중사는 교도소 안에서 세례를 받고 성경을 읽으며 기도드리는 시간을 갖기 시작했다. 목사는 그 일을 도왔다.

사형집행이 가까워지고 있는 어떤 날, 이 중사는 목사에게 간청했다.

"나는 이 세상에 태어나서 한번도 남을 위해 도움을 준 일도 없고 사랑을 나누어 준 바도 없습니다. 제가 듣기에는 눈이나 콩팥과 같은 장기를 이식해 줄 수 있다고 하는데, 할 수 있는 대로 제 장기를 다 주고 가면 좋겠습니다. 목사님께서 도와주셨으면 합니다."라는 것이었다.

군의관을 통해 사정을 알아 본 목사는,

"여러 경우를 알아보았습니다. 처형은 총살로 되어 있기 때문에 다른 장기는 어렵고 눈은 이식이 가능하답니다."라고 설명해 주었다.

얼마 후, 이 중사는 사형을 받게 되었다. 목사와 군의관이 입회한 장소로 이 중사가 조용히 다가왔다.

목사는 이 중사에게 마지막 시간이 되었는데 남기고 싶은 유언이 없느냐고 물었다. 이 중사는, 안과 군의관님이 오셨느냐고 물었다.

안내를 받은 이 중사는 군의관의 손을 붙들고 "군의관님, 저는 육신의 눈은 뜨고 있었지만 마음의 눈을 뜨지 못했기 때문에 이렇게 큰 죄를 짓고 갑니다. 내 눈을 갖는 사람은 육신의 눈도 뜨고 마음의 눈도 뜰 수 있어서 내가 못다 한 사랑을 대신 나누어 달라고 부탁해 주십시오."라고 말했다.

목사는 "다른 유언은 없습니까?" 하고 물었다. 이 중사는 "없습니다. 제가 목사님과 부르던 찬송 2절까지 부르고 3절로 넘어갈 때 눈을 감았으면 좋겠습니다."라고 말을 맺었다.

이 중사는 그 절차대로 죽었다.

내가 만났던 사람은 그 군목이 아니고 안과 군의관이었다.

군의관은 나에게 "그렇게 착하게 조용히 죽음을 맞이하는 사람은 처음 보았습니다."고 말했다.

얼마의 세월이 지난 뒤, 이 사건을 잘 아는 다른 군목이 그 사실들을 확인해 주었다.

사람들이 아직도 내 인생이 오래 남아 있다고 생각하는 동안은 인생의 의미를 깨닫지 못한다.

이 중사는 죽음을 앞에 둔 절박한 시간에 인생을 깨달았던 것이다.

인생에서 가장 소중한 것은 사랑과 봉사라는 뜻이었다.

더 긴 세월이 가기 전에 사랑과 봉사를 실천하라는 것이 그리스도의 교훈인 것이다.

4

성탄절 아침에
있었던 일

대학에 다니고 있을 때였다.

크리스마스 날이었다.

아침에 일어나 기도를 드리고 요한복음을 읽고 있었다.

8장을 읽다가 "너희가 내 말에 머물면 내 제자가 되고 진리를 알게 될 것이며, 진리가 너희를 자유케 하리라."는 32절을 접하게 되었다. 그 말씀이 너무 감격스러워서 읽던 성경책을 덮어놓고 그 내용을 음미해보고 있었다.

한참 뒤, 이층에 머물고 있던 서 군이 노크를 하면서 내 방에 들어왔다. 침상에 누운 채 명상에 잠겨 있는 나를 보고 의자에 걸터 앉으면서, 내가 읽던 성경을 자기도 읽었다.

그리고 조용히 입을 열었다.

"진리가 너희를 자유케 하리라? 이것이 그리스도의 말입니까? 그가 우리를 진리와 더불어 자유케 할 수 있습니까?"라고 물었다.

"나는 그렇게 믿습니다."라고 말했다.

서 군은 "그것이 가능한 사실이라면 믿어야지요." 라면서 자기 방으로 올라갔다.

그날 아침 우리는 식당에서 조반을 함께하고 둘이서 산책시간도 가졌다. 서 군은 말이 없었다. 나도 성탄 아침이어서 혼자 사색하는 시간을 갖고 싶었다.

산책이 끝나고 집 현관까지 왔을 때, 서 군은 "김 형은 교회에 다니고, 예수를 믿으면서 왜 한번도 나보고 같이 가자는 말을 하지 않았습니까? 다들 열심히 전도하던데…' 라고 물었다.

"나도 서 형이 크리스천이 되어주기를 기도했습니다. 내가 부족해서 같이 믿자고는 말을 못했지만…" 하면서 서 군의 얼굴을 쳐다보았다.

"언제 교회에 가십니까?"

"좀 있다, 성탄예배에 참석할 것입니다. 같이 가겠어요?" 라고 물었더니 서 군은 "가야지요. 나도 믿고 싶습니다. 진리와 자유를 약속해주시는 예수를!" 라고 대답했다.

우리는 함께 교회로 갔다.

예배가 끝난 뒤 서 군은 "먼저 돌아가세요. 나는 혼자서 남아 마음을 정리하고 돌아가겠습니다." 라면서 예배실에 남아 있었다.

그렇게 해서 서 군은 그 크리스마스 날부터 크리스천이 되었다.

서 군은 피아노를 전공하고 있었고 철학책을 즐겨 읽었다. 그는 그 당시 평양사범학교에 다녔으며 수재에 속하는 편이기도 했다. 사범학교를 졸업한 뒤 몇 해 동안 교편을 잡고 있다가 피아노를 전공하기 위해 일본까지 유학을 왔던 것이다. 나보다 두세 살 쯤 위였던 것으로 기억하고 있다.

우리는 전공 분야가 다르기 때문에 오래 함께 머물지는 못했다. 서 군이 학교 부근으로 방을 옮겼기 때문이다. 그러나 서 군은 진실한 크리스천이 되었다. 나보다도 열심히 전도도 하고 있었다.

나는 서 군이 하루아침에 크리스천이 되었다고는 생각지 않는다. 오랫동안 진지한 문제의식을 갖고 고민해 왔던 것이다. 그 고뇌의 하나가 누구나 찾고 있는 진리와 자유의 문제였던 것이다. 그 해결을 축복받기 위해 서슴지 않고 그리스도를 따랐던 것이다.

만일 서 군도 아무런 문제의식이 없었다면 전도를 받았다고 해도 크리스천이 되지는 못했을 것이다.

현대인들이 기독교에 가까이 접하지 못하는 것은 삶에 대한 문제의식이 없기 때문이다. 그리고 교회가 그런 문제의식을 안고 사는 사람들에게 해결을 주지 못하고 있는 것이 사실이다.

성경에도 그와 비슷한 신앙적 결단의 사건이 많이 소개되고 있다. 그 대표적인 것의 하나는 요한복음에 나오는 나다나엘의 경우이다.

그날 아침에도 나다나엘은 과수원 속 무화과나무 밑에서 기도를 드렸다. 병 들어가는 종교계와 기울어지고 있는 민족의 운명을 걱정하면서 하나님께서 약속해 주신 메시아가 오심을 간절히 바라는 기도였다.

기도를 끝내고 집으로 들어서려고 하는데 뜻을 같이하고 있는 친구 빌립이 나타났다. 그리고 나다나엘에게 "우리는 모세와 예언자들이 약속해 주신 분을 만났소. 그분은 요셉의 아들 예수인데, 나사렛 사람입니다." 라고 말했다.

나다나엘은 (유다지방 예루살렘 사람이라면 모르겠는데) 갈릴리 나사렛에서 어떻게 그런 선한 사람이 나올 수 있겠소? 라고 반문했다. 종교적 지도자는(사마리아 지방은 물론) 갈릴리에서는 나타나지 않는 것으로 믿고 있었던 까닭이었다.

빌립은 지금 우리가 그분과 같이 가던 중인데 직접 와서 만나보라고 말했다. 나다나엘은 친구를 따라 길가로 나섰다. 그리고 저쪽에서 동행들과 함께 걸어오고 있는 예수를 지켜보았다. 과연 저분이? 라고 의심 반 기대 반의 표정을 짓고….

그때 가까이 다가오는 나다나엘을 본 예수는 발걸음을 멈추면서 "이 사람이야 말로 참된 이스라엘 사람이다. 그에게는 조금도 거짓이 없다." 고 옆 사람들에게 말했다.

그말을 들은 나다나엘은 "어떻게 저를 아십니까? (처음 뵈올 뿐인데)" 라고 물었다. 예수는 "네 친구 빌립이 너를 찾아가기 전에 네가 무화과나무 아래 있는 것을 보았다."고 대답했다.

그 대답을 들은 나다나엘은 "주님, 당신은 하나님의 아들이시며 이스라엘의 임금이십니다."라는 신앙고백을 했다. 예수는 다시 "내가 무화과나무 밑에서 너를 보았다고 해서 믿느냐. 앞으로는 더 놀라운 증거들을 보게 될 것이다."고 말하면서 나다나엘을 제자의 한 사람으로 받아들였다.

무화과나무 밑에서 홀로 기도를 드리는 나다나엘을 본 사람은 아무도 없었다. 그만이 갖고 있는 비밀스러운 기도의 공간이었다. 나다나엘과 하나님만이 알고 있는 곳이다. 그런데 예수는 그 공간에서 드린 나다나엘의 기도의 내용까지 아셨고 그 뜻을 채워주실 것을 약속했던 것이다.

현대인들은 몹시 소란스러운 생활에 빠져 있다. 정치, 경제, 기술과 기계에 대한 관심이 모든 것을 빼앗아 가고 있다. 주변에 있는 사람들도 같은 관심의 소용돌이 속을 헤매고 있다.

그러나 그들 가운데 몇 사람만이라도 홀로 무화과나무 밑에서 하나님의 뜻과 음성을 갈망하는 사람이 있다면 예수께서 우리를 외면할 수 있을까.

지금도 주님께서는 그런 제자를 찾아다니는 것이 아닐까. 교회와 민족을 위하는 절망 속에서 구원을 호소하는 사랑하는 제자들을 버리시지는 않을 것이다.

5

사상적 교만은
죄악이다

大학에서 강의를 맡고 있을 때였다. 한 어린 여학생이 찾아왔다. 이번 학기에 교수님께서 헤겔Hegel철학을 강의하게 되어 있는데, 학점은 취득하지 않아도 좋으니까 수강만 할 수 있도록 허락해 달라는 청이었다.

나는 철학을 전공하는 학생들에게도 가장 어려운 내용의 강의인데 듣는다고 해도 이해할 수가 없을 테니까 이다음에 들어도 늦지 않을 것이라고 타일렀다. 정법계통의 공부를 하는 1학년 학생이었던 것이다.

내 이야기를 들은 학생은, 선배들의 이야기를 들으니까 마르크스를 알려면 헤겔을 공부해야 한다기에 서두르고 싶다는 고백이었다.

학생을 돌려보낸 뒤 나는 생각에 잠겼다. 그래 저 또래의 어린 학생들이 마르크스를 이야기하고 유물사관에 관한 토론을 하고 있으니까 '몇 가지의 행동 강령만 받아들이면서 독선적인 사고와 투쟁적인 행동에 빠지는구나.' 하는 우려를 금치 못했다.

그때는 신 좌파운동이 세계적으로 번지고 있었고 그 계통의 철학자들이 헤겔에 대한 새로운 해석을 전개시키고 있던 시기였다.

그 학생들이 지금은 성장해 386세대를 대변하고 있다. 다른 사람들이 10여 년에 걸쳐 배우기도 하고 연구해 터득하는 학문과 진리를 대학 1, 2학년 때 알려고 하는 무모한 욕심도 걱정스럽지만 제3자가 제공해주는 주체 사상적 이론을 맹신적으로 따르고 행동에 옮기는 일들이 우리 사회에 끼치는 영향과 그 결과가 어떠할까하는 우려를 금할 수가 없었다.

그래서 그들에게 권하곤 했다. 너희들의 정신적 성장과 성숙은 30대를 넘기면서 정착되는 법이니까 지금은 겸손히 인내심을 갖고 공부에 임하라. 그리고 가능하다면 대학원 이상의 학문은 외국에 가서 받도록 하라. 만일 대학에 있으면서 운동권 학생들 중에서 내가 앞섰다거나 간부가 되었다고 해서 자신이 남보다 유능하다는 착각에 빠지면 우물 안의 개구리의 신세를 벗어나지 못한다. 후일에는 오랜 연구와 외국에서 공부한 친구들이 중책을 맡게 되는 법이다. 인생은 100미터 경기가 아니고 마라톤 경기라는 생각을 잊어서는 안 된다.

사람은 한번 고정관념이나 선입관념에 빠지게 되면 그 관념의 껍질을 벗어나기 어려운 법이다. 가을이 되면 밤은 알맹이가 자라 껍질을 벗기고 떨어진다. 만일 밤알 없이 껍질 안에서 쭉정이로 남는다면 어떻게 되는가. 그런 쭉정이 밤은 나무에 매달려 있으면서 내가 최고라고 떠들어보지만 밤 구실은 못하는 법이다.

그런데 긴 세월을 교단에 서다 보면 그런 알맹이 없는 고정 및 선입관념의 노예가 되는 두 부류의 학생들이 있다. 일찍 좌익사상을 받아들여 신념화시킨 학생들과 보수적인 교조주의敎條主義 신앙에 빠져 버리는 종교인들이다. 그들은 일찍부터 내가 제일이며 내가 믿는 바가 최고라고 단정해버리기 때문에 관념적인 껍질에서 벗어나지 못하며 그 믿는 바를 행동으로 옮기는 데 열중한다.

일종의 절대주의자가 된다. 따라서 자신도 모르는 사이에 독선적 사고, 배타적인 주장, 투쟁적인 행동으로 나서게 된다. 그리고 그런 자세는 가장 위험한 반反민주적 결과를 초래하게 된다.

우리는 그런 사고를 극복하지 못하는 기성세대나 노년층에 대해서는 크게 걱정하지 않는다. 그러나 젊은이들이 그런 사고와 행동에 젖어드는 것을 보면 사회의 앞날을 걱정하지 않을 수 없다.

유물사관에 대한 견해도 그렇다. 그들은 150년 전의 경제사관을 오늘에도 적용시키려고 한다. 말하자면 서울에서 부산으로 가려면 대전, 대구, 삼량진을 거쳐 기차로 가야 한다. 그 길밖에는 도리가 없다고 말한다. 옛날 기차만 있을 때는 그 주장이 옳았다. 그러나 그 뒤에 고속도로가 생기고 비행기 여행도 가능해졌다. 지금은 고속전철도 운행되고 있으며 필요한 사람들은 자가용 헬리콥터도 이용할 수 있을 것이다.

마르크스 때는 기차가 유일한 운송수단이었다. 그러나 지금은 사람과 화물수송에 고속도로가 더 큰 비중을 차지하게 되었다. 기차가 갈 수 없는 제주도에는 항공기가 절대적인 기능을 담당하고 있다. 아직도 서울에서 부산으로 가는 길은 철도이며 대전, 대구, 삼량진을 통과해야 한다고 주장한다면 누가 믿고 따르겠는가.

종교의 경우도 그렇다.

이슬람 교도들의 일부 주장과 같이 '이는 이로 갚고 눈은 눈으로 갚으라.' 는 낡은 교리를 강요한다면 어떤 인도주의자들이 그 뒤를 따르겠는 가. 교회에서 구약의 율법이나 계명을 현대사회에서 그대로 가르치고 요 청한다면 자유를 신봉하는 지성인들이 믿고 따를 수 있겠는가. 중세기에 는 천주교회가 모든 신앙을 교리화시킨 일이 있었다. 그런데 지금은 천 주교 스스로가 그 내용들을 서서히 시정해가고 있을 정도이다.

문제가 되는 것은 그 내용들보다도 사고방식이다. 전 세계적으로 두 가지 사고가 버림을 받고 있다. 그 하나는 절대주의적 사고와 가치관이 며 다른 하나는 폐쇄적인 사회를 고수하려는 집념과 의식구조이다. 반反 개방사회운동인 것이다.

공산주의자들이 그 절대주의를 포기하지 못했다. 때로는 자주라는 구 호를 앞세우면서 이념적 폐쇄 사회를 고집했다. 그 결과로 스스로의 파 국을 초래했던 것이다. 그런데 불행하게도 일부의 종교문화권들이 그 울 타리를 벗어나지 못하고 있다. 토인비A. Toynbee와 같은 역사가나 야스 퍼스K.T. Jaspers같은 철학자는 공산주의는 오래 지속하지 못하나 종교 적 갈등에서 오는 불행과 인류의 고통은 오래 계속될 것이라고 호소하고 있었다. 아직도 우리는 그러한 인간 및 인류 스스로가 만들어 놓은 정신 과 사상의 울타리 속에서 고민하고 있는 것이다.

현대인은 겸손을 배워야 한다. 기독교가 가르치고 구하고 바라는 것이 바로 그것이다. 독선이나 배타, 획일적 사고는 정치계는 물론 사회 모든 분야에서 배제되어야 한다. 특히 정치적 이념의 노예가 된 사람들, 개방 된 사랑의 세계를 가로막는 정신계의 지도자들과 일부 종교계의 지도자 들이 인류가 한 아버지 하나님 밑에 건설하려는 하늘나라로 가는 길을 막거나 방해해서는 안 된다. 그리스도의 정신이 영원히 희망과 역사의 완성을 약속해 주는 이유가 바로 여기에 있는 것이다.

6

갈등을
최소화하는 지혜

최근 우리 주변에서 진보와 보수의 논란이 다시 등단하고 있다. 앞으로도 오래 계속될 것 같다.

세상 사람들은 종교인이 대개 그러하듯이 크리스천들은 보수적이라는 생각을 많이 한다. 그러나 일부의 크리스천들은 세상 사람들보다 더 진보적인 경우가 많다. 민중 신학을 제창했던 사람들, 사회참여를 교회의 사명으로 여기는 이들은 상당히 진보적이다.

어떻게 보면 다른 종교인들보다는 진보와 보수의 양극현상이 뚜렷한 것이 기독교의 특색일지 모른다.

선진 국가에 있어서는 크리스천들이 진보와 보수 어느 편에 가담하더라도 문제가 되지 않는다. 정책의 선택일 뿐이다. 그러나 우리 사회에서는 두 진영의 대립과 갈등이 심각하다. 거기에는 이유가 있다.

영·미국을 비롯한 선진 국가의 진보와 보수는 자유민주주의라는 한 나무에서 자란 두 줄기와 같은 것이다. 보수와 진보는 같은 뿌리와 줄기에서 자랐다. 그러니까 질적인 차이는 크지 않다.

그런데 우리나라의 진보는 좌익적인 뿌리에서 자랐고 보수는 우파에서 성장했다. 그래서 두 나무의 가지가 섞여 있는 것 같아도 밑동과 뿌리가 다르다. 그 때문에 일어나는 갈등과 모순도 적지 않다. 대립과 싸움으로까지 번질 가능성이 없지 않다.

그렇다면 이런 문제의 해결은 불가능한가. 언젠가는 한번 겪어야 할 과정이기 때문에 불가능하다고는 보지 않는다. 대립과 갈등에서 오는 피해와 고통을 최소화하는 것이 중요하다. 이미 예방의학의 단계는 넘었기 때문에 우리들 스스로가 그 갈등을 최소화시키는 지혜와 정책이 시급해지고 있다.

이때 가장 앞서야 하는 것은 누구도 극우나 극좌의 자세는 버려야 한다. 또 사회는 그들을 용납해서도 안 된다. 그들은 자신의 주장과 이념을 행동화시키며 상대방에게 고통과 피해를 강요하기 때문이다. 또 그들의 독선적이며 배타적인 사고와 가치관은 용납되어서도 안 된다. 그것은 사회악으로 이어질 수도 있다.

그렇다면 그 해결 방법은 무엇인가. 과거가 어떠했는가를 물을 필요가 없다. 점점 더 곤란스러워진다. 앞으로 어떤 사회를 지향하고 있는가 하는 문제이다. 이미 많은 사상적 지도자들은 하나의 방향을 제시해 왔다. 열려진 사회와 닫혀진 사회 중 어느 편을 택하는가 하는 것이다. 개방 사회로 갈 수 있다면 보수와 진보를 따질 필요가 없다. 그러나 폐쇄적인 사회로 되돌아간다면 보수 진보의 대립보다 더 큰 과오를 범할 수 있다.

일본은 우리보다 1세기 먼저 개방하는 길을 열었다. 그래서 동양에서는 가장 일찍 근대화 과정을 밟을 수 있었다. 지금까지 북한은 세계에서 가장 폐쇄적인 사회를 지향해왔다. 우리는 그 결과와 미래를 잘 보고 있다. 폐쇄 정책을 썼던 소련이 붕괴되고 중국이 우리보다도 개방 사회를 지향하고 있다. 우리도 이제 폐쇄 사회로 향하는 항로를 바꾸어야 한다.

따라서 지금은 보수진영에 있든지 진보진영에 속했더라도 뜻하는 바는 개방 사회로 전진해야 한다. 진보를 호소하면서 폐쇄 사회로 가는 자기모순을 반복해서는 안 된다. 그들이 후진 사회를 만들며 뒤떨어진 사고를 관철하려는 퇴보주의자들인 것이다. 마찬가지로 폐쇄 사회에 머물기를 원하는 보수주의자들은 역사 무대에서 도태되는 운명을 벗어날 길이 없어진다.

그렇다면 열린 사회로 가는 길은 어떤 것이며 우리는 무슨 책임을 감당해야 하는가. 무엇보다도 중요한 것은 모든 개인은 이기적인 발상發想을 버리며 집단이기적 행동을 배척해야 한다.

우리가 살아가는 동안에는 수없이 많은 이해관계에 직면하게 된다. 손해되는 것은 피하고 이로운 것을 택하는 것은 인간의 상정이다. 그렇다고 해서 이로운 것만을 찾아 바른 행동을 하지 못하며 더 많은 것을 소유하기 위해 다른 사람에게 피해와 고통을 주어서는 안 된다.

더욱 폐쇄 사회로 우리를 유인하는 것은 이기적인 집단에 동참함이다. 내 고향을 사랑하고 위하는 애향심은 귀하다. 그러나 그 애향심을 애국심으로 높여가지 못하고 우리만의 이기심으로 굳어진다면 국가 민족을 해치는 결과를 초래한다. 우리 사회가 겪고 있는 지역감정과 그것을 이용한 온갖 정치적 죄악이 거기에서 탄생되는 것이다.

최근에는 적지 않은 시민단체들이 정치 활동에 참여하고 있다. 낙선운동도 벌이며 당선운동에도 뜻을 모으고 있다. 그러나 한 가지 확실한 것은 (숨겨진) 사심私心이 있는 사람은 그런 운동에 참여할 자격이 없다. 그 사욕 여부는 자기 자신이 잘 알고 있다. 죄가 없는 사람이 먼저 돌을 던지라는 책망의 대상이 되어서는 안 된다. 이기적인 욕망으로 남을 심판하는 사람은 자신이 하나님의 심판을 받는 법이다.

열린 사회로 가기 위해서는 우리 모두가 정직과 진실을 추구하는 노력을 아끼지 않아야 한다. 특히 지도급에 있는 사람은 신뢰의 대상이 되어야 하기 때문에 정직한 삶은 필수적이다. 그리고 정직과 진실을 짓밟는 수단 방법을 일삼는 일은 없어야 한다. 그런 사태가 거듭되고 정당시되면 모든 사회적 기반이 무너져 버린다.

우리가 인민 공화국보다 대한민국을 사랑하는 것은 그래도 여론과 언론의 자유가 보장되는 한국이 북한보다도 진실성이 있고 정직한 사회이기 때문이다.

또 한 가지 열린 사회로 가는 길은 인간의 존엄성과 권리를 확장시켜 나가는 데서 비롯된다. 누구의 자유와 항복도 규제를 받아서는 안 되며 인간의 기본권은 유지되어야 한다. 경제적으로 버림을 받아서도 안 되지만 정치적 억압은 용납될 수가 없다.

2차 세계대전 이후에 전 세계의 식민지들이 자주독립을 보장받았다는 사실은 열린 사회로 가는 큰 발전이었다. 그러나 냉전시대가 끝난 지금은 지구의 어떤 곳에도 독재정권 밑에 억압받는 국민들이 존재해서는 안 된다. 어떤 명목 밑에서도 인간의 권리와 행복해질 수 있는 자유로운 노력이 제약을 받을 수는 없다. 유엔UN의 인권헌장은 열린 세계를 위한 가장 으뜸가는 신념이 되어야 한다.

그리스도인들이 추구하고 노력하는 역사적 사명이 바로 거기에 있다.

그렇게 본다면 크리스천은 진보와 보수의 벽을 넘어 하늘나라를 꿈꾸는 열린 사회에의 사명을 다해야 하는 것이다.

7

장공 長空,
그는 무엇을 선택했는가

- 탄신 100주년 기념 강연 -

평소부터 존경해 오던 장공長空 김재준 목사님의 탄신 100주년 기념예배에서 여러분과 말씀을 나누게 된 것을 분에 넘치는 영광으로 생각합니다.

장공이 살아계실 때 기독교 대학의 한 친구 교수와 이야기를 나눈 일이 있었습니다. 우리 장로교에 세 분의 큰 어른이 계신데, 그 한 분인 박형룡 목사께서는 교회와 신학의 과거전통을 지켜주신 분입니다. 또 한 분인 한경직 목사님은 교회의 현재를 크게 일깨워주시는 책임을 감당해 주셨습니다. 그리고 김재준 목사님은 기독교의 미래를 위해 밭을 갈고 신학의 씨앗을 뿌려 주셨습니다.

따라서 김재준 목사님의 신앙과 정신은 현재보다도 미래에 그분의 후배들이 어떤 열매를 맺는가에 따라 평가될 것입니다.

저는 그런 뜻에서 장공의 신앙과 사상을 오늘과 내일에 있어, 어떻게 받아들이며 육성해 나가야 할 것인가를 위해 몇 가지 과제를 제언해 드리려고 합니다.

문제는 제가 말씀드리겠습니다. 그러나 그 결론은 우리 모두의 선택과 노력에 달려 있다고 생각합니다. 우리가 바라기는 우리의 진로가 장공의 신앙을 따른 그리스도의 정신이 되기를 기원할 뿐입니다.

그 첫째는 지성과 신앙 또는 지성인과 신앙인의 관계입니다.

우리는 인도, 파키스탄, 방글라데시 등 여러 중동지역을 살펴볼 때 누구나 비슷한 생각을 갖게 됩니다. 저들이 지금 갖고 있는 종교와 신앙을 버리고 과학과 도덕을 택할 수 있다면 훨씬 더 인간다운 삶을 영위할 수 있을 것이라는 생각입니다.

또한, 우리는 지금 우리가 쓰고 있는 재정, 시간, 노력을 종교보다도 과학과 도덕을 위해 사용했을 때 더 많은 사람이 값진 인생을 얻을 수 있다면 우리는 구태여 종교적 신앙을 강요할 자격이 없다는 사실도 인정해야 할 것입니다.

우리 기독교의 현실도 그렇습니다. 일본에서는 대부분의 사이비 신앙이 불교에서 파생되었지, 기독교에서 나온 일은 거의 없습니다. 우리나라에서는 많은 잘못된 신앙은 개신교에서 탄생되었습니다. 그 점에서는 천주교의 위상이 더 소망스러워지기도 합니다.

그래서 지금은 생각이 있고 국가의 장래를 걱정하는 사람들에게, '당신네들은 우리 사회에 지성인이 더 많아지기를 바라는가, 아니면 종교인이 더 많아지기를 원하는가' 하고 물으면 지성인이 많아지기를 원하는 현실이 되었습니다.

우리 사회의 정치 경제의 지도층 인사들 중에도 스스로 신앙인이라고 생각하는 사람들은 많습니다. 그러나 우리가 기대하는 지성을 갖춘 사람은 많지 못합니다.

제가 말하는 지성인은 신지식인은 아닙니다. 지성인은 큰 나무의 뿌리나 밑동에 해당한다면 지식인은 그 가지와 줄기에 비교할 수 있을 것입니다. 국민의 정부에서 많이 언급하고 있는 신지식인은 정보와 기술을 따르는 나무의 잎사귀와 꽃에 해당할지 모르겠습니다.

그런 뜻에서 본다면 지금 우리 주변에는 신앙인으로 자처하는 사람은 많아도 건설적인 사고와 긍정적인 가치관을 갖춘 지성인은 적다는 사실이 우리를 불행으로 이끌어가고 있습니다.

만일 지금과 같이 지성을 갖추지 못한 신앙인들이 양산된다면 사회는 종교인들을 멀리하게 될 것이며, 지성인들은 기독교 밖에서 겨레와 국가를 위해서 노력하게 될 수도 있습니다.

그런 현실을 감안해 볼 때, 우리는 장공과 같은 분들의 신앙을 높이 평가하며 자랑스럽게 따르고 싶어지는 것입니다. 장공은 누구보다도 높은 지성을 갖춘 분이면서도 모든 지성인들이 받아들일 수 있는 신앙을 가졌던 분입니다. 어떤 지성인이나 높은 지식을 지닌 현대인이라고 해도 장공 앞에서는 자신의 지식이나 지성적 판단을 자랑하지는 못할 것입니다. 그러기에 그의 신앙은 앞으로 우리 모두의 모범이 되는 것입니다.

옛날부터, 불합리하기 때문에 나는 믿는다는 말이 있었습니다. 그러나 우리는 은총의 사실은 합리성을 감싸고도 초월하는 인간적이며 인격적인 것이기 때문에 믿는 것입니다. 비非이성적이거나 반反이성적인 것도 믿는다는 이론은 현대인들을 당혹스럽게 합니다. 심지어는 비非도덕적이거나 반反인륜적인 사실들도 믿을 수 있다는 사고는 하나님께서 주신 이성적 질서를 위배하는 과오가 될 수도 있습니다.

우리가 장공이 생존해 계실 때, 그의 설교나 강의를 들었다든지, 지금 그의 저서를 보게 되면 어떤 지성인도 받아들일 수 있는 신앙을 말하고 있음을 알 수 있습니다. 또한, 모든 인간의 지성적 과제, 철학적 문제들을 신앙으로 해결 지어주고 있다는 점에서 경이를 금치 못하게 됩니다.

세계 휴머니스트humanist 협회가 있습니다. 그 협회에서는 종교인 (물론 기독교인들도)은 회원으로 받아들이기를 꺼려합니다. 이성적 사고와 가치를 약화시킨다고 보기 때문입니다. 그러나 휴머니즘humanism을 신봉하고 있는 그들도 장공과 접할 수 있었다면 참신앙은 휴머니즘의 뿌리가 되며 이념이 되어 좋다는 사상을 수용할 수 있을 것입니다.

앞으로 우리에게는 그런 신앙이 필요한 것입니다. 성숙된 사회가 되고 지성인들의 수가 많아질수록 그리스도의 가르침을 따를 수 있도록 이끌어 줄 목회자와 신학자가 아쉬운 것입니다. 장공께서 신학 교육과 목회자 양성을 위해 심혈을 기울인 것은 그런 뜻에서 이루어진 것입니다. 또 사회 지도층에는 지성을 갖춘 신앙인들을 많이 참여시켜야 국가 발전에 이바지할 수 있을 것입니다.

아마 그런 점에서 본다면 장공은 기독교 선진 사회에서도 존경받을 수 있는 모범적 지도자였다고 보아도 좋을 것입니다. 예수께서는 너희는 세상의 눈이라고 말씀했습니다. 지성적 기능을 배제한 신앙인은 시력을 잃은 사람과 같아서 우리 사회의 지도자가 될 수 없을 것입니다.

물론 우리는 이러한 문제가 단시일 안에 해결되리라고는 생각지 않습니다. 그러나 앞으로의 신앙은 그런 방향을 택해야 하며 우리는 그러한 신앙적 대열에 동참해야 할 것입니다.

　우리가 장공의 사상과 더불어 정리하고 싶은 또 하나의 신앙적 과제는 교회의 참다운 위상에 관한 문제입니다.

　우리들의 대부분은 교회 안에서 자라 교회와 더불어 기독교 신앙을 이어 왔습니다. 따라서 우리 자신도 모르는 동안에 기독교와 교회를 하나로 취급해 왔습니다. 그래서 교회지상주의나 교회 유일론에 빠지곤 했습니다.

　옛날에는 기독교가 로마의 국교가 되면서 그 뜻이 실현된 셈이었습니다. 그 결과로 교회는 교권을 누리게 되었고 교회의 가르침은 성경보다도 교리를 중요시하는 결과가 되었습니다. 천주교가 그 대표적 존재였다고 보면 좋겠습니다.

　그러나 불행하게도 기독교는 그때에 생명력을 상실했고 세계 역사의 무대에서 소외당하는 결과가 되었습니다. 루터M.Luther가 그러한 교회 속에 성경과 생명력 있는 말씀을 불어 넣었기 때문에 잘못되었던 교권이 비판을 받아 역사의 권좌에서 제자리를 찾게 되고, 교리는 말씀으로 정화되는 변혁을 초래하게 되었습니다.

　그러나 따져보면 구약의 모든 교훈과 하나님의 뜻은 교회지상 정신은 아니었습니다. 민족과 국가의 운명이 최상의 과제였습니다. 믿음의 집단이나 공동체는 하나님의 나라를 건설하기 위해 필요했던 것입니다.

　더 놀라운 것은 예수께서는 좋은 교회나 훌륭한 교회를 건설하라는 뜻은 주지 않았습니다. 주님의 메시지는 처음부터 끝까지 하나님의 나라를 위해 선포되었던 것입니다. 그리스도는 교회를 위해 오셨다기보다는 하나님의 나라를 위해 오셨다고 보아야 하겠습니다.

그렇다면 신앙의 공동체인 교회는 멀리해도 좋다는 것입니까. 그렇지는 않습니다. 교회는 이 역사와 사회를 하나님의 나라로 변화시키는 사명과 책임 때문에 소중한 것입니다. 교회를 통해 하나님의 나라가 이 땅 위에 이루어지지 못한다면 그 교회는 하나님의 뜻과 어긋나는 결과가 될 수도 있습니다.

그런 변화의 필요성을 우리는 여러 가지 뜻으로 표현해 왔습니다. 기독교의 윤리성을 강조하기도 했고, 한때는 표현은 잘못되었으나 기독교의 세속화라는 말을 쓰기도 했습니다. 말하자면 기독교의 사회·역사적 사명을 강조했던 것입니다. 지금과 같이 우리 사회는 주님의 뜻을 버리고 부정부패가 만연하며 병들어 버림받고 있는데 교회는 그것은 우리의 책임이 아니라고 생각한다면 세상은 우리 교회를 멀리할 것입니다.

다행스럽게도 천주교는 지난 반세기에 걸쳐, 교회가 사회를 위해 있는 것이지 사회가 교회를 위해 존재하지 않는다는 큰 변화를 이루어 놓았습니다. 그것은 교회는 하나님의 나라를 건설하는 책임과 의무가 있다는 기독교 본래의 모습과 그리스도의 정신으로 복귀하는 노력이라고 보여집니다.

불행스러운 것은 아직도 많은 개신교 교회들이 하나님의 나라를 외면하는 교회주의를 벗어나지 못하고 있다는 사실입니다. 보수신앙을 표방하는 일부 교회나 대교회주의에 빠지는 이유가 거기에 있는 것 같습니다.

이런 점들을 고찰해 볼 때, 우리는 다시 한 번 장공의 신학과 기독교의 위상이 어떠했는가를 살피게 됩니다. 그는 누구보다도 교회를 사랑했고 신학의 사명을 소중히 여겼습니다. 그것은 교회를 떠나서는 하나님의 나라를 건설할 주체가 없고, 신학은 우리의 신앙적 삶을 통해 민족과 국가를 하늘나라 건설에 이바지할 수 있는 길로 보았기 때문입니다.

말년의 장공은 반민주적 정부와 정치에 항거도 했고, 민족을 걱정하고 사랑하는 사회지도자들과 협력해서 더 좋은 나라 건설에 앞장서기도 했습니다. 어떤 이들은 목사이면서 신학자인 그가 왜 교회 밖의 일에 열중하는지 모르겠다는 비난을 하기도 했습니다. 장공은 인권문제는 말할 것도 없고 북한의 동포들에 대한 사랑도 요청했던 것입니다. 장공은 교회를 사랑하는 정성 못지않게 민족과 국가를 사랑했습니다. 주님의 마지막 목표는 하나님의 나라에 있었기 때문입니다.

장공의 글을 읽어보면 하나님의 나라는 정의의 질서와 사랑의 질서가 공존해야 하며 정의의 질서를 완성시키는 것은 하나님의 사랑의 실현에서 가능하다고 믿었던 것입니다. 사회악을 외면하는 교회는 하늘나라를 건설하지 못합니다. 역사의 방향을 그리스도에게로 이끌어 갈 수 없는 기독교는 존재할 가치가 없는 것입니다.

제가 보기에는 장공은 이런 기독교의 진로와 사명을 몸소 보여준 선각자의 한 사람이었습니다. 적지 않은 신도들의 오해와 비난을 받으면서도 묵묵히 그 뜻을 실천해 주었습니다. 우리에게도 그 어떤 선택을 기대하고 있었을 것입니다.

우리도 그의 뒤를 따라 모두가 교회생활을 통해 하늘나라를 창건하는 데 최선의 노력을 아끼지 말아야 하겠습니다.

우리가 장공의 정신을 통해 해결하고 싶은 또 하나의 과제는 교리와 진리에 관련된 문제입니다.

옛날 주님께서는 당시 사람들이 율법과 계명의 노예가 되어 있는 것을 걱정했습니다. 사도 바울도 평생에 걸쳐 율법에서 신앙에의 길을 찾았고 그 신앙의 핵심이 되는 사랑을 터득하는 데 많은 노력을 기울였습니다.

지금 우리는 구약에서 요청했던 계명과 율법의 문제에 대해서는 크게 마음을 쓰지 않고 있는 것 같습니다. 주님께서 이미 그 신앙적 과정을 해결지어 주었기 때문입니다.

그러나 지금도 우리를 구속하는 문제는 남아 있습니다. 그것은 넓은 의미의 교리 및 교리주의적 사고입니다. 개신교는 천주교보다는 교리의 울타리 안에서 고민하는 일은 적어야 할 것 같습니다. 그럼에도 불구하고 교리주의적 사고방식 때문에 그리스도께서 우리에게 주신 생명과 빛이 되는 진리를 흐리게 하거나 삶의 선택을 오도하는 일이 있어서는 안될 것입니다.

만일 우리가 이천 년 전에 직접 예수님의 말씀을 들었다면, 거기에는 율법과 계명은 물론 지금 우리가 소중히 여기고 있는 교리적인 교훈은 없었을 것입니다. 율법과 계명이 예수님의 말씀을 진리로 받아들이는 데 장애가 되었듯이 지금 우리 교회는 교리 때문에 생명력이 충만한 진리를 왜곡시키는 일이 한두 가지가 아닙니다.

장공이 예수교 장로회에서 떠나게 되었던 원인이 바로 교권 및 교리주의자들의 세력 때문이 아니었습니까. 만일 장공도 그들과 같은 교리주의자였다면 장로교의 발전적 탄생은 불가능했을 것입니다. 그 일은 반세기 전의 일이었습니다. 그러나 지금도 대부분의 교단들이 교리주의적 파행과 분열을 일삼는 것을 보면 새삼 장공과 같은 진리의 신봉자가 아쉬워지곤 합니다.

예수님의 말씀은 누가 어느 시대 어느 사회에 머물든지 받아들일 수 있고 받아들여야 할 진리였던 것입니다. 민족, 종교, 문화의 구별은 있어도 인간다운 삶을 위해 거절할 수 없는 진리의 가르침이었습니다.

그 말씀을 교리화시키지 않는다면 말씀 그대로가 우리의 인생관이 되고 가치관이 될 교훈들입니다. 진리란 언제나 인생관·가치관·세계관으로 나타나게 되어 있습니다. 신앙을 갖는다는 것은 예수님과 같은 인생관 · 가치관 · 세계관을 갖고 사는 것입니다.

교회는 그런 진리로서의 인생관과 가치관을 모든 사람들에게 나누어주는 책임이 있습니다. 그런 인생관과 가치관을 갖는 사람들이 정치 · 경제 · 사회 · 문화의 주도적 역할을 담당해야 하는 것입니다. 교회와 신학은 그런 진리의 선포에 대한 책임을 져야 할 것입니다. 장공의 생활과 신앙, 거기서 나오는 신학이 그런 뜻이었습니다.

물론 인간은 정신적으로도 시간과 공간의 제약을 받게 되어 있습니다. 교파가 다를 수 있고 교단의 구별은 있을 수 있습니다. 그러나 중요한 것은 예수 그리스도의 복음과 진리입니다. 그 진리로서의 복음을 깨달은 사람들은 율법이나 계명은 물론 교리의 노예로 머물 수는 없습니다. 교리를 절대시하는 교단이나, 교리를 옹호하는 신학은 최선이 아닌 차선의 길이 된다는 사실을 알아야 할 것입니다.

이제 우리는 장공의 신앙과 정신이 어디에 있었는가를 찾아 볼 수 있을 것 같습니다. 그는 장로교의 목사였고 신학자였습니다. 그러나 장로교를 떠나 있는 모든 그리스도인들의 신앙적 방향과 내용을 제시해주는 이유가 여기에 있었던 것입니다. 진리는 교단이나 종파의 소유물이 아닙니다. 장공이 교파를 초월해 추종자를 갖는 이유가 거기에 있습니다. 언제나 교리적인 것보다는 그리스도의 진리를 찾아 선포하려고 노력했기 때문입니다.

이러한 교리에서 진리를 향한 노력은 자연히 신학의 내용 속에 인간학적 과제를 포함하게 됩니다. 진리는 만인의 것이기 때문입니다. 장공이 남다른 신학의 방향을 암시해주는 것이나, 말년에 민족의 구원과 인류의 구원을 염원한 것은 교리보다는 진리를 깨달은 선구자들의 자연스러운 선택이었을 것입니다. 교리는 인간들이 만든 것이나 진리는 예수 그리스도께서 주신 것입니다.

끝으로 한 가지만 더 추가하겠습니다. 그것은 '한국적 신앙과 신학은 가능한가' 하는 문제입니다.

한때 교회와 신학계에서는 기독교의 토착화 문제가 논의된 적이 있었습니다. 물론 누구나 인정할 수 있는 결론에 도달한 것은 아닙니다. 그러나 전 세계의 기독교 지도자들이 그 문제를 중요한 과제로 보았던 것은 사실입니다. 서구와 같이 기독교 사회가 아닌 독자적 전통을 가진 지역에서는 한 번은 짚고 넘어가야 할 문제이기도 합니다.

지금 우리가 문제 삼고 있는 신학의 대부분은 서구적 문화를 통해 수용된 것입니다. 어떤 때는 한두 사람의 신학이론 때문에 교계에 적지 않은 파문을 일으키기도 했고 지금도 비슷한 상황을 벗어나지 못하고 있는 실정입니다.

물론 미국적 신학이나 독일적 신학이 그대로 최선의 것은 아닙니다. 그러나 미국인들이 찾아 누리면서 살고 있는 신앙은 있을 수밖에 없고, 실제로 미국적 신학은 존재합니다. 그렇다면 한국인의 신앙이나 신학은 후일의 과제라고 해도 있을 수 있고 또 있어야 할 것입니다. 우리는 그들과 다른 전통과 문화 속에 살고 있기 때문입니다. 수천 년이나 수백 년 동안 동일성과 자아성을 갖고 살아온 민족의 특수성과 문화의 개성이 있는데 그 모든 것을 버리고 그리스도인이 된다는 것은 불가능하며 또 그렇게 되어서도 안 될 것입니다.

만일 우리가 인도사람들에게 너희는 인도인이기를 버리고 크리스천이 되라고 한다면 수억의 인도인은 어떻게 되는 것입니까. 문제는 민족이나 사회적 구별은 있어도 인간적 공통성이 있고 그리스도는 그 공통성을 갖는 색다른 사회인들이 하나님께로 돌아오도록 원하는 것입니다.

한국인은 한국인으로서 그리스도를 받아들이는 것입니다. 영국인은 영국인으로 크리스천이 되는 것과 마찬가지입니다. 기독교는 인간 및 인류의 종교이지 서양인의 종교만은 아닙니다. 그 인간적인 공통성과 더불어 민족 사회적인 특수성이 수용될 수밖에 없습니다. 그래서 하나님은 온 인류의 아버지가 되는 것입니다.

그런데 오랫동안 우리는 한국인의 신앙이나 신학보다는 서구적인 것들에 너무 의존해 왔습니다. 우리에게 요청되는 것은 우리와 그리스도의 관계입니다. 한국인으로서 신앙을 갖고 구원에 동참하는 것입니다. 그때 중요한 것은 그리스도가 주격이 되고 나와 우리는 객체가 되는 것입니다. 다시 말하면 예수께서는 유대인으로 오셨으나 우리에게는 한국인으로 오신다는 사실을 깨닫는 것입니다.

그리스도는 한 분이고 모든 인간은 공통된 인간성을 갖고 있습니다. 그러면서도 민족과 사회의 특수성도 엄연히 존재하는 것입니다. 그런 점에서 우리 속에 있는 한국적인 것과 인류의 공통된 본성이 그리스도에게서 새로 태어나게 되는 것입니다. 인류는 형제입니다. 그 형제는 꼭 같은 특정된 사람일 수는 없습니다.

그리스도와 신앙의 공통성 때문에 우리는 신앙 역사의 주인공들을 받아들이게 되는 것입니다. 그렇다면 우리에게는 한국적인 신앙과 신학이 있어 그것이 다른 나라의 신학자들과 같은 대우를 받고 또 그들에게 신앙적 영향도 줄 수 있어야 할 것입니다. 같은 그리스도 안에 머물더라도 마찬가지일 것입니다. 하늘나라는 그런 다양성과 더불어 통일성을 요청하고 있습니다.

그러나 우리는 그 의무와 책임을 소홀히 여겨 왔습니다. 때로는 그리스도를 따르기보다는 서구적인 문화에 치중했고 서구 교회가 우리의 모범인 듯이 의존하는 긴 세월을 보내기도 했습니다.

그런 상황 속에서 한국인에 의한 한국적 개성을 갖춘 신학을 창안해 내려고 노력한 선각자의 한 사람이 장공이었던 것입니다. 물론 장공과 유사한 시도와 노력을 기울인 사람들은 있습니다. 그러나 신학적 문제의식과 기초를 놓아 준 이는 역시 장공의 업적으로 보아야 할 것입니다. 그리고 그의 뒤를 따르는 적지 않은 사람들이, 소속되어 있는 위치는 다를지라도, 한국인으로서 한국적 과제를 안고 그리스도를 찾아 새로운 삶과 사상을 이끌어 내는 노력을 계속하고 있습니다. 일본의 크리스천들이 일본적인 기독교 풍토와 신학을 육성해 그 속에서 그리스도의 뜻을 성취시켜 가고 있는 현실을 보면 짐작할 수 있을 것입니다.

그런 점에서 볼 때, 장공의 신학적 노력은 21세기와 더불어 새로운 의미를 갖게 될 것으로 믿고 싶은 것입니다. 우리들이 그의 신앙과 업적을 추모하는 데는 이러한 큰 뜻이 있었던 것으로 생각합니다.

우리는 장공의 정신과 뜻을 과대평가하거나 그것들이 최상의 것이라고는 보지 않습니다. 그러나 그가 열어준 길을 따라 우리가 진리와 하나님의 나라 건설에 동참해야겠다는 뜻을 굳혀보고 싶은 것입니다. 그가 멀리 있지 않고 그리스도와 더불어 가장 가까운 곳에 우리와 더불어 있기 때문입니다.

장공은 당신의 삶과 신앙과 신학이 일치했던 분입니다. 그리고 그의 인격 전체가 그리스도와 함께 했던 것입니다. 그를 통해 그리스도에게 더 가까이 갈 수 있다면 오늘의 모임이 더욱 빛날 것이라고 생각합니다.

장공과 더불어 그리스도의 은총이 우리들에게 충만하시기를 기원하는
바입니다.

ㅡ 이 글은 2001년 11월, 서울 경동교회에서
김재준 목사 탄신 100주년 기념 예배 때 했던 강연 내용입니다. ㅡ

VII

그의 이름은
예수였다

그의 이름은
예수였다

그의 이름은 예수였다.

그러나 그것은 별로 큰 문제가 아니다. 요셉이라도 좋고 야곱이라 해도 무방하다. 그가 한국에 태어났더라면 김○○, 이○○라는 이름을 가질 수도 있었을 것이다. 그가 영어를 쓰는 나라의 시민이었다면 브라운이나 스미스라는 이름으로 불릴 수도 있었을 것이다.

그는 자신을 가리켜 사람의 아들이라고 불렀다. 이 사람의 아들을 당시의 사람들은 예수라고 불렀던 것이다.

내가 소년기에 그와 더불어 자랐다면 나도 그를 예수라고 불렀을 것이다. 그는 또 내 이름을 부르는 내 벗이 되었을 것이다. 그는 우리들 모두가 사람의 아들인 것 같이 자신을 사람의 아들이라고 불렀던 것이다.

그러나 문제는 예수라는 이름에 있는 것이 아니다. 그 예수를 그리스도라고 부를 수 있는가에 있다. 예수를 예수라고 부르는 것으로 끝내는 사람은 종교나 신앙의 울타리 밖에 머무는 사람이다. 여기 어떤 사람이 그 예수를 그리스도라고 부르게 된다면 그는 예수 속에 하나님을 발견하고 스스로의 구주를 찾은 사람이 되는 것이다.

그러므로 바울은 기독교 신앙을 단적으로 표현했다. 신앙은 예수를 그리스도로 믿는 일이라고. 키에르케고르S.A. Kierkegaard는 예수를 그리스도라고 하는 일 때문에 얼마나 많은 학자, 철인哲人들이 걸려 넘어졌는지 모른다고 탄식했다.

예수가 예수라는 사실은 아무 일도 아니다. 그러나 예수가 그리스도라는 사실은 모든 인격과 영혼에 있어 가장 중대한 문제가 된다.

나는 그를 나사렛의 소년, 갈릴리의 청년, 이스라엘의 지도자로 느껴왔다. 나사렛 마을에서는 소년 중의 소년으로 자랐고, 갈릴리 일대에서는 누구보다도 뜻있는 젊은이로 살았고, 이스라엘의 역사와 전통 속에서는 처음이고도 마지막인 지도자로 임했기 때문이다.

그러나 그 뒤로부터 오늘까지는 수많은 사람들이 그를 개인과 인류의 구원자로 받들고 있다. 이 나사렛의 소년, 갈릴리의 청년, 이스라엘의 지도자로부터 모든 삶의 문제를 해결 받고 있기 때문이다.

그의 직업은 목수였다.

제재소도 아니었으며 간판이 붙은 근사한 목공소도 못 되었다. 아버지는 그에게 목수 일을 가르쳐준 뒤 세상을 떠났다. 그는 홀어머니와 네 남동생 그리고 두 여동생을 위해 밤낮을 가리지 않고 일을 해야 생계를 유지할 수 있었다. 그러나 그는 노동을 싫어하거나 꺼리지 않았다. 근면을 찬양했으며 촌각을 다투어 가면서 일하는 일생을 보냈다.

　그는 동생들과 더불어 단란한 가정을 이끌어갔다. 어머니 마리아도 큰 아들의 처사에 극히 만족했던 것이다. 적어도 그가 삼십이 되면서 가정을 떠나 공적 사업에 몸을 바치기 전까지는……

　마리아는 아들로서의 예수를 자랑스럽게 생각했다. 가나에서 있었던 친척집의 혼인 잔치 때 포도주 걱정을 한 어머니의 표정을 보아서도 짐작할 수 있다.

　그의 동생들은 형 예수를 지극히 따랐던 것 같다. 그러던 형이 집을 떠났기 때문에 의혹과 반발을 느꼈던 것이다. 그러나 그러던 형이 십자가에 죽었기 때문에 다시 신앙으로 돌아갔을 것이다.

　그는 아들 중의 아들, 형 중의 형, 오빠 중의 오빠, 목수 중의 목수로 자랐다. 그러기에 지도자 중의 지도자, 인간 중의 인간, 종교인 중의 종교인이 될 수 있었던 것이다.

　그의 직업이 목수였다는 사실이 큰 뜻을 가지는 것은 아니다. 농부였어도 좋고, 어부였어도 상관이 없다. 당시 사람들이 천히 여기던 세관원이었다면 어떻겠는가.

　그러나 그의 빈곤, 소시민으로서의 생애, 노동을 즐기고 사랑했던 생활은 참으로 귀한 것이었다. 가난한 자들에게 즐거운 소식을 가지고 왔다면 그의 교훈은 그래서 진리일 수 있었던 것이다. 그러기에 오늘도 그는 가난한 사람들의 벗이 되고 있는 것이다.

　그는 나무로 된 구유에 처음으로 누웠고 일생 동안 나무를 깎는 목수로 일했고 나무로 된 십자가 위에서 죽었다. 그만큼 단조롭고도 소박한 인생을 살았다. 자신을 위해서는 극히 작게, 이웃을 위해서는 가장 크고 많게 산 것이 그의 일생이었다.

그는 건강한 편이 아니었다. 보통 사람들은 사흘이나 걸려야 죽는다는 십자가 위에서 6, 7시간 만에 생명을 잃었다는 사실이 그의 건강상태를 무엇보다도 잘 입증해 주고 있다.

어렸을 때부터 영양실조, 심한 노동의 연속, 땅 위에서 가장 큰 문제를 가지고 고민한 정신적 과로, 언제나 죽음을 앞에 두고 살아야 했던 정신적 긴장, 생명을 불태우는 정성과 정열로 하나님을 대한 나날들, 이런 현실 속에서 육체의 건강이 보존된다는 것은 불가능했을 것이다.

하지만 그는 한 번도 자신의 피곤, 육체적 고통, 병 때문에 오는 어려움을 호소하는 일이 없었다. 관심조차도 없는 것 같았다. 그러나 그는 수없이 많은 환자들을 돌보아 주었다. 자신의 병보다도 더 아픈 듯이 지극한 정성을 쏟아 주었다.

자기를 위해서는 모든 것을 거절하면서도 남을 위해서는 하나도 거절할 수 없는 것이 그의 뜻이었던 것이다. 우리는 지금도 그를 이웃을 위한 정성으로 살았던 사람이라고 생각하고 있다.

그는 식민지의 백성으로 살았다.

천하를 호령하던 로마 밑에서, 다 썩어빠진 가랑잎 같은 이스라엘의 후손으로 태어났다. 로마의 힘, 제도, 법은 대지와 같이 위엄이 있었고 이스라엘의 빈곤, 무지, 퇴락은 늦가을에 시드는 풀포기와도 같이 희미했던 시대였다.

사리를 따지는 사람이 있었다면 '이것도 삶이냐?'고 포기하고 싶었을 것이다. 그러나 그에게는 더 큰 슬픔과 고통이 있었다.

오직 종교만을, 신앙만을 최후의 생명선으로 믿고 살던 국민들에게 희망을 주어야 할 당시의 정신적 지도층이 완전히 병들고 썩어버렸다는 사실이다.

　폭풍우가 쏟아져 오는 하늘보다는 꺼져가는 생명의 불씨가 더 그를 가슴 아프게 하는 시대에 살았던 것이다. 그러나 그 속에서도 그는 긍정의 의지를 굽힌 일이 없었다. 모든 외부적인 것을 아랑곳하지 않고 자신의 믿는 바를 살려갈 수 있었던 것이다.

　그야말로 '믿으라 그리하면 존재하리라.'고 가르친 유일한 용기의 인물이었다. 그 믿음의 빛이 마침내는 로마를, 유럽을, 인류를 밝혀준 것이다.

　그는 온순하고 선량한 사람이었다. 사람들은 그를 약자 중의 약자라고 보았을 것이다. 그는 굶주린 늑대 떼 앞의 토끼와 같이 약했고 한 달이나 먹을 것을 찾아다닌 솔개 앞의 비둘기같이 선량했던 것이다.

　예수, 그를 강자라고 본 사람은 아무도 없었을 것이다. 지식도, 지위도, 권력도, 배경도 그만큼 없었던 사람도 없었을 것이다. 그러나 그는 강자였다. 그는 혁명가였던 것이다. 그와 같이 강하게 산 사람이 없었고 그만큼 큰 혁명을 일으킨 인물도 없었다.

　이 두 개의 상반되는 거리를 메운 것은 무엇이었는가? 이 불가능을 가능과 전능으로 이끌어 올린 능력은 어디 있었는가? 이 기적 속의 기적을 만들게 한 힘은 어디서 왔는가?

　그는 스스로 고백하고 있다. '사랑'이라고. 그래서 바울은 사랑이야말로 믿음의 원천이며 오히려 믿음보다도 귀하다고 말한 바 있다. 그는 이 사랑의 원천을 신이라고 말했다. 그리고 자신의 종교가 이 사랑의 종교라고 선언했다.

　오늘도 그는 이 사랑의 밑동을 붙들지 않고, 가지들을 가지고 싸우는 신학자들을 볼 때 쓸쓸히 웃을 것 같다. 참사랑은 모든 것을 창조할 수 있기 때문이다. 참사랑은 천 갈래 신학의 열쇠를 쥐고 있는데…….

그는 스스로를 사람의 아들이라고 불렀다.

그것은 그를 믿는 사람들이 스스로를 하나님의 자녀라고 부르는 것과는 대치되는 말이었다.

인간의 목적은 신의 자녀가 되는 데 있었다. 그러나 그의 목적은 사람의 아들이 되는 데 있었다. 그 이유는 간단하다. 이웃을 자기 몸과 같이 사랑했기 때문이다.

그는 철학자들과 같이 인간, 인류, 인간성을 말하지 않았다. 항상 이웃이라고 말했을 뿐이다. 학자들은 3인칭을 써야 본질이 정확해진다고 한다. 그러나 그는 3인칭으로 이웃들을 대할 수가 없었다. 너무나 가까이 사랑하고 있는 사람들이었기 때문이다.

오히려 그는 자신을 3인칭화 할 수 있었다. 항상 스스로에게는 비판과 채찍을 남몰래 가해왔기 때문이다. 그러나 그는 일생 동안 이웃을 삼자로 대한 적은 없었다. 그의 지극한 사랑 때문이었다.

그는 금욕주의자는 아니었다.

물론 그는 금욕의 뜻을 모르지는 않았다. 그러나 세례자 요한이 소속되어 있던 것으로 추측되는 엣세네파들과 같이 금욕을 칭찬하거나 금욕을 위한 금욕을 높이 보지는 않았다. 그러나 그는 자신도 모르는 사이에 어느 금욕주의자보다도 금욕적인 때가 있었다. 보다 귀하고 영구한 것을 위해 자신을 잊거나 본래적인 욕구를 망각했을 때는 말이다.

금욕을 찬양하는 사람들은 그를 향락주의자라고 불렀다. 자기들과 같지 않았기 때문이다. 그러나 그는 향락을 위한 향락주의자가 된 일은 한 번도 없었다. 향락을 구하는 사람들을 언제나 부족하고 불행한 사람이라고 보았던 것이다. 행복보다는 보람을, 시간적인 것보다는 영원한 것을 찾는 사람이 향락주의자가 될 수 없는 것이다.

그러나 그는 가난한 사람들의 즐거움을 빼앗는 일은 하지 않았다. 아름답게 조화된 자연의 질서를 생활이나 감정에서 부정하는 사람이 아니었다. 그것을 알면 그를 향락주의자라고 불렀던 당시의 지도자들이나 금욕을 자랑삼고 있는 오늘의 종교계가 얼마나 병들어 있는지 알 수 있다. 정말 가슴 아픈 일이다.

예수, 그는 율법의 세계 속에 살았다. 그러나 율법주의자는 아니었다. 율법적인 것이 신앙이라고 믿고 있는 모든 사람들에게 새 질서를 가르쳐주는 것이 그의 뜻이었다. 그리고 그 새 질서는 율법을 초월한 율법 이상의 것이었다. 그는 율법이 너희들을 위해 있는 것이지 어떻게 너희들이 율법을 위해 있겠느냐고 반문하곤 했다. 율법주의자들은 삶과 믿음의 본말을 모르는 사람이었기 때문이다. 율법의 올무에서 양심적인 사람들을 풀어주자는 것이 그의 뜻이었다면 그는 결코 율법주의자는 아니었을 것이다.

그가 금욕주의자도, 향락주의자도, 율법주의자도 아니었다면 그러면 그는 무슨 주의자였는가? 그는 결코 주의자가 아니었다. 그저 사람이었고, 개인이었을 뿐이다. 그를 주의자로 만드는 것은 잘못이다. 주의자의 옷을 입혀야 만족하는 후계자들이 과오를 범하고 있다. 칼뱅J. Calvin이나 루터M. Luther나 웨슬리J. Wesley는 주의자일 수 있을지 모른다. 그러나 그는 결코 주의자가 아니었다.

그러면 그는 어떤 사람이었는가? 예수, 그는 선하게 긍정하고 창조해

가는 사람이었다. 하나님 앞에서 선하게 긍정하고 하나님의 뜻을 찾아 채워가는 사람이었다. 그리고 그는 자기를 따르는 사람들도 그렇게 살기를 원했던 것이다.

그는 30년 동안 인간적인 침묵을 지켰다.

가난 속에서 일했고 비참을 인내로 이겼고, 명상과 기도의 30년을 보냈다.

누구나 할 수 있는 말이라면 오히려 침묵이 귀했을 것이다. 어떤 도학자의 교훈을 되풀이할 바에는 말없는 일생을 보내고 싶었을 것이다. 인간들의 말과 교훈은 역사와 사회를 메우고 있기 때문이다.

그는 진리의 말씀을 위하고 구원의 소식이 전해질 때까지는 침묵을 지켰다. 자신의 교훈이 만백성에게 기쁜 소식이 될 때까지는 침묵을 지켰다. 30년에 걸친 침묵이 끝을 고했을 때, 40일의 고뇌가 해결을 가져왔을 때 비로소 그는 입을 열었다.

그리고 그의 가르침은 3년으로 끝났다. 그 3년 동안 무한히 긴 과거에서도 들을 수 없었던, 앞으로도 길이 들을 수 없는 소식을 전해 주었다. 그의 고뇌와 기원에 찬 침묵은 그러므로 그의 교훈만큼 값이 있었던 것이다.

인간들은 33년을 모두 말하려 한다. 사람들은 교회가 말이 많다고 한다. 설교자들은 말하기 위해서만 생각하는 것이 잘못된 줄 모르고 있다. 그러나 그는 언제나 깊고 위대한 침묵을 지닐 줄 아는 이였다. 말은 시간과 더불어 있지만 침묵은 영원과 더불어 있다는 교훈을 생각게 한다. 그러나 그가 긴 침묵을 사랑한 것은 말보다도 실천을, 말로서는 표현할 수 없는 뜻과 능력을 삶으로 보여주기 위함이기도 했다.

예수, 그는 혁명가였다.

자신도 그 뜻을 전했고 역사도 그 사실을 입증해 주고 있다. 새 술은 헌 가죽부대에 넣을 수 없다고 말했다. 새 천으로 낡은 옷을 깁는 어리석은 일은 더 계속하지 말라고 했다. '나의 가르침은 모든 곳에서 싸움을 도발할 것이라.'고 가르쳤다. '나는 불을 던지러 왔으며 그 불이 이미 탔더라면 좋았을 것을!' 하고 애원한 바 있었다.

그는 자신의 교훈이 요원의 불같이 세계와 역사를 불사를 것을 깨닫고 있었다. 그는 자신이 던진 불씨가 예루살렘에서 유다로, 유다에서 사마리아와 전 이스라엘, 그리고 전 인류에게 미칠 것을 예고했다.

지금 그 뜻은 채워졌고 그의 말은 시간과 공간의 여백을 메워 가고 있다. 예루살렘이 로마를 정복했고, 로마는 유럽을 그의 교훈으로 채웠고, 드디어 세계는 그의 뜻을 받들게 되었다. 확실히 그는 고요한 그러나 위대한 혁명가였다.

어떤 철인은 혁명은 파괴에서 비롯된다고 말했다. 90을 파괴하고 10을 건설함이 옳은 듯이 말했다. 그러나 그는 파괴에는 뜻이 적었다. 90이 창조되면 10은 자연히 껍질로 버림을 받기 마련이다. 그는 오히려 전통에서 10을 그 전통으로 90을 창조하는 사람이었다.

그는 여러 번 암시해 주었다. 창조자 없는 전통은 죽은 것이라고⋯⋯.

그는 삶의 내용이 시간을 주관함을 믿고 있었다. 그러므로 천 년이 하루 같아지기도 하고 하루가 천 년에 해당할 수도 있다고 말했다. 인간에게는 시간이 절대이나 하나님에게는 시간은 언제든지 벗어 버릴 수 있는 옷에 불과하기 때문이다. 중요한 것은 혁명의 시간적 문제가 아니었다. 하나님의 뜻이 채워지는가 하는 것이 혁명의 핵심이었다.

구태여 넋두리를 가한다면, 말씀이 살면 인간이 되고, 인간이 되면 모든 혁명은 완수되는 것이다. 그것을 혁명이라고 부를 필요가 없을 정도로 고요히 그러나 완전히.

바울은 그 뜻을 알고 있었다. 그러므로 빌레몬에게 그의 노예였던 오네시모를 돌려보내면서 "앞으로는 노예였던 이 사람을 형제와 사랑의 동역자로 대해 주시오. 나는 이미 그렇게 대하고 있습니다."라고 말했다.

바울도 예수의 뜻을 깨닫고 실천한 혁명가였다. 로마를 지배했고 그로 인하여 세계에 복음을 증거하는 역사의 주인공이 되었던 것이다.

바울만이 아니다. 그를 믿는 모든 사람들은 오늘도 혁명가이어야 하는 것이다. 누구보다도 강하고 누구보다도 위대한 혁명가가 되어야 한다. 그의 뒤를 따르는 혁명가들에게 달아 줄 훈장이 있다면 그것은 겸손, 사랑, 봉사의 훈장인 것이다.

그는 누구보다도 인간을 사랑했다.

나와 너를 비롯한 한 사람 한 사람을 끝까지 사랑했다.

당시 사람들은 하나님을 사랑한다고 믿고 있었다. 그리고 하나님을 사랑하는 것은 율법과 계명을 지키는 일이라고 생각했던 것이다. 그러나 그는 하나님을 사랑하는 것은 이웃을 사랑하는 것과 같다고 가르쳤다. 그리고 죽음을 하루 앞둔 저녁에는 솔직히 제자들에게 타일렀다. "이제는 내가 새 계명(새 종교, 새 믿음)을 주고 가겠는데, 그것은 내가 너희들을 사랑한 것 같이 너희들의 이웃을 네 몸과 같이 사랑하는 일이다."라고 확언했다. '이웃을 사랑할 줄 모르는 사람이 어떻게 하나님을 사랑하겠는가?' 또 '이웃을 사랑하는 길 외에 하나님을 사랑하는 길이 어디 있느냐'는 뜻도 포함된 말이다.

그는 혹심한 가난을 택했다.

그 가난을 통해 인간을 알고 인간을 사랑할 수 있었기 때문이다. 그는 병든 자와 버림받은 이들을 찾아갔다. 그들이야말로 사랑을 받아야 하는 이웃이기 때문이다.

땅 위에 아직껏 그만큼 이웃을 사랑한 사람은 없었다. 그러므로 그만큼 사랑과 아낌을 받은 사람도 없었고, 그 교훈보다 위대한 종교가 있을 수 없었다. 그 사랑이 새 종교를 만들었던 것이다.

그는 정의와 힘의 하나님을 용서와 사랑의 하나님으로 밝혀 주었다. 일곱 번 벌을 주시되 여덟 번 싸매주시는 하나님을 보여주었다. 세상의 부모도 남보다 모자르고 아픈 자식을 더 사랑하는 법이다. 그가 가르쳐 준 하나님은 죄인을 더욱 사랑하시는 하나님이었다. 그러므로 그는 인간을, 인간 됨을 병들게 하는 모든 의식, 규율, 계명, 인습, 신조를 가장 싫어했고 미워했다.

그는 서기관과 율법학자를 몹시 책망했다. 그들은 하나님의 사랑을 가리었고, 고귀한 이웃과 형제들의 인간성을 얽매고 병들게 하는 율법과 형식주의자들이었기 때문이다.

그는 '이웃이 피리를 불어도 같이 춤출 줄 모르며 이웃의 슬픔을 한 가지로 느끼지 못할 정도로 감정이 메마르고 인격이 굳어버린 너희들에게 종교가 무슨 종교냐.' 고 책망했다.

만일 그가 오늘 우리들과 세대를 같이했다면 인간 됨을 구속하고 위축케 하는 교리주의자나 교회의 지도자들보다는 그 인간성을 바로잡아주며 자유로이 풀어주려고 노력하는 정신적 사회인들을 더욱 귀하게 보았을 것이다. 그러므로 안식일의 규례를 생명시하고 있는 소위 경건주의자들에게 그는 쓸쓸히 호소했다. "안식일이 인간을 위해 있는 것이지 어째서 인간이 안식일을 위해 있는 듯이 생각하느냐.”라고 했다. 그것은 구두에 맞추기 위해 발을 자르는 것 같이 어리석은 일이었기 때문이다.

그러므로 그는 사회악 속에서도 생생한 인간적 갈망과 신앙적 회의를 품고 있는 수가성의 여인에게는 담담하게 자신이 누구인가를 알려주었다. 그러므로 그는 위선과 허식에 감싸이지 않은 사람을 한 사람도 거절하지 않았다. 하늘나라의 시민은 순수하고 맑은 인간성을 그대로 지닌 어린 아이 같은 이들이라고 가르쳤다.

그 자신이 인간 중의 인간이었기 때문에 그는 깊이, 그리고 영원히 인간을 사랑했던 것이다. 그와 같이 이웃을 사랑하는 사람이 있다면 그는 곧 하나님의 아들이 되었을 것이다.

그는 인간을 자연과 신의 중간적 위치에서 보았다.

자연을 지배함으로서 삶의 뜻과 내용을 풍부히 함이 세계의 질서라고 가르쳤다. 그러므로 기독교는 자연운명으로부터 자유로운 인간을 찾아 준 최초의 종교가 되었고 자연과학의 가능성이 기독교로부터 주어진 것이다. 오늘은 아들인 자연과학이 어머니인 기독교를 모르는 세대로 변했을지라도…….

그는 언제나 인간을 하나의 통일된 주체로 보았다. 전체로서의 인류가 아니라 개체로서의 나와 너로 대했던 것이다. 그러나 그는 이 하나의 주체로서의 인간을 두 가지 면에서 보았다. 자연적 면인 육체와 정신적 요소를 지닌 영혼이었다. 그리고 인간을 더 깊이 보다 영구한 입장에서 보았을 때는 항상 그 영적인 면에 치중했다. 육체를 지배하는 정신, 육체를 빛나게 하는 영혼, 육체에 내적 생명을 부여하는 정신력을 보다 귀하게 보았다.

마치 초는 불타 녹아버리나 빛은 영원히 공간을 달리듯이, 빛을 발하기 위하여 초가 있듯이, 육체를 초월하는 정신과, 육체를 영구한 것으로 만드는 영혼을 무한한 것으로 보았다.

그의 가르침을 지극히 아꼈던 과학자 파스칼B. Pascal은 "나는 우주를 생각할 수 있어도 우주는 나를 생각할 수가 없다. 그러므로 나는 우주보다도 위대하다."고 말했다. 정신적 사고는 물질적 연장과는 비교도 안 될 정도로 고귀함을 밝힌 말이다.

그는 세상에 있을 때, 우리들의 생명은 그 하나하나가 이 세계보다 귀하다고 가르쳤다. 인간은 자연의 부분인 육체만이 아니기 때문이다. 그러므로 그는 언제나 육체를 통해 인격을, 인격과 더불어 그의 영혼을 보았다. 육체가 썩어가고 있는 문둥이 속에서도 빛나는 영혼을 보았고, 생리적으로는 버림받게 되어 있던 베데스다 못가의 병자도 그 영혼을 통하여 구출해 주었다. 따라서 그의 목적은 이 통일된 주체로서의 인간 하나하나를 어떻게 완전하고 영원한 것으로 만드는가에 있었다.

그것이 다름 아닌 인간의 자녀들이 하나님의 자녀로 바뀌는 일이다. 자연 질서 위에 은총의 질서가 작용한다는 뜻이다.

사람들은 그로부터 중생과 구원이라는 말을 자주 들었다. 그것은 도덕이나 수양의 개념이 아니다. 그는 인간을 사랑했다. 그리고 끝까지 (완전히, 영원히) 사랑했다.

그는 모든 사람들을 사랑하고 환영했다.

"수고하고 무거운 짐을 진 사람은 다 나에게로 오라. 내가 너희를 편히 쉬게 하리라. 나는 마음이 온유하고 겸손하니 내 멍에를 메고 나를 배우라. 그리하면 너희의 영혼이 편히 쉬게 되리라. 내가 너희에게 주는 멍에는 편하고 내가 너희에게 지우는 짐은 가볍다."고 선언했다.

이렇게 한 사람 한 사람을 극진히 사랑했고 환영했던 그도 일생을 통하여 혐오를 느꼈고 무서운 책망을 아끼지 않았던 부류의 사람들이 있었다. 그들은 다름 아닌 당시 종교계의 지도자들이었다. 하나님을 가장 잘 믿는다고 자부하는, 율법과 계명을 누구보다도 잘 지킨다고 자랑삼는, 정신과 종교계의 지도자라고 자처하는 사람들이었다.

그들이 그를 싫어했기 때문이 아니다. 그는 그들의 권리를 침해하려 하지도 않았다. 그들과 계급이 달랐기 때문에 투쟁을 전개한 것도 아니다. 그는 그들과의 마찰을 일으키지 않고 조용히 살 수도 있었다. 오히려 그 편이 그에게는 더 좋았을지도 모른다. 안일하게 삶을 즐기기 위해서는…….

그러나 그는 끝까지 자신의 생명을 그들 앞에 내던지면서까지 싸웠다. 감정적인 혐오가 아니었다. 의식적인 분노를 참을 수가 없었던 것이다. 그 이유는 어디 있었는가?

첫째는 그들이야말로 하나님의 뜻을 곡해하고 있을 뿐만 아니라 완전히 하나님의 뜻과 반대되는 일들을 가르치고 저지르며 그들을 따르지 않는 자들을 정죄했기 때문이다. 하나님께 복종하기보다는 자신들의 생각을 하나님의 뜻으로 바꾸어놓은 사람들이기 때문이다.

둘째로 그가 당시의 종교적 지도자들을 미워한 것은 그들 때문에 입고 있는 백성들의 피해를 두려워함이었다. 하나님을 극진히 섬기고 사랑한 그가 하나님의 뜻을 어기고 있는 지도자들을, 그가 하나님을 사랑하고 있는 만큼 미워했으리라는 것은 짐작된다.

그러나 인간들을 누구보다도 사랑한 그가 인간의 마음 속에 피어오르고 있는 휴머니티humanity와 신앙과 생명의 싹을 하나씩 꺾어 가고 있는 제사장, 서기관, 율법학자, 바리새파 두령들을 어떻게 그대로 내버려둘 수 있었겠는가. 누가 와서 내가 애써 가꾸고 있는 병아리들을 잡아 그 목을 비틀어놓고 있다면 어떻게 할까. 그 병아리들의 어미 닭은 어떻게 할 것이라고 생각하는가. 이러한 심정이 그의 심정이었던 것 같다.

그러므로 그가 미워한 것은 그 시대의 지도자들이기보다는 버림받고 있는 대중에 대한 사랑의 반작용이었던 것이다. 그가 책망하고 싶은 것은 인간 지도자들이기보다는 하나님의 뜻을 그르치고 있는 그들의 악이었다.

그럼에도 불구하고 그의 넓은 사랑은 잘못된 지도자들을 처음부터 책망할 수는 없었던 모양이다. 세례 요한은 참을 수 없어 '독사의 종류들'이라고 면박했지만 그는 오래 참고 가르쳤다.

"너희들은 왜 정의의 하나님만을 생각하고 사랑의 하나님은 모르고 있느냐. 그 정의의 하나님마저 어째서 율법의 올무로 매어 버리느냐. 너희들을 하나님을 사랑하고 하나님을 위해서는 생명도 바치고 순교할 각오도 있다지만 네 이웃들을 사랑하지 못하면서 어떻게 전능자인 하나님을 사랑한다고 하느냐. 하나님께서 원하는 것이 바로 너희들의 이웃을 돕고 사랑하고 섬기는 일 외에 무엇이겠느냐……."

어떤 때 그는 율법주의자들에게 예를 들어가면서 가르쳤다.

"여기 강도를 만나 죽어가는 사람이 있는데 국민들을 대신하여 하나님을 섬긴다는 제사장은 그 죽어가는 사람을 내버려둔 채 지나갔고, 장차 하나님의 뜻을 계승한다고 자부하는 레위인도 돌보지 않았다. 그런데 너희들의 말로는 하나님의 자녀가 될 수 없고 율법을 지키지 않으며 믿음을 가질 자격조차 없다고 떠드는 (심지어 상놈들이라고 부르는) 사마리아 사람이 그 불행한 사람을 도왔다. 그러면 누가 참다운 이웃이며 누가 하나님의 뜻을 따르는 사람이겠는가."라고.

말로만 하나님을 찾고 입으로만 '주여, 주여' 하지 말고 오히려 말은 하지 않더라도 좋으니까 하나님의 뜻대로 행하는 자가 되어야 할 것이 아닌가.

그러나 이 모든 교훈과 수고는 헛것이었다. 그는 시간의 촉박함을 느꼈고 완고해진 그들의 마음밭은 고요하고 부드러운 타이름으로는 쓸모가 없음을 깨달았다. 그대로 버려두었다가는 그들과 접촉하고 있는 대중들까지 버림을 받음에 틀림이 없었다.

마침내 그는 선전포고를 했다. 포문을 연 것이다. 특히 사랑하는 조국과 백성들의 비참한 운명을 깨달았을 때 그는 강하게 깨뜨리기 위한 망치, 불사르기 위한 봉화를 들 수밖에 없었다.

그는 그들의 외식을 싫어했다. 자신들의 마음속은 시체가 썩고 있는 무덤과 같이 더러운데도 불구하고 겉은 희고 깨끗하게 장식한 무덤 같음을 책망했다. 옷자락 밖으로는 점잖을 내뿜으며, 하나님을 대신하는 체하면서 자신의 양심과 인간적인 성실성은 이미 썩어버린 지 오래이기 때문이다.

그는 그들의 형식주의를 미워했다. 그들은 안식일을 지키기 위해서는 세수를 하지 않았고, 지팡이를 끌지 않음을 자랑삼았다. 백성들의 고혈을 빨아들인 돈, 성전에 바쳐지는 가난한 농민들의 연보를 배당받아 살아가고 있으면서도 그 십일조를 내는 것을 자랑하고 있었다. 가난한 이웃, 수없이 많은 실직자, 영양부족으로 쓰러져 가고 있는 이웃들에게는 아무런 관심도 없으면서…….

밤은 알이 충실히 자랄 때 껍질이 벗겨지는 법이다. 그러나 껍질이 점점 굳어져 버리면 알맹이는 썩어 버림받게 된다. 당시의 지도자들은 형식의 껍질, 율법의 껍질을 두터이 할 뿐 알맹이가 자라 껍질을 깨뜨릴까 두려워하는 형식주의자들이었다. 하나님의 뜻을 그들에게 맡겨둘 수는 없는 일이었다. 그러므로 그는 잘못된 지도자들을 책망하지 않을 수 없었다.

당시의 지도자들은 모든 종교인들이 빠지기 쉬운 교만과 독선의 화상들이었다. 예로부터 과학과 휴머니티humanity를 믿고 사는 사람들에게는 교만과 독선이 적은 법이다. 과학은 항상 좀 더 새로운 가치와 진리를 찾아 전진하게 되어 있음을 과학자들 스스로가 알고 있기 때문이다. 또 휴머니스트humanist들은 자신의 약점과 인간적인 부족을 잘 알고 있다. 물질에 대한 욕망이 얼마나 뿌리 깊은지를 알고 있으며 행복과 성공을 향한 뜻이 허영이나 명예욕과 얽혀 있음을 솔직히 인정한다. 강한 사랑과 성적 욕망이 인류의 생명을 이끌어가는 하나의 원인이 되고 있음을 생명적 현상을 통해 잘 알고 있다.

그러므로 그들은 거짓 없는 인간, 스스로를 부정하지 않는 인간이 되려고 노력한다. 그런 점에서 인간성을 찾고 인격의 가치를 모색하며, 삶의 의의를 얻으려 한다. 그럼에도 불구하고 잘못된 종교인들은 자신이 하나님의 위치에 올라선 양, 자신의 인간 됨과 인격이 그리스도와 같이 완전해진 듯이 단정해 버린다. 그 결과로 나타나는 것이 아집이다. 그 뜻을 지니고 살기 때문에 독선의 노예가 된다. 아집과 독선은 악마의 올무이다. 당시의 지도자들은 하나님의 이름을 빌어 악마의 노예로 일하고 있었다.

오늘도 세상 사람들은 종교인들을 꺼린다. 그들은 누구보다도 자신의 완전을 믿으며, 믿는 바를 독선으로 바꾸며, 타인을 죄인으로 취급하려 하기 때문이다. 심지어 술을 마시지 않음을 자랑 삼기도 하고 담배를 피우지 않음을 수양의 값으로 치부 받으려 한다면 세상 사람들이 그들을 어떻게 보겠는가.

그러므로 그는 당시의 지도자들을 "너희들은 하늘나라의 문 앞에 서서 너희도 들어가지 않고 남들도 들어가지 못하도록 방해하는 무리들이다."라고 꾸짖었다. 차라리 그들이 없었더라면 얼마나 좋았겠느냐는 책망이다.

그러나 그로써도 만족할 수 없었던 그는 마침내 견딜 수 없는 책망을 내렸다. "너희들은 너희들과 같은 선조들이 저질러 온 죄악의 마지막을 채우라. 뱀들아, 독사의 자식들아, 지옥은 너희들을 위해 있을 것이며 나와 내가 보내는 지혜와 의와 사랑의 사도들까지 죽여 버릴 것이다. 그러나 너희들의 죄악 때문에 나를 포함한 많은 의로운 지도자들은 피를 흘려야 할 것이며 우리들의 사랑하는 조국은 비참과 파멸을 면치 못할 것이다. 너희들은 그렇게도 앞을 보지 못하느냐."

슬픈 일이다. 가슴 아픈 사실이다. 이 사실을 알고 있었던 그의 마음이 얼마나 괴로웠으랴. 하나님께 대한 사랑이 배가 될수록 지도자들에 대한 혐오는 커갔고 이웃으로 향하는 정성이 깊어갈수록 교권자들에 대한 증오는 넓어졌으며 조국과 인류에 대한 충성이 넓어질수록 잘못된 형식주의자들에 대한 책망이 강해졌던 것이다.

그러나 그는 혐오를 선히 여기는 이가 아니었다. 그는 누구를 증오의 대상으로 삼기를 원하지 않았다. 제자나 자식을 위해 지옥의 불길을 보여줄 수도 있고 그들의 악을 책망할 수는 있어도 그들을 지옥으로 몰아넣을 수 없는 것이 스승과 부모들의 사랑인 것이다. 인간들을 누구보다도 사랑했던 그는 그렇게 싫고 미웠던 지도자들까지도 깊이 사랑했던 것이다. 그들의 악이 미울수록 그들의 영혼과 생명은 존귀했던 것이다. 그러나 악과 죄는 버림을 받아야 한다. 그 대가를 치러야만 한다.

여기에 길은 하나밖에 없었다. 그 자신이 하나님 앞에서 그 책임을 지는 일이다. 그 벌을 대신 받는 일이다. 그 길만이 죄인들을 구하는 방법이었으며 그 일을 떠나서는 하나님의 축복이 임할 가능성이 없었던 것이다.

그는 마침내 십자가를 택했다. 그리고는 "하나님 저들의 무지로부터 온 죄를 용서해 주십시오."라고 기도를 드리며 세상을 떠났다. 그러므로 얼마의 세월이 지난 뒤 그의 충성스러운 제자들은 '우리는 다시 그를 십자가에 못 박아서는 안 된다.'고 결심했다. 차라리 지도자의 자리에서 물러서는 일이 있더라도.

그는 우리들의 인간다움을 원하셨고 또 사랑하셨다.

스스로를 사람의 아들이라고 부른 바도 있었으나 가룟 유다를 제외한 제자들이 모두 소박하고 진실한 인간들이었음을 볼 수 있다.

당시의 지도자라고 불리던 대부분의 사람들은 두 가지 면에서 사람다움을 잃고 있었다. 종교적 인습과 형식의 노예가 되든가 정치적 제도와 권력에 얽매인 사람들이었다. 따라서 그들은 생명과 창조의 신앙을 저버리고 있었으며 세속적인 올무를 가지고 자신과 이웃을 정신적 질식 상태로 몰아넣는 사람들이었다.

그중에서도 가장 비참한 사람들이 있었다. 종교적 권위를 이용하여 정치적 이익을 일삼는 무리들이었다. 정신계의 이중적 죄악을 자행한 사람들이었다. 가룟 유다보다도 더 간악한 사람들이었을 것이다. 신앙을 정치의 수단으로 삼으며 하늘나라를 세상의 나라 밑으로 몰아넣는 인간들이었다.

이러한 현실과 환경 속에서 인간의 인간다움을 찾는 일은 좀처럼 쉬운 일이 아니었다.

한때 사람들은 교만한 크리스천보다는 성실하게 탐구하는 스토아Stoa, 철인哲人들이 존경받을 만하다고 말했다. 요사이도 많은 사람들은 독선에 빠진 신앙인보다는 모색하는 휴머니스트humanist들을 높이 평가하고 있다.

인간에게 있어 언제나 높임을 받을 수 있는 것은 인간다움이기 때문이다. 성서는 참다운 인간이 못 되는 하나님의 자녀를 인정하지 않는 것이다.

그러나 여기 인간의 성실성을 병들게 하고 인간다움을 잃게 하는 가장 커다란 악의 요소가 있다. 악을 종교적인 의미에서 죄라고 부른다면 바로 그 무서운 죄의 요소가 있다는 것이다. 그것이 독선이다. 온갖 교만, 배타, 편견, 질투, 원망을 가져오는 독선이다. 이 독선적인 신념을 집단적인 신조로 삼는 사람들을 우리는 절대주의자라고 부른다. 마르크스주의자들이 절대적 이데올로기의 노예가 되어 있듯이……

그러나 더 놀라운 사실이 있다. 이 독선이 때로는 잘못된 종교의 유물이라는 점이다. 어떤 종교는 유아독존唯我獨尊을 가르친다. 그러나 모든 불완전한 인간들이 제각기 유아독존을 부르짖고 그 유아만을 고집한다면 사회와 이웃 간의 생활은 어떻게 되겠는가? 어떤 크리스천들은 자신들만이 하나님의 자녀이고 다른 모든 사람들은 버림받은 악마의 자녀들이라고 개탄한다. 하나님은 그들을 위해 독생자를 주셨음에도 불구하고……

이에 대해 그는 가르쳐주었다.

"도무지 맹세하지 말라. 너희는 머리카락 하나도 희게 하거나 검게 할 수 없는 약한 인간들이 아닌가. 너희는 다만, '예' 할 것은 '예'라 하고 '아니오'라고 할 것은 '아니오'라고만 대답하라. 이에서 지나치는 것은 악에서 오는 것이다."라고.

맹세는 종교적인 서약이다. 그러나 스스로의 약함을 모르는 것은 인간다움의 결핍이다. 역시 그는 인간다움을 원했던 것이다.

베드로는 한때 스스로를 믿었다. 그래서 그는 "저는 감옥이나 죽음에라도 주님과 함께 갈 각오가 되어 있습니다."라고 선언했다. 그러나 베드로의 스승이었던 그는 쓸쓸히 베드로를 내려다보았을 뿐이었다.

그리고 말씀하셨다. "이 밤이 다 가기 전, 닭이 두 번 울기 전에 너는 나를 세 번 부인하리라." 마침내 베드로는 스승을 부정하고야 말았다.

베드로는 자신의 약함에 슬피 울었다. 작은 계집 종 앞에서 스승을 거부하기에 이른 스스로를 깨달았을 때의 비참함이었다.

가룟 유다는 스승을 팔았다. 후에 그것이 잘못임을 깨달았다. 그러나 유다는 아직도 십자가에 달려 있는 스승을 찾아가 "제가 잘못을 저질렀습니다. 저는 다른 목적을 위해 당신을 이용하는 죄를 범했습니다."라고 고백하지 않았다. 그는 아집과 독선의 인물이었다. 그러므로 "내 잘못에 대한 책임은 내가 져야지."라고 판단했다. 마침내 자살을 택했다. 성서는 그를 악마의 후예로 보고 있다.

두 사람의 차이가 하나님 앞에서의 인간의 거리였던 것이다.

지혜로운 세상 사람들은 독선의 위치나 독선을 위한 여백을 인정하지 않고 있다. 우리는 자연과학이나 사회과학이나 인문과학의 영역에 살고 있다. 2에 5를 더하면 7이 된다. 다른 어떤 대답이 나올 수가 없다. 자연과학에서 독선적 주장은 넌센스nonsense다.

사회과학에 있어서의 진리는 확률성의 차이나 실제 및 실증성의 차이가 있을 뿐이다. 퍼센티지percentage의 차이가 인정되는 것이다. '어떻게 하면 자유를 누릴 수 있는가? 의 문제에는 여러 가지 대답이 있을 수 있다. 내 자신의 대답, 우리의 주장만이 절대라는 생각은 있을 수 없다. 그것을 강요하는 것은 우리를 불행으로 이끌어갈 뿐이었다. 어디에 절대적 진리가 있을 수 있겠는가?

인문과학은 더 말할 여지가 없다. 거기에는 해석의 차이가 있을 뿐이므로……. 누가 '인생을 어떻게 보느냐' 고 물었다 하자. 열 사람은 열의 대답을 할 것이다. 백 사람은 백의 해석을 내릴 것이고……. 왜 나와 똑같은 해석을 내리지 않느냐고 반문하는 사람이 어리석은 사람이다. 그것은 왜 나와 똑같은 키가 아니냐고 불평하는 사람만큼 독선적이다.

그러나 여기 잘못된 일부의 종교인들이 있다. 인문과학이나 사회과학의 절대적 대답을 강요하는 사람들이다. 그러므로 세상 사람들은 종교인들을 좋아하지 않는다. 그들의 아집과 독선을 받아들일 수는 없다. 하물며 그것이 새것을 창조하기 위한 이념이라면 모르되 수천 년 전의 과거의 형식과 인습을 강조했을 때를 상상해 보라.

현대인들은 도덕과 윤리에도 높은 이념은 있으되 절대적인 방법이 있다고는 믿지 않는다. 성실한 인간은 '예' 와 '아니오' 를 대답할 수 있을 뿐이다.

우리는 먼저 인간다운 인간으로 돌아가지 않으면 안 된다. 성실하게 '예' 와 '아니오' 를 말하는 인간으로 돌아가야 한다. 현대의 맹세는 절대의 주장이다. 그러므로 우리는 절대적 주장을 삼가야 한다. 적어도 인간으로 머물고 있는 한은…….

그리고 우리는 알아야 한다. 성실 앞에는 악마도 머리를 숙이고 하나님도 그 성실을 버리지는 않으나, 교만과 독선은 악마와 통하고 있다는 사실을.

그는 인간을 누구보다도 사랑했다.

그렇기 때문에 누구보다도 인간을 잘 알고 있었다. 그는 인간의 약함을 잘 알고 있었다. 그러므로, 인간에 대해서는 누구의 증언도 필요하지 않았던 것이다. 겟세마네에 잠들어 있는 제자들에게는 '마음으로는 원하고 있으나 육신이 약하다.'고 위로 섞인 책망을 하셨다. 그의 뒤를 따라오면서 "요한은 어떻게 될 것입니까?"고 물은 베드로에게는 "너에게 주어진 책임이나 성실히 감당하라. 그 일도 얼마나 어려울 터인데……."라는 뜻의 충고를 했다.

뿐만 아니라 그는 인간으로서의 자신이 얼마나 약한가를 솔직히 고백하고 있다. '될 수만 있으며 이 잔을 나에게서 떠나게 해 달라.'는 기도, 고민과 근심에 싸여 '내 마음이 괴로워 죽을 지경이다.'라고 도움을 요청하는 태도, '나의 하나님이여, 나의 하나님이여, 어찌하여 나를 버리시나이까?'라는 호소. 이것들은 확실히 인간이신 그의 약함을 보여주는 내용들이다. 그러기에 그는 인간의 눈물을 아셨고 또 인간의 울음을 겪으셨다. 눈물 중의 눈물을 흘리셨고 인간의 번뇌와 슬픔으로 우셨던 것이다. 뿐만 아니라 그는 인간들의 속에 머물고 있는 내적 갈등, 정신적 부조리, 뜻있는 인간들이 처해 있는 비참, 절망에의 병들을 깊이 알고 있었다. 그리고 몸소 체험했던 것이다.

이렇게 인간을 아셨고 또 인간의 약함을 아셨기 때문에 인간다움을 모르며 스스로를 강한 듯이 생각하는 당시의 사람들과 지도자들을 좋아하지 않았다. 언제나 종교를 가진 사람들은 자신이 강한 줄 알며 신앙인들은 스스로를 제일로 생각하기 쉽다.

뿐만 아니다. 사람들은 이 갈등과 모순을 메우기 위해 여러 가지를 만들어냈다. 제사장의 옷들이 필요했으며, 서기관들의 걸음걸이에는 특징이 있었으며, 바리새 지도자들의 음성에는 이상한 억양이 유행하고 있었을 정도였다. 그러나 그가 바란 것은 옷이나 제도나 계급이 아니었다. 인간을 인간답게 인식하는 일이었다. 그 약함과 눈물, 모순과 비참을 아는 일이었다. 스스로의 한계를 깨달으며 죄악의 올무를 자각하며 구원에의 호소를 마음 속 깊이 간직하고 있는 인간을 찾는 것이었다.

그는 이 인간에게 해답을 주고 강함을 주며 참과 빛을 주고 싶었던 것이다. 자신의 약함과 같이 약함을 알고, 자신의 고뇌와 같이 눈물을 알며, 자신의 죽음과 같이 절망을 알면서도 긍정과 구원의 손길을 내미는 사람들에게 약함과 더불어 강함을, 절망 속에서 희망을, 비참 가운데서도 환희를 약속하는 사람이었다. 진실되게 인간인 사람이 종교인이나 신앙인도 되는 것이기 때문이다.

오늘 그가 우리 세대에서 삶을 누린다면 그는 신부였을까, 주교였을까, 목사였을까, 장로였을까, 또는 평신도 중의 한 사람이 되기를 원했을까. 물론 외람된 생각이다.

그러나 그는 여전히 사람의 아들, 사람으로 있으면서 끝까지 사람을 구원하려는 인간 중의 인간이었을 것이다. 인간다움이 아닌 것은 하나하나 버리기를 원하는······.

AD 29년을 맞이하는 그의 나이는 30이 약간 넘어 있었다. 아마 서른 셋쯤이었을 것이다. 40이 넘어야 인생을 안다는 말이 있다. 학문, 예술,

특별한 기술을 아는 데는 30 정도로도 족할지 모른다. 그러나 인생을 알기까지에는 40년 정도의 세월은 필요했을 것이다. 그러나 그는 30 이전에 인생의 모두를 알았던 것 같다. 그의 삶과 교훈이 그것을 충분히 입증해 주고 있다.

따라서 3년의 사회적 활동을 끝낸 그는 자신의 땅 위의 일은 이미 끝났고 육체적 죽음이 임박해 있음을 느끼고 있었다. 아니, 좀 더 일찍부터 각오하고 있었던 것 같다. 그러므로 그는 거듭남을 묻는 니고데모에게 모세가 광야에서 뱀을 든 것 같이 자신이 십자가에 들리울 것을 말했다. 무슨 권세로 성전에서 채찍을 들었느냐고 묻는 무리들에게 자신의 육체가 3일간 무덤에 잠드나 정신적 성전이 다시 세워질 것을 예고했다. 기적을 청하는 지도자들에게는 요나가 사흘 동안 고기 뱃속에 있었음을 연상시켰다. 자신의 죽음을 예고했던 것이다.

이러한 종말에의 관심이 가장 높아진 때는 그가 땅 위에서 가장 북쪽까지 갔을 때의 일이다. 그는 제자들에게 세상 사람들이 나를 누구라고 부르더냐고 물었다. 그리고는 베드로의 입을 빌어 자신이 누구임과 죽음을 통한 사명을 밝혔다.

사흘 뒤 그는 사랑하는 세 제자들과 높은 산에 올랐다. 율법을 대신하는 모세와, 선지자를 대표하는 엘리야와 회합의 시간을 가졌다. 제자들은 스승이었던 그가 율법과 선지자의 종합이면서도 완성인 새 신앙과 종교의 주인공임을 후일에야 깨달았다.

그 뒤 그는 발걸음을 재촉했다. 그해 유월절은 예루살렘에서 보내야하며, 그 유월절이 끝나기 전에 스스로의 죽음을 택해야 했던 것이다. 제자들은 출세와 영광의 꿈을 안고 있었으며, 당시의 종교 지도자들은 그를 죽이기 위하여 칼을 갈고 있었다. 그러나 그는 어린 나귀를 탄 겸손의 왕자로, 피를 흘려야 할 어린 양으로, 예루살렘을 향해 전진하고 있었다. 제자들은 죽을 곳으로 향하는 그의 발걸음이 너무 빨랐기 때문에 따라가기 어려웠음을 고백하고 있다.

죽음이 가까워옴에 따라 그의 삶의 내용은 점점 더 압축되기 시작했다. 하루 동안에 천 년의 역사를 압축시킨 생활이었다. 무한히 많은 일을 했고 수없이 많은 교훈을 남겼다. 누구의 교훈에도 비길 바 없는 사랑의 뜻을 남겨주었다. 그는 너희들과 더 있을 시간이 없기 때문에 감당하기 어려울 정도로 이야기한다고 친히 말해 주었다.

드디어 죽음의 날이 찾아왔다. 그해 4월 초순 금요일의 일이었다.

사마리아를 제외한 전국에서 백성들이 유월절을 지키기 위해 모여들었다. 늙어서 걸음을 옮길 수 없는 사람들, 어린 아이들을 제외하고 이스라엘의 모든 백성들이 예루살렘으로 찾아든 것이다. 구원과 축복의 희망을 안고……

이제 그는 세상에서 가장 가난하고 불행한 이들에게 구원, 축복, 희망을 주기 위해 십자가의 죽음을 택해야 하는 것이다.

그의 죽음은 역사에서 가장 고결한 선이 세상에서 가장 간교한 악에게 패배를 당하는 비참의 사건으로 기억된다. 하나님의 사랑이 인간들의 자유의 채찍을 맞는 부조리와 모순이 역사적 사실로 나타났다.

그 악을 대행한 것이 무엇인가. 독선적 교리를 앞세운 종교계의 지도자들과, 정치의 힘을 배경으로 하는 악의 집단이었다. 전자는 하나님을 빙자한 종교의 악이었고 후자는 세계의 왕권을 자랑하는 로마의 권력이었다. 지금도 이 둘이 합했을 때는 가장 고귀하고 빛나는 모든 것을 유린

하게 되어 있다. 가룟 유다는 이 두 가지를 잘 이용할 수 있는 악마의 사자 책임을 감당했던 것이다.

그는 마지막 식탁에서 사랑과 봉사를 가르쳤다. 그는 '영원히 너희들과 더불어 있을 것'이라는 약속을 남겼다. 그리고는 가난한 사람들의 습관대로 동산의 돌을 베개 삼아 땅 위의 마지막 잠을 청했다. 그러나 잠들 수 있는 것은 제자들뿐, 그는 하나님의 뜻을 다짐하는 최후의 기도를 드렸다. 하나님의 뜻을 깨달은 그는 오히려 정신적 고요함, 삶에서 죽음, 죽음에서 삶에로의 뜻을 확고히 지닐 수 있었다. 그 믿음은 마지막 남은 육체적 죽음에 따르는 고통을 이기고도 남게 해줄 수 있는 능력이었다.

다음날 아침, 그는 세상 권력의 재판을 받았다. 정치적 실리를 출세의 수단으로 삼고 있는 로마법의 대행자 빌라도는 이스라엘 지도자들의 요청을 듣기로 했다. 이름도 배후도 없는 그를 죽게 하는 것이 백성의 대표자들의 반발을 사는 것보다는 정치적 의의가 컸기 때문이다.

빌라도는 오늘 죽어가는 한 목수가 마침내는 몇 개의 로마 제국을 심판하게 되리라는 생각은 전혀 가질 수 없었다. 그러므로 그는 빌라도의 동정적 질문에 침묵을 지켰다. 그러나 그의 침묵이 하나님의 사랑을 영원히 대변하는 신비로운 힘이 될 줄은 아무도 몰랐다.

같은 날 아침, 그는 두 강도와 더불어 십자가에 달렸다. 가장 악질적인 죄수가 가장 참혹하게 죽임을 당하는 십자가에……. 그 주검이 나무에 달려 많은 사람들의 조롱과 원한의 대상이 되도록 만든 십자가에…….

그는 본래부터 건강이 좋지 못했다. 심한 가난과 계속되는 노동, 정신적 고역이 그의 건강을 완전히 빼앗아갔던 것이다. 남들은 2, 3일의 고통 끝에 죽게 되어 있는 십자가였지만 그날 오후 벌써 그는 목숨을 잃고 있었다. 한 로마 병사가 창으로 옆구리를 찔렀을 때는 물과 피가 흘렀을 뿐, 생명이 떠난 그의 육체는 아무런 반응이 없었다.

어둠이 찾아들기 전 그의 시체는 무덤에 눕혀졌다. 로마 군인들의 감시는 끝났고 그로부터 야기될 수 있는 위험은 이미 사라졌을 때 그의 측근자들은 그에게 돌무덤을 제공했던 것이다. 이사야의 7백 년 전의 예언과 같이 죽은 뒤에는 부자의 무덤에 잠들게 되었다.

어둠이 찾아들었다. 수천만 번 되풀이되고 있는 저녁노을과 더불어 종교와 신앙의 도시인 예루살렘에도 어둠의 장막이 찾아들었다.

그는 죽은 것이다.

자신의 예언과 같이 3일간 무덤에 잠든 것이다.

그를 죽게 한 종교계의 지도자들은 안도와 만족의 축배를 올렸다. 그 중에서도 가장 지혜 있게 발언하여 빌라도의 마음을 돌려놓은 한두 사람은 자신들의 지혜에 감탄했을 것이다. 그리고 그들 모두는 재판을 열어 사형을 내리게 했을지라도, 유월절을 경건히 지키기 위하여 로마 법정의 안뜰에 발을 들여 놓지는 않았음을 자랑스럽게 생각하고 있었다.

빌라도를 비롯한 로마의 지도자들은 시끄러운 일을 끝냈으나 석연치 않은 마음의 공백을 메우기 위해 술좌석을 찾거나 여인들의 육체를 즐기기 위해 진실로부터의 도피처를 찾아갔을 것이다.

이렇게 되어 성경에 의하면 4천 년의 긴 역사의 막이 내린 것이다. 모든 것이 종말에 도달한 것이다. 죽음, 그 이상의 종말이 또 어디 있겠는가.

그러나 참으로 놀라운 일이 일어났다. 수천 년 동안 생명이 머물러본 일이 없는 사막에 새싹이 피어오른 것이다. 빛을 찾아 방황하던 무리들 앞에 그 빛이 너무 밝아 감당할 수 없을 정도의 광도를 지닌 태양이 떠올랐다. 죽음과 절망에의 행진을 거듭하고 있던 인류의 역사에 새로운 희망의 약속이 던져진 것이다. 가장 진실한 일은 없어질 것, 죽어가는 것들을 사랑하는 일이었는데, 영원한 생명의 힘이 파도와 같이 밀려오게 된 것이다.

이 소식들은 그의 예고와 같이 그의 죽음의 잠이 깨는 일요일로부터 시작했다. 소식은 사실로부터 전해졌고, 그 뜻은 역사적 실재로 굳어졌다. 그로부터 인류는 새 역사를 맞이하게 되었으며 인간들은 참삶의 약속을 확증하게 된 것이다.

예수라는 이름을 가진 한 목수의 죽음과 삶이 인류의 종말과 새 출발을 불러 일으켰으며, 그의 3년에 걸친 생활과 교훈이 모든 사람들에게 긍정과, 희망과, 영원을 안겨준 것이다. 물론 그의 넓은 사랑은 모든 인간들을 감싸고도 남는다.

그러나 그의 깊은 사랑은 한 사람의 자유도 얽매지는 않는다. 태양은 밝아도 눈을 감는 사람에게는 그동안 어둠이 깃들며, 아름다운 자연 속에서라도 꽃을 짓밟는 마음에는 일그러짐이 있기 마련이다. 하늘은 푸르고 넓더라도 이기적인 둥지 속에서 향락을 찾는 어리석음 속에는 불행이 오는 법이다.

후일에 요한은 그를 통한 하나님과 인간과의 사랑의 사귐이 신앙이라고 말했다. 하나님과 사랑의 사귐을 갖는 이들 모두가 그를 예수라기보다는 그리스도라고 부르는 이유가 여기에 있다. 그를 알고 받아들이되 구원의 사실과는 관계가 없는 이로 대한다면 그의 이름은 영원히 예수로 그치고 만다. 그러나 그를 믿고 하나님 안에서 그 뜻을 실천하는 사람은 그를 예수와 더불어 그리스도로 모시게 된다.

여기에서 우리는 선택을 요청당하고 있다. 예수를 인간 예수로만 알든가, 그렇지 않고 예수에게서 그리스도를 발견하는가 함이다. 나로부터 출발하여 인간 나에게로 돌아가는가, 그렇지 않으면 나로부터 출발하여 예수를 거쳐 그리스도에게로 나가는가 하는 선택이다.

그리스도는 이미 하나님의 분신인 것이다.

여기에 한 위대한 사람의 아들이 있다. 구원의 사실을 성취시키는 위대한 이름을 가진 분이다.

그의 이름이 예수였다.